# 尘中沉

## 清末民初青楼纪实

任成琦·著

华夏出版社

图书在版编目(CIP)数据

尘中沉：清末民初青楼纪实/任成琦编著.－北京：华夏出版社，2012.1
（暮色王朝）
ISBN 978-7-5080-6615-8
Ⅰ.①尘… Ⅱ.①任… Ⅲ.①故事－作品集－中国－当代 Ⅳ.① I247.8

中国版本图书馆 CIP 数据核字（2011）第 195995 号

# 尘中沉：清末民初青楼纪实

| | |
|---|---|
| 编　　著： | 任成琦 |
| 策　　划： | 景　立　浩典图书 |
| 责任编辑： | 赵　楠　刘晓冰　李春燕 |
| 责任印制： | 刘　洋 |
| 装帧设计： | 浩典工作室 |
| 出版发行： | 华夏出版社 |
| 社　　址： | 北京市东直门外香河园北里4号 |
| 邮政编码： | 100028 |
| 经　　销： | 新华书店 |
| 印　　刷： | 北京睿特印刷厂大兴一分厂 |
| 装　　订： | 北京睿特印刷厂大兴一分厂 |
| 开　　本： | 720×1030mm　1/16 |
| 印　　张： | 20印张 |
| 字　　数： | 336千字 |
| 版　　次： | 2012年1月北京第1版 |
| 印　　次： | 2012年1月北京第1次印刷 |
| 书　　号： | ISBN 978-7-5080-6615-8 |
| 定　　价： | 35.00元 |

本版图书凡印刷、装订错误，可及时向我社发行部调换

# 前言

"妓女"又名"娼女",或称为"娼妓"。中国自夏、商时代起,专供男性取乐的妓女就在贵族豪绅的需要中产生了,从此拉开了中国妓女辛酸历史的序幕。她们谋生的手段主要是出卖自己的肉体来换取金钱,这种赤裸裸的肉体交易使她们丧失了独立的人格和尊严。虽然时时惧怕着这场噩梦,但作为弱势群体的她们却没有更好的选择,最终还是不得不依附于男人生活。

在这个风月场中,她们往往没有固定、安全的住所,更谈不上享受家庭的温暖,她们随时都将成为嫖客们的发泄对象,遭受他们的虐待……她们的每一份收入,无不是用自己的屈辱经历换来的。然而几千年来,这个特殊行业却以这种病态的方式疯狂地发展着,与历史同步。至民国时期又呈现出新的特点。与传统小农经济条件下的娼妓相比,近代民国娼妓的种类、身份、地位和服务方式有了翻天覆地的变化。

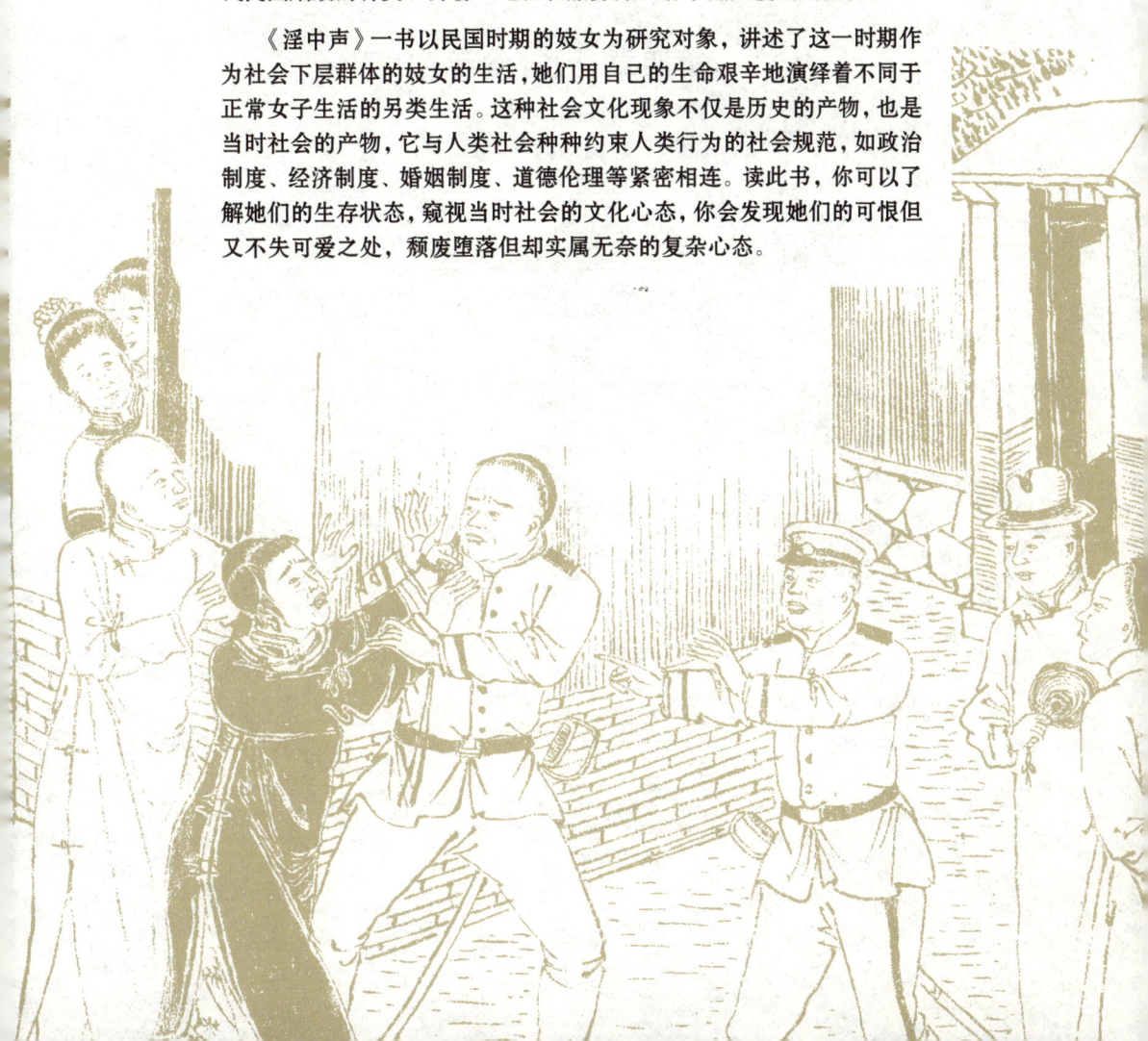

《淫中声》一书以民国时期的妓女为研究对象,讲述了这一时期作为社会下层群体的妓女的生活,她们用自己的生命艰辛地演绎着不同于正常女子生活的另类生活。这种社会文化现象不仅是历史的产物,也是当时社会的产物,它与人类社会种种约束人类行为的社会规范,如政治制度、经济制度、婚姻制度、道德伦理等紧密相连。读此书,你可以了解她们的生存状态,窥视当时社会的文化心态,你会发现她们的可恨但又不失可爱之处,颓废堕落但却实属无奈的复杂心态。

**目录**

### 第一章　风雨满楼 / 1
第一节◎骏马秋风 / 3
第二节◎杏花春雨 / 13

### 第二章　画阁春风 / 25
第一节◎南妓风情 / 27
第二节◎北妓风格 / 43

### 第三章　汀洲芳草 / 59
第一节◎风月无边 / 61
第二节◎花样百出 / 79

### 第四章　毁誉参半 / 103
第一节◎品质恶劣 / 105
第二节◎良知尚存 / 127

## 第五章　风雅丽人 / 141

第一节◎游刃有余：胡宝玉 / 143
第二节◎金刚魁首：林黛玉 / 151
第一节◎高山流水：小凤仙 / 159
第四节◎海内知己：陈美美 / 165
第五节◎红颜祸水：杨翠喜 / 171
第六节◎三寸金莲：秋红 / 177

## 第六章　几度梦断 / 185

第一节◎三教九流 / 187
第二节◎争风吃醋 / 207

## 第七章　孤馆梦回 / 223

第一节◎凄风苦雨 / 225
第二节◎梦醒何处 / 245

## 第八章　粉黛画廊 / 257

第一节◎孽海浮沉 / 259
第二节◎妓院群相 / 267
第三节◎嫖界指南 / 277
第四节◎风月梦醒 / 283

## 第九章　芳华渐逝 / 291

第一节◎一张一弛 / 293
第二节◎改天换地 / 303

红粉骷髅，腰间悬剑，斩尽天下少年英才。
秦楼一梦，楚馆三更，换来半世风流薄幸。莫，莫，莫！

第一章

# 风雨满楼

清末民初娼妓业的兴盛与演变

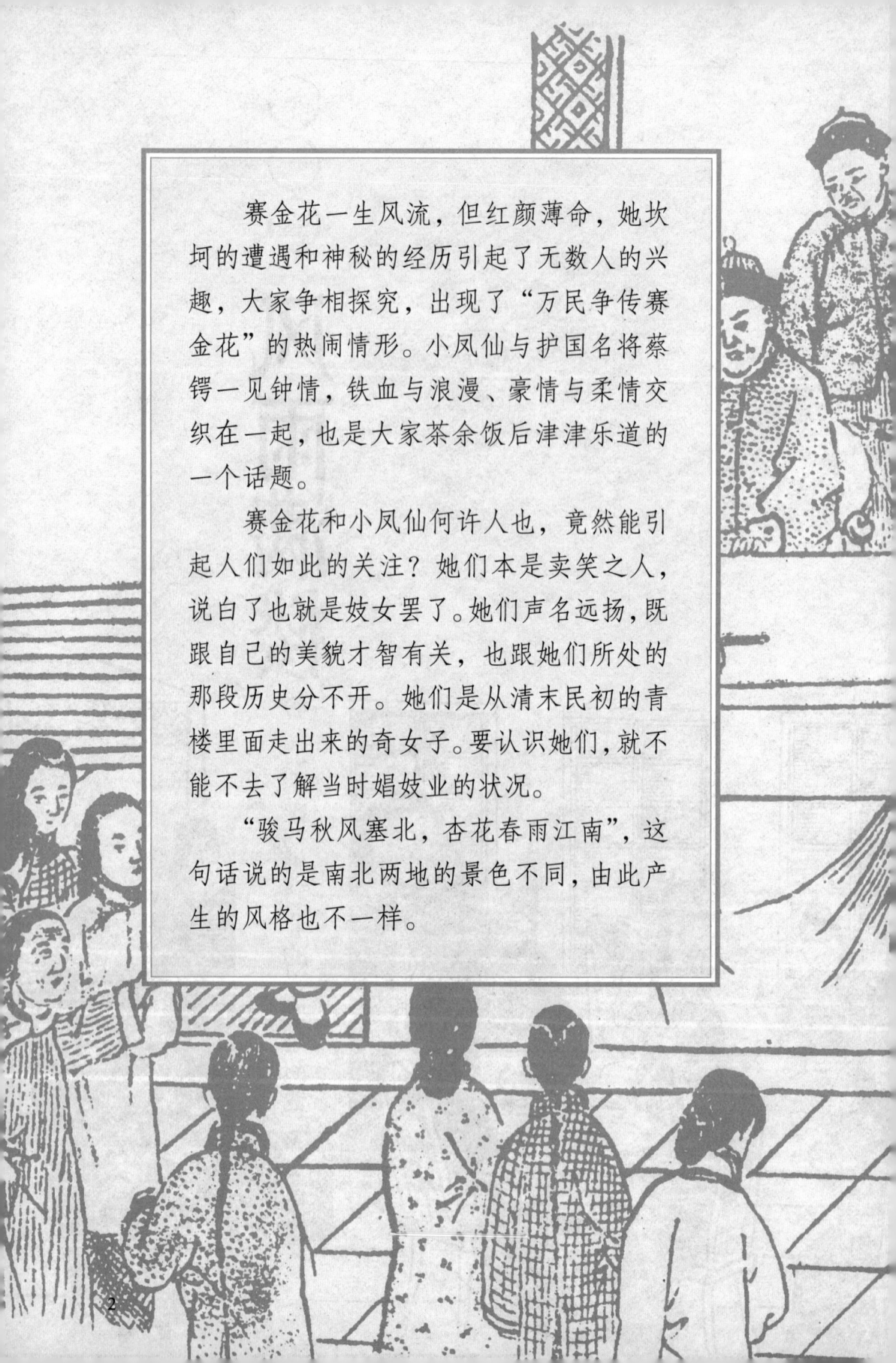

赛金花一生风流，但红颜薄命，她坎坷的遭遇和神秘的经历引起了无数人的兴趣，大家争相探究，出现了"万民争传赛金花"的热闹情形。小凤仙与护国名将蔡锷一见钟情，铁血与浪漫、豪情与柔情交织在一起，也是大家茶余饭后津津乐道的一个话题。

赛金花和小凤仙何许人也，竟然能引起人们如此的关注？她们本是卖笑之人，说白了也就是妓女罢了。她们声名远扬，既跟自己的美貌才智有关，也跟她们所处的那段历史分不开。她们是从清末民初的青楼里面走出来的奇女子。要认识她们，就不能不去了解当时娼妓业的状况。

"骏马秋风塞北，杏花春雨江南"，这句话说的是南北两地的景色不同，由此产生的风格也不一样。

## 第一节 ◎ 骏马秋风

庚子年（1900年）之前，北京和天津地区多尚男风，很多官员都把狎妓当做一种不光彩的事情，没有几个人会主动去妓院寻欢作乐。富贵之家，往往是宾主齐坐，然后腿上各拥着一个男宠，也就是所谓的「相公」来陪酒助兴，中间有许多不堪入目的场面。

但是，庚子年之后，北方的娼妓业，开始从优伶、「相公堂子」占据优势地位，发展为妓业独占鳌头、「相公」风流云散的状况，「南班子」北上，红透都城，最后南北合流，流莺土娼占据了大部分江山。

## 北方：从"相公"到"娼妓"

　　清朝前期的几个皇帝都是很有作为的。他们得到天下以后，为了进行长久的统治，就反思明朝灭亡的各种原因，最后认为很重要的一点就是声色误国。所以统治者痛下决心，立下严令，禁止官吏、贵族子弟狎妓嫖娼，不许"逼良为娼"，并且废除了官妓制度。有一幅"狎妓遭刑"的图画很能说明这个问题：一个官宦子弟在妓院嫖妓被官府发现了，衙役们将他当街按倒，褪去裤子，杖责屁股，以示惩罚；一街人都战战兢兢地围着看。可见当初对官宦嫖妓的事情处罚是很严厉的。

　　但是清王朝的法令并没有达到预期的效果，反而是按下葫芦起来瓢，催生了中国娼妓史上的一个畸形群体——"相公"，也就是男妓。

　　清代统治者禁娼，但是不禁戏。京剧形成之后，从王公贵族到平民百姓都趋之若鹜，沉迷其中。很多唱京剧的小生相貌俊美，权贵们被压抑的性欲又有了新的发泄渠道，所以"捧戏子"、"狎优伶"成了社会风尚。这些优伶或戏子就成为"相公"出现的先声。

　　同治、光绪年间，北京城的许多妓院都养着幼童，一般十几个人，每个人练习唱两三折子戏，要求一定精通。这些幼童眉清目秀，皮肤白皙，他们大多是从江苏、安徽、江西等地买来的。为了保持姣好的面容，他们每天早晨起床的时候都要用淡肉汁来洗脸，喝蛋青汤，吃饭也有很多讲究。到了晚上就要浑身涂满药物，只留下手和脚不涂，这

样做是为了泄火气和排毒气。这样保养三四个月以后，他们就显得十分柔媚，有了"回眸一笑百媚生"的魅力。他们就是所谓的"相公"，男妓。

"相公"原本是很尊贵的一个称呼，"相"是百官之首，"公"是"公"、"侯"、"伯"、"子"、"男"五爵之首，后来逐步演化成对有身份的人的尊称。"相公"成为男妓的代称，发生在清代，据说是从"像姑"一词转化来的，这种贵贱之间的转换，既是戏谑的文字游戏，也是一种身份演变的真实写照。

最初的优伶，都是科班出身的正式演员，他们以演艺作为谋生的主要手段，在当初官员"捧戏子"的大气候的影响下，他们得罪不起权贵，只好违心地陪酒侍宴，弹唱助兴，甚至牺牲色相，但是他们是不情愿的，因为他们有自己的艺术追求和正当职业，社会地位并不像妓女那么下贱。

随着社会上的男风愈演愈烈，优伶的社会角色也开始发生变化。一个戏曲演员的本行是"唱"、"念"、"做"、"打"，副业才是侍奉权贵和牺牲色相。但社会的需求渐渐打破了这种状况，发展到后来，优伶中的一些人为了获得自己向往的名望、地位和钱财，主动迎合官老爷和有钱人，主副业颠倒，靠出卖色相去生存，而"唱"、"念"、"做"、"打"反而成了帮衬，成了性交易的遮羞布。于是优伶的性质和地位就变了，他们向娼妓靠拢，最终适应社会的需求，变成了真正的"相公"。

在严禁嫖娼的清代，人们只能去找一个畸形的渠道来发泄自己的肉欲，所以"相公"异军突起，在很长的一段时间里独占鳌头，成为娼妓业的主体。但是到了清末，这个群体开始逐渐衰落，尤其是八国联军进入北京以后，喧嚣一时的"相公"群体风流云散，妓女又重新取得了主体地位。

相公衰落的原因是多方面的。太平天国定都南京以后，南北方对立，原本在京城受欢迎的南方小"相公"在供应上有困难，"相公"的来源局限于北方，而北方人在体态和面容上与南方人相比还是有差距的，故"相公"的吸引力开始降低。同时皮黄腔盛行，演员的地位有了提高，许多有演艺才华的人不乐意再做"相公"，而相关的"相公"行业也日渐式微，这些因素都使这个行业走向了衰退。

不是东风压倒西风，就是西风压倒东风。有人欢喜就有人愁。"相公"群体的衰落，还有一个重要的原因是娼妓业的蓬勃发展给它带来了巨大的冲击。

到了晚清，原先禁止的官员嫖娼现象又重新抬头。社会风气从包"相公"、喜欢男宠开始变成逛胡同、狎妓。先是清代的同治皇帝就喜欢冶游，他和贝勒载澂两个人有共同的癖好。一君一臣，常常穿着普通黑衣，戴着瓜皮小帽，没事就去妓院和酒馆逛，凡是京城有卖笑女子的地方，几乎被他们君臣两个人逛遍了。传说同治皇帝后来就是染上梅毒死掉的，死之前头发都脱光了。从开国初期的励精图治，到中后期的皇帝亲临烟花巷买笑，情况有天壤之别。上行下效。皇帝和重臣都"以身作则"，下面的官员和其他人还有什么可担心的呢？社会风气也发生了转变，原先人们认为狎妓是下层人去做的事情，真正有格调的士大夫都是找"相公"喝花酒、打茶围；后来这种观念逐步淡化了，所谓高尚的人也开始去嫖妓风流，不再以此为耻。社会潮流逐渐从狎男色转到嫖女娼。

八国联军入侵北京以后，整个社会秩序一度混乱不堪，腐败的清政府被外交和军事事务搞得焦头烂额，根本没有多少时间和精力去管理民间的事情，法制松弛，妓女业又重新抬头。而外国侵略者为了满足自己的欲望，在占领北京城期间也不禁止，所以娼妓在这个时候发展得很快，最终取代了"相公"。

外交和军事上的失败让清政府付出了沉重的代价，其中很大一部分是战败的赔款。面对国库的亏空，清政府只好想办法开源节流，并且增加税收来还债。从光绪三十一年，也就是1901年起，晚清政府开始收取妓捐，对娼妓业已经默许其公开存在了，这样从最初的禁娼到最后的收税，妓女行业在被压抑之后重新取得了合法地位。窑子可以大摇大摆地开门了，嫖客可以大摇大摆地去逛了。

畸形的性恋带来的是奇怪的文化，在清初的很多文字记述当中，都把同性恋、"挂相公"当成一种风流韵事来看待，把肉麻当有趣。不过异性恋的人数总是要多于同性恋和双性恋的人数，因为娼妓业的消费群体中男性占据绝对的优势。

从咸丰时期起，嫖妓的风气就渐渐高涨起来。北京城内有著名的八大胡同，生意兴隆，家家妓院门口都高悬着遮纱的大红灯笼，进门要先揭拜红帖，每天过了中午，香车宝马络绎不绝，游人如织，到了晚上，猜拳、喝酒、打情骂俏、送客的声音彻夜不绝。滚滚红尘、烟花柳巷，似乎散发出无穷无尽的吸引力。这个时候上层的士大夫也不再装清高，暴露出其放纵肉欲的丑陋面目，为了喜欢的女子而倾家荡产、丢了乌纱帽的大有人在。曾国藩在他的家书中曾经两次提到京官在八大胡同嫖娼被抓的事情。清代有人在书中讲当时士大夫的习惯就是："除却早衙迟画到，闲来只是逛胡同。"逛窑子嫖妓成了主要的事情，而处理政务倒在其次，只要去报个到就可以了。风气如此，人人都难免受到影响。一个京官如果不去妓院里面饮酒取乐，就会被同辈的官僚讥笑，说他是从乡下来的，世世代代都是农民，根本不知道人世间还有像神仙一样的生活。见得多了，这种事情也就不再引起人们的惊诧了。

# 风流嫖客多情妓女

京城里的杨和志本是一个风流公子，只是平日诗酒之余，常觉落寞，慨叹自己锦绣年华，却没有红颜相伴，常常引为憾事。他的好友王伯超、包翩溪看在眼里，记在心上，就动了劝他去烟花之地冶游一番的念头。

这天杨和志禁不住两人一再撺掇，抱着试试看的心理，和两位好友一起来到妓院。刚刚走进院门，就看见打扮妖冶的老鸨粉面含春，笑脸迎了上来，后面跟着三五个妖艳的粉头。

他们几个刚刚坐定，一个十五六岁的少女就映入眼帘，伴着少女款款走出来一个绝代丽人，只见她低眉巧笑，光彩照人，轻移莲步，让人一见就不由得动了爱慕之心。和志一问边上的婢女，才知道眼前这位就是大名鼎鼎的凡醉仙馆的名妓凡醉仙。凡醉仙似乎对王、包两人熟视无睹，只是回过头来，目光轻轻扫着和志，微启樱桃小口："请问先生是哪里人士啊？"和志有些受宠若惊，连忙回答。凡醉仙见他气宇轩昂，不由得也动了爱慕之心。于是她拉住和志的手，美目流盼，一脸娇羞，似乎见到了自己期盼已久的那个人，心中有着无限的深情。杨和志虽然自命风流，但是哪里见过这种架势？到这个时候他才真正领略了什么叫做秀色可餐，他两眼直直地看着对方，早已三魂飞了两魂半。

王、包两人见杨和志意乱情迷，互相交换了一下眼色，王伯超说："杨兄好艳福，凡醉仙姑娘对你可是一片深情啊！今天我来做个引荐如何？"包翩溪说："我来做东道主，为杨兄贺喜。"和志见两人殷勤相劝，就说："哪里能让两位破费，今天认识了凡醉仙姑娘，理应由我来请。"于是命令龟奴从速办理酒席。

酒过三巡，菜过五味。王伯超和包翩溪都说自己酒足饭饱了，起身告辞。临走劝杨和志："姑娘对你可是一片深情，今天你就不要回去了，要不然对不住人家。"

这个时候杨和志已经是色迷心窍，一方面是受了王、包两人的怂恿，一方面是面对一个让人怜爱有加的美人，哪里还迈得动腿？等到王、包两人走了以后，杨和志就拿出四百元来，作为送给老鸨的见面礼。老鸨大喜，杨公子长杨公子短地叫着，对他照顾有加。于是杨和志拉着凡醉仙的手进入了她的香闺，留宿于此。一夜之间，两人你恩我爱，鱼水相欢，那自然不用多说。

# 南妓北上

南妓北上，适应了京城士大夫发泄肉欲和文化消费的双重需要。庚子以后，苏杭秦淮的南妓蜂拥而至，兴盛一时。南班的妓女大多来自江南，档次比较高一些，她们有姿色有才艺，如开始提到的京城名妓赛金花、小凤仙等，这样的女子陪伴的大多是那些达官显贵。"八大胡同"作为京城色情业的风向标，情况也开始发生变化，南国的"金粉"压倒了北地的"胭脂"，"南班"占据上风。而其他地区的妓院，大多是"北班"的。在京城做官和经商的有很多南方人，因此，"八大胡同"就成为这些达官贵人经常出入的地方。另外，伴随着南妓北上之风的兴盛，出现了许多老鸨、"野鸡"和人贩子。

娼妓业越兴旺发达，它的内部划分就越细致复杂。我们从北京妓院的等级划分中就可以看得出来。清末北京妓院分为四等，第一等叫小班，第二等叫茶室，第三等叫下处，第四等叫老妈堂。

小班，又叫清吟小班。从字面上理解，似乎是卖艺不卖身的。其实这只是一种虚假的自我标榜而已。据说有不少清吟小班中的姑娘手不能弹，口不能唱，除了会打情骂俏之外，只会做皮肉生意。她们有姿色无才艺，跟清初的优伶有着很大的不同。小班中的人也多来自南方，以苏州、扬州一带人最多。光绪、宣统年间的八大胡同的南北小班的情况大致如此。

第二等的称为茶室，无论是住房还是摆设都比小班要逊色很多。与小班相比，茶室里面的妓女在年龄、姿色、身材、服饰等方面都有差距。当中有一些是在小班里面混不下去的，便退而求其次，到茶室里面混饭吃。

茶室的收费比小班低很多，客人也不像小班嫖客那样从进门到留宿有那么多的花样。客人来了打茶围也可以，摆酒也可以，显得直接一些。

三等的妓院下处就很简陋了，直接做皮肉生意。不仅晚上接客陪宿，有的连早上和下午还要半价揽客，这叫做"赶早"和"开铺"。这类妓院就不是达官显贵、文人雅士或者有钱人涉足的地方，见于记载的资料很少很少。

四等妓院叫老妈堂，或者叫小下处，这儿的住房设施更为简陋、破旧，妓女也大多是那些没有经过训练的土娼，接待的客人大多是贩夫走卒。老舍的小说《月牙儿》就是民国初年四等妓院里的土娼的悲惨生活的写照。来这儿只是以最便宜的价格，以最直接的方法解决性欲问题。

当然，除了这四等妓院之外，还有许多单门独户、私自营业的"私窠子"。"私窠子"的差别就更大，高等的有交际花，低等的比四等妓女还不如。

下面的一组数据很能说明问题，1919年有人做过关于北京娼妓的调查，该年全城妓院的情况如下。

头等妓院共45家，有妓女328人。大多分布在韩家潭，其次为百顺胡同和陕西巷。

二等妓院共60家，有妓女528人，分布在石头胡同和朱茅胡同。

三等妓院共190家，有妓女1895人，分布在河里、四圣庙一带。

四等妓院共34家，有妓女301人，分布在乐培元、黄河沿两地。

根据调查结果，"私窠子"中私娼的数量约为上述四种妓院的妓女总数的两倍。那么，在当时，北京有各类妓女近万人，其中90%以上是低等妓女，从事的是最为直接的皮肉生意。

所以北方的娼妓业从清初到民国，走过了一条从"捧优伶"到"相公堂子"崛起，独占妓业鳌头，再到"相公"风流云散，"南妓"北上红极一时，最后南北合流，流莺土娼占据大部分江山的路。

## 吹拉弹唱醉王公

咸丰、同治时候的北京妓女多是北地佳人，她们大多来自山西、山东、安徽、河北等地，至于苏州、扬州、广州等地的妓女，则很少到北方来。北方的妓女擅长唱歌的很少，当时有一个叫雅仙的妓女，能够唱南曲、弹琵琶，在京城妓女当中她就算是出类拔萃的了。至于有很高的音乐才华，甚至能够自己作曲，与人唱和，适应士大夫娱乐要求的妓女，更是奇缺。

北方的妓女大多是以投怀送抱为主，有人戏谑地称其为"肉屏风"，没有南方女子用来遮羞的文化面纱。因为北方妓女的品味比较庸俗，不足以吸引那些王公贵族之类的有钱主顾，从1900年开始，南方发达的色情业开始向北扩展。

## 第二节 ◎ 杏花春雨

南方和北方的娼妓业有较大的不同，因为天高皇帝远，清初时候受禁娼令的影响比较小，从那时起一直到民国，都是妓女们一统天下，从未出现过专门向男人出卖男色的『相公』。

从清初一直到清中叶，南京、广州、扬州、杭州、宁波、潮州等地的娼妓业都很繁荣，但最有代表性的还是上海。

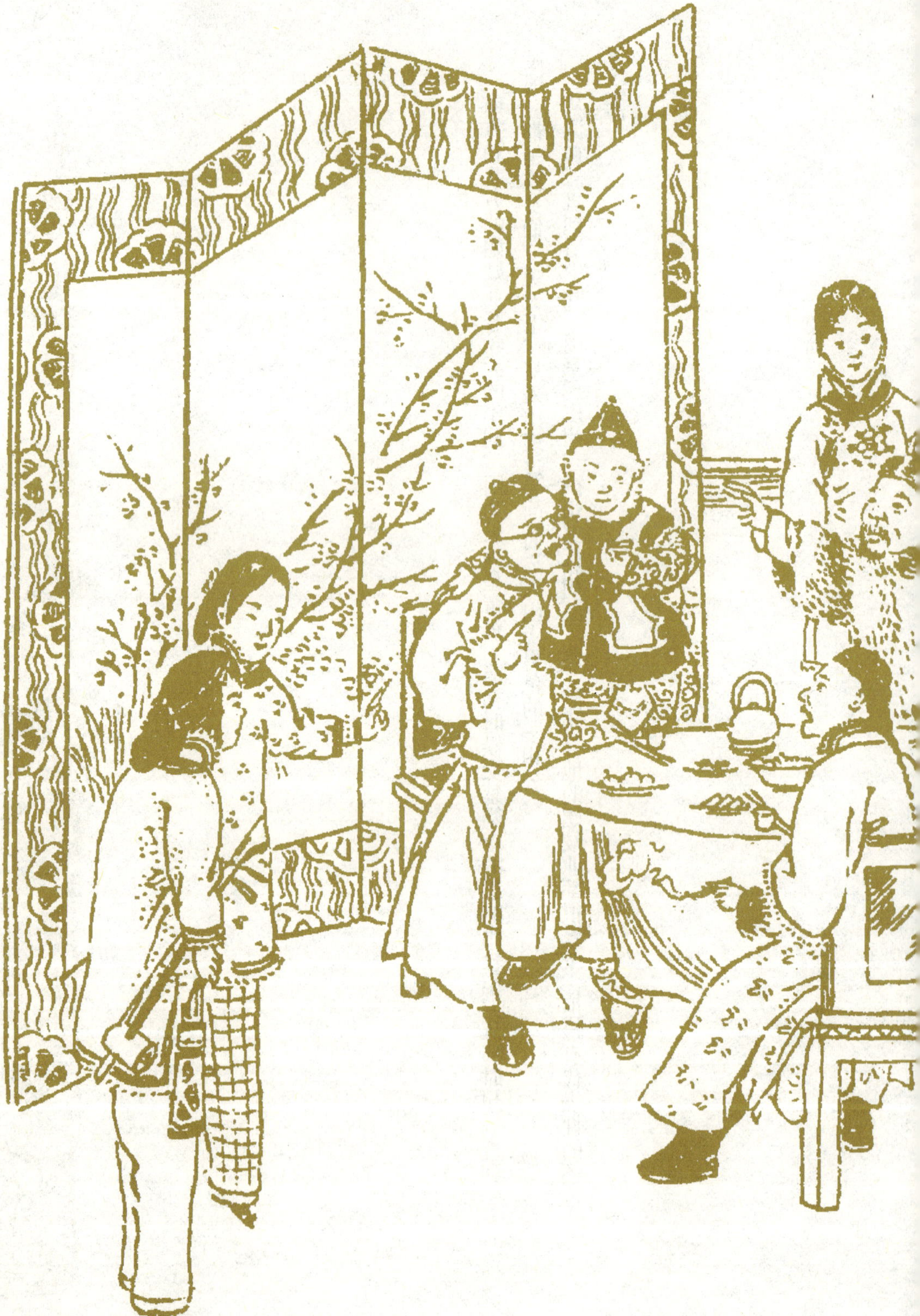

# 南方：繁荣的娼妓业

从清初一直到清中叶，南京、广州、扬州、杭州、宁波、潮州等地的娼妓业都很繁荣，但最有代表性的还是上海。

1840年鸦片战争以后，上海被开放为商埠，短短几十年时间，它由一个地处偏僻海滨的小县城成为中国最大、最繁华的都市。旧社会的繁荣总是和"娼盛"相连。这儿官商汇集，娼妓业十分兴盛，成为清末国内第一。

旧上海的飞速发展，使它成为南方的代表性城市。这儿有极为发达的经济，都市化的进程很快，可以说是日新月异。繁荣的经济吸引了大量的农村人口涌进来，其中包括很多妇女和女童。不过都市并不是她们想象中的遍地黄金，因为她们不具有成年男性的劳动力优势，所以在繁华的十里洋场难以立足，于是就被社会边缘化了，成为都市里面的贫民阶层，处于饥寒交迫的境地，何去何从，是个很大的问题。而出卖自己的色相是一个既可以糊口而且又力所能及的事情，所以不管是自愿还是被逼，许多人都跳进了妓院的火坑，卖笑度日。

商业化以经济发展为中心，没有过多地顾及伦理的诉求。经济繁荣使社会分层，既有处在下层的众多妇女，又有从商业发展中受益的暴发户。这些暴发户带动了整个城市的消费，娱乐消费是其中重要的一部分。在此基础上，又聚集了一批达官贵人、文人墨客，他们与商人一起，组成了都市的上层消费群体。

另外，因为通商口岸的开通，上海与外国的交流也很频繁，在沪的洋人越来越多，当中有商人、政客、水手和水兵等。他们拥有或多或少的特权和财富，这些都带动了娱乐业和色情业的发展。

辛亥革命以后，社会的变化更是剧烈。一方面天灾不断，水旱连年，农村更加凋敝贫穷，许多人只好拖家带口，背井离乡，到都市去谋生。上海肯定是南方人的首选。许多妇女没有谋生手段，被逼无奈，只好选择以卖淫为生。再加上当时军阀割据，政局跌宕，法纪朝令夕改，许多约束荡然无存。因此，上海的娼妓人数有增无减。

随着上海娼妓业的发展,妓院的地址也不断变动。道光、咸丰年间,上海的妓院还都在旧城区的虹桥、鱼行桥一带,后来随着规模的扩大和主顾的增加,逐渐向租界转移,从跑马厅四周转向了法租界,到了光绪的时候又汇集到了公共租界当中。

跟北京相似,上海的妓院也是分等级的。清末上海妓院高档的有"书寓"、"长三",中档的有"么二"、"二三",低档的有"花烟巷"、"钉棚",另外"私局"、"花寓"这些不正式挂牌的妓院也是自成气候,最低档的是没有固定营业场所、在马路上拉客的"野鸡"。

"书寓",原来是说书、弹唱女艺人的住所,她们一般在书场、戏院卖艺,任由客人点唱。跟客人熟悉以后,也会接受他们的邀请出去唱堂会,或者陪宴献唱。最开始的时候,"书寓"女艺人遵守行规,卖艺不卖身,并且为和其他的妓女列为同类感到耻辱。在陪着喝酒的过程中,如果碰到客人喊其他妓女来陪伴,就会借故离开筵席,告退出去,不愿跟她们为伍。"书寓"当中的女艺人称为先生,雅称"词史"。由于上海滩的商业气氛日渐浓厚,真正的文人雅士并不多,单纯欣赏"书寓"先生的歌喉或技艺的人更是日渐减少,"书寓"先生到了光绪年间也不再自抬身价,开始和一般妓女同流合污。

"长三",是上海最上等的妓女。因她们应条子出局,陪客人喝酒收取银元三块而得名。"长三"妓女也称先生,雅称"校书"。长三堂子为了抬高自己的身价,后来也纷纷在自家门口钉上"书寓"的招牌,混淆了"长三"和"书寓"之间的差别,最终两者通称。长三堂子的房子一般都很华美,陈设很考究,每一个"先生"都有单独的客厅、卧房,可以供客人们打茶围、摆酒席、搓麻将。她们每个人还都有娘姨、大姐帮衬,出门不是坐马车就是坐轿,有的当红妓女还有自己私人的轿子,装饰新奇,专门雇有轿夫。她们的四季衣衫都是极为时髦高档的,首饰满身,价值不菲。

中档的"二三",是指那些达不到长三堂子的规格,却要硬摆"长三"的架子,以"长三"的标准收费的妓院,因为这类堂子名不副实,所以衰败得很快,到了光绪中期就在上海滩销声匿迹了。

"么二"的得名,是因为她们每次出局都收两元。"么二"还有个约定俗成的名称叫"堂名"。到了光绪、宣统年间，由于娼妓的数量增长过快，竞争非常激烈，"长三"首先降价，出局费用甚至减到一块钱。规矩也开始发生变化，没有熟人介绍也可以与"长三"见面。"幺二"的生意因此受到很大的冲击，于是便撕下原先矜持的面具，开始直接从事赤裸裸的皮肉买卖。那个时候"幺二"有了"六跌倒"的说法，意思是只要付出六块银元，就可以让妓女躺下来，意味着可以留客陪宿了。"幺二"还有个代名词叫做"咸肉庄"，这是因为"幺二"堂子中有一个叫"韩庄"的，取它的谐音。咸肉早就不是什么新鲜肉，用"咸肉庄"来指代妓院显得刻薄而又贴切，后来这个称呼就流传开来，成了低等妓院的代名词。可以说，到了清代末年，中国的上等娼妓自身素质不断降低，已经逐渐从贵族、文人限定的色艺双绝的圈子里面走了出来，逐渐靠纯粹出卖色相为生，变得世俗化和物质化了。

低档的"花烟巷"，就是兼营卖淫业务的鸦片烟馆。这种馆子在同治年间已经有不少，到了光绪、宣统年间，在法租界、公共租界中随处可见。清末民初，禁止吸食鸦片，这种烟馆实际上已经变了味。客人来了，首先奉上清茶、瓜子，只需要花银元一元三角，就可以留宿。顾客大多是一些从外地来到上海的小财主、上海本地的小业主以及有些头脸的"白相人"——就是口袋里面有几个钱，但是又撑不住场面的人。

"钉棚",从字面上就可以知道它档次的低下了。"棚"就是"棚户",即旧上海城市贫民居住的低矮、拥挤、破烂的房屋,又名"滚地龙"。"钉"就是"打钉",是对性行为的一种隐晦说法。里面的妓女往往是从农村涌入城市的贫苦无依者。她们既不善于交际,也不会吹拉弹唱,举止土气,衣着粗陋,唯一可以挣得糊口之资的本钱就是她们的身体。她们的服务对象也只能是那些和她们一样涌进大上海的社会下层人士。一个为了挣得生活费用,一个为了发泄性欲,双方就用最简单、最直接的方式进行交换。一个从自己的辛苦钱里面挤出银币三角,求得片刻的快感;一个尽可能地增加自己的卖淫次数来提高营业收入。这或许是在城市化的阶段,大量破产的农民涌入城市的时候,贫苦女性生存的普遍状态吧。

"私局",顾名思义就是不挂牌营业的"私窠子"。最多的时候"私局"达三百多家。这些"私局"地方隐蔽,比较安静,客人如果没有熟人带领是不得其门而入的。这儿既不像"长三"、"幺二"堂子那样热闹,又不像"花烟馆"、"钉棚"那样处于闹市,鱼龙混杂。一些不喜欢在青楼公开露面,又有一些身份的人,最适合到"私局"这类地方寻欢。要喝酒,可以外买,有中意的,可以留宿,而且收费也比较低廉。隐蔽、简便而又经济,自成气候也就在情理之中了。

"花寓",按照现代话来说就是提供性服务的旅馆。外地旅客到上海来,人生地不熟,寂寞孤独。旅馆主人安排妓女为需要者服务,让客人有到家的感觉,自然受到客人欢迎。这样,旅馆不仅生意兴隆,还可以赢得回头客,可谓一举两得。

## 野鸡拉客为糊口

由于城市的发展，商业的繁荣，上海的流动人口在急剧增加。从清朝光绪中期以后，汉口路、南京路、福州路一带站街拉客的"野鸡"越来越多。洁身自好者避之唯恐不及，意志薄弱者就容易尾随而去。

"野鸡"的出身和籍贯比较复杂，但其中扬州人和苏州人这些江南人占多数。当时社会很乱，上海的人贩子非常多，大多数的"野鸡"都是被人贩子以招工的名义给骗出来的，然后又被卖掉，被逼为娼。这些"野鸡"夏天冒着酷暑，冬天冒着严寒，拉到客人就可以解决自己一天的温饱问题，有时候白天拉不到客人，还是寄希望于万一，深夜仍然徘徊街头。

有时，"野鸡"也可能会招揽到慷慨大方的嫖客，但这毕竟只是少数情况。更多的时候，她们接待的是社会的下层人士，遇到的倒霉事也不少。有些嫖客性情恶劣，讨价还价，斤斤计较，甚至蛮横无理，拒付费用。这时，她们只能自认倒霉。总之，她们遭到世人的白眼，遭到流氓的侵扰，种种凄楚境况，不能尽说。

# 妓女要账又骂又打

有一种俗称"住家野鸡"的，倒没有"野鸡"那么悲惨。她们自称是"住家"，只因营业方式和"野鸡"一样，才被称为"野鸡"，而她们自己是不乐意承认的。这些"住家野鸡"大多出身于正走下坡路的富裕人家或已经败落的旧式人家，为了使生活维持原先的水平或者有所提高，自愿卖身。她们一般在偏僻的地方租房子，客人要经过熟人介绍才能上门。不过"住家野鸡"只提供性服务，不提供其他服务，这是"住家野鸡"与"私局"的区别。

清末时候，上海的对外贸易比较发达，其中有些外国轮船常常靠岸卸货或者装运。船上的水手是个比较特殊的群体，他们长年累月漂流在海上，妻子不在身边，正常欲望受到压抑，对性事有很强烈的渴望，所以一旦船舶靠岸，他们便会去寻欢作乐。当时上海有一些广东妓女，其中有一部分就专门接待这种外国水手，她们被称为"咸水妹"，是上海妓女当中比较特殊的一个群体。从她们身上也反映出了上海这个十里洋场的特色。

上海娼妓业的兴盛也可以用当时的统计数字来说明。根据上海租界工部局1920年的调查，上海仅租界就有各类妓女6万多人，其中"长三"1200人，"幺二"490人，"花烟巷"和"钉棚"的妓女21315人，"野鸡"37161人，如果加上其他地方的妓女，那么总数应该在10万人以上。而且还有许多暗娼是无法调查统计在内的，而那时上海的总人数也不过300万出头。妓女在全市成年妇女中占据15%左右，这个比例让人吃惊。从上述统计资料中也可以看出当时从事直接性交易的妓女的比例竟然占97%以上。

从清朝初年的"挂像姑"、"狎优伶"到民国初年的逛胡同、进"钉棚"，嫖客和妓女、相公的关系也发生了相应的变化。从饮酒作乐的假风流蜕变成了赤裸裸的皮肉生意。中国的娼妓业每况愈下，妓女当中富有才情、技艺出众者日渐稀少，而籍籍无名的直接做皮肉生意的妓女则形成了一支浩浩荡荡的队伍。

嫖客去妓院只是为了发泄性欲，而妓女渴望得到的只是金钱，双方各取所需。假如有了矛盾和冲突，双方往往就恶言相向，老拳相加。民国初年某月初五下午，京城南横街张相公庙南头，法部刘宅门口，有一个妓女在那儿高声叫喊："你还欠我三百多块钱呢，还我钱来！我来找你，你为什么不敢出来见我？"就在这个时候，从里面出来一个青年男子，旁若无人似的要上车。妓女看到了，三步并作两步跑过去，突然揪住了他的小辫子，大声喊着"还钱"。男的也不示弱，转身就跟那个妓女厮打起来。一时间两个人扭成一团，看热闹的人围成一圈。在两人难解难分、战斗正酣之际，来了一个巡警，把他俩都带走了。

# 旧世存影

①

②

① 1900年左右的英租界上海外滩
② 1900年左右的法租界上海外滩
③ 1920年左右的上海外滩
④ 1930左右的上海外滩。当时新海关大厦、沙逊大厦、百老汇大厦均已建成。

# 上海外滩

③ ④

　　外滩东临黄浦江，西有高楼大厦，是当年上海的金融中心。百余年来，外滩一直作为上海的象征出现在世人面前。外滩几乎是上海百年历史的代名词。

　　上海自1840年以后，作为五个通商口岸之一，开始对外开放。1845年，英国殖民主义者抢占外滩，建立了英租界，当时称为"英租界外滩"。1849年，法国殖民者也抢占外滩，建立了法租界，叫做"法兰西外滩"。自此到20世纪40年代初，外滩一直被英租界和法租界占据。

　　早期，外滩是一个对外贸易的中心，经济繁荣，洋行林立。从19世纪后期开始，许多外资、华资银行在外滩设立。当时人们称这里为上海的"金融街"，甚至称它为"东方华尔街"。外滩因此成了一块"风水宝地"。拥有外滩的一块土地，不仅象征了财富，更象征了名誉。

　　外滩高楼林立，风格迥异、富丽堂皇的各式建筑共有五十二栋。有罗马式的、哥德式的、巴洛克式的、文艺复兴式的、古典主义式的、中西合璧式的，各类建筑集中地排列着，有如万国建筑博物馆，是最具有特色的上海景观。无论是极目远眺还是徜徉其间，都能感受到一种刚健雄浑、雍容华贵的气势。

　　外滩最美的时候是在夜晚。当夜幕降临，华灯初上时，数十幢巍峨的大厦沉浸在霓虹灯的海洋里，一座座金碧辉煌如水下宫殿。很多人都会被这样的美景所震撼，不禁想："原来外滩可以这么美！"

红粉骷髅,腰间悬剑,斩尽天下少年英才。
秦楼一梦,楚馆三更,换来半世风流薄幸。莫,莫,莫!

第二章

# 画阁春风

◎ 著名的风月场

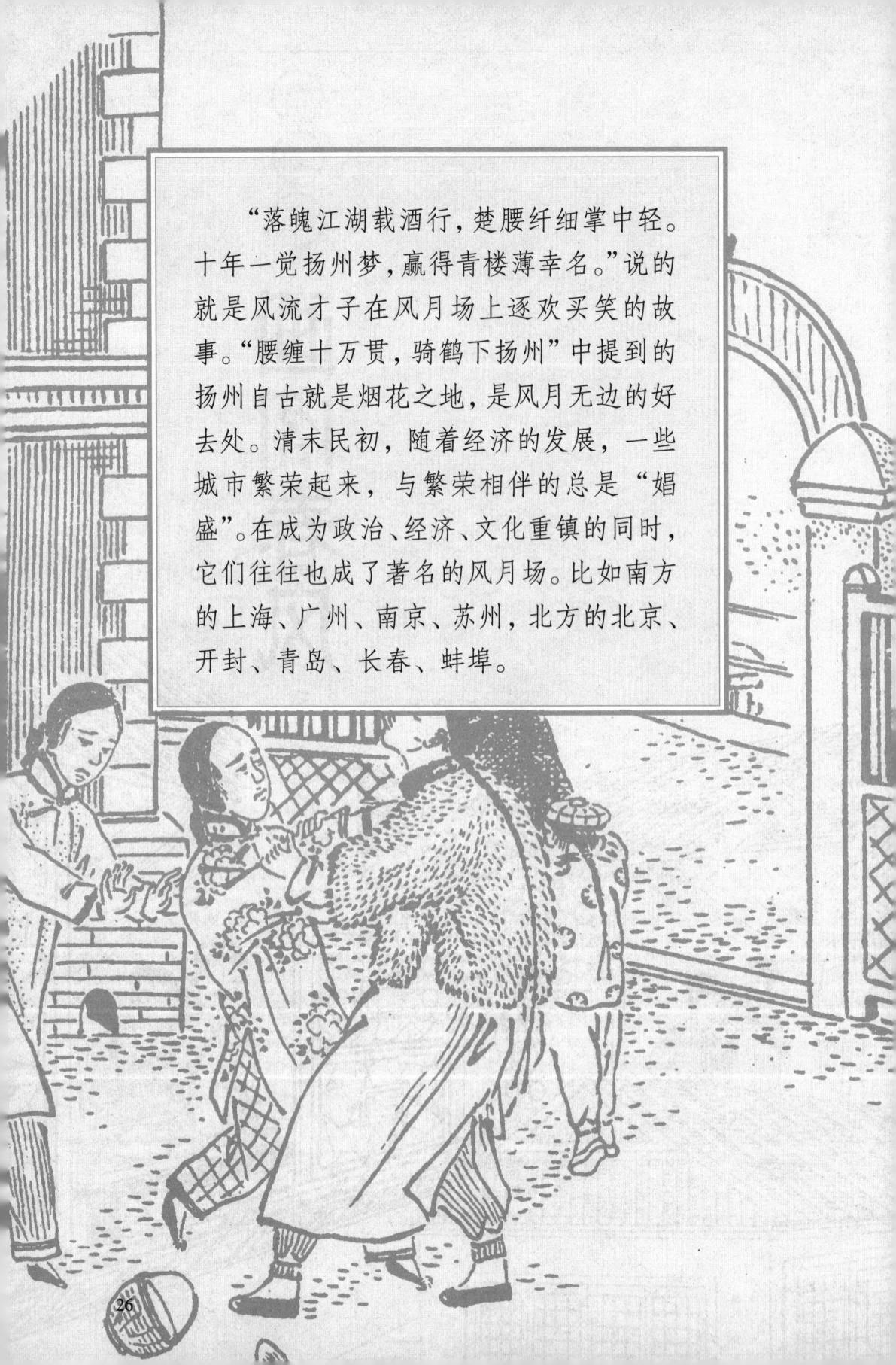

"落魄江湖载酒行,楚腰纤细掌中轻。十年一觉扬州梦,赢得青楼薄幸名。"说的就是风流才子在风月场上逐欢买笑的故事。"腰缠十万贯,骑鹤下扬州"中提到的扬州自古就是烟花之地,是风月无边的好去处。清末民初,随着经济的发展,一些城市繁荣起来,与繁荣相伴的总是"娼盛"。在成为政治、经济、文化重镇的同时,它们往往也成了著名的风月场。比如南方的上海、广州、南京、苏州,北方的北京、开封、青岛、长春、蚌埠。

## 第一节 ◎ 南妓风情

南方妓女比较活泼，言语乖巧，善解人意，应酬嫖客时很殷勤，但是却往往流于浮滑。如果论风头的话，北方妓女是比不过南方妓女的。一些既美貌又有才艺的名妓，往往都出自江南，所以有『江南出名妓』之说。如明末四大名妓李香君、柳如是、陈圆圆、董小宛都是江南人。清末民初的京城名妓，如赛金花、小凤仙等也都来自江浙一带。

# 上海

上海在鸦片战争以前，不过是一个小渔村而已。其后随着通商口岸的开辟，它逐渐发达起来，并且逐渐超过了名满天下的苏杭地区，成为南方新的经济、文化中心。在娼妓业方面，它的发展也是独树一帜的。这要从清末时期说起。

清末的同治、光绪年间，上海的娼妓主要集中在三个地区。

第一个地区是城内的老北门内沉香阁东一带，最有名的是朱家庄。这里的环境优雅别致，过了小石桥就是季家弄、昼锦坊，深街曲巷，别有一番天地。这里的妓女大多是苏州、南京、上海籍的高级妓女，她们的服务对象主要是富商、官僚和贵族。

第二个地区是公共租界里的南京路一带，这里也是风流卖笑的场所，但是档次比较低，有身份的人一般是不去的。这里的妓女的服务对象一般是小商小贩。

第三个地区是城外的临河一带，从北到东，也有很多娼家，不过大

多数是"钉棚",低矮、潮湿、狭小,房舍十分简陋。这儿住的大多是来自淮扬或者苏北的低级妓女,她们接待的大多是一些下层的男性。

光绪初年以后,租界内人口剧增,马路逐渐增多,贸易也发展起来了,上海的娼妓逐渐转移到公共租界和法租界,大大小小的妓院都集中到这儿了。那些屋子里面,往往有几个妓女分别居住。无论是"长三"、"幺二"还是"野鸡",她们的门口都有一个牌子,上面标示着她们的姓名和别号。牌子往往是用木头制成的,上面涂漆。比较精致的牌子用玻璃或者铜,还有的直接把名字写在门口挂的灯笼上面,这样就更容易辨认了。

娼妓的活动区域在虹桥、鱼行桥、南唐家弄、梅家弄、北门沉香阁、四马路东西荟芳里、萃秀里、三马路、五马路、跑马厅等地。

清末,上海不同等级的娼妓所在的区域也不相同。

"书寓"主要集中在公共租界里的东西画锦里、百花底、桂馨里、兆荣里、兆华里、兆富里、兆贵里、尚仁里、久安里、同庆里、日新里等弄堂中。

"长三"最早在上海县城的小东门一带,后来小东门发生了一次火

灾，到了十九世纪六七十年代迁移到四马路（今福州路）上的东西荟芳里等处，以后逐渐向三马路（今汉口路）的公阳里、美仁里等处发展，后来又发展到六马路（今北海路）。光绪末年，原四马路的"长三"妓院几乎全部转移到三马路西头，并且向跑马厅后面蔓延发展。

"幺二"，起初是在城北一带，租界繁荣起来后，逐渐转移到公共租界里的四马路萃秀里；光绪前期，主要集中在石路（福建中路）以西的大兴街（湖北路）、胡家宅（福州路附近）、东新桥一带；光绪后期在公共租界里的东西棋盘街（今湖南路，南至延安路，北至苏州河）。

提到上海，不能不说说它的花榜，这是娼妓业里面很有意思的一个话题。

所谓"花榜"，就是把妓女和名花联系起来，用花卉的名称、形态、属性来品评艳妓，把其比喻成某种花，来表现她的容貌气质。

近现代的开花榜，是从京城梨园那儿兴起的，保留着文人品评女性的风雅气息。

后来西风东渐，随着卖淫的公开化和色情业的畸形发展，花榜就开始雅中带俗，成了"品玩、选美、广告"三种含义都有的社会商业活动。它既可以为喜欢冶游的嫖客寻求刺激提供机会，也可以使妓女增添身价。

每到开评的时候，妓院门前车水马龙，风流骚客捧场游说，各家报刊大肆刊登妓女玉照。这些行为都促进了娼妓业的发展。

近现代许多地方都有开花榜的传统，但是规模最大、声势最强、最成体系的还是要数上海。上海的开花榜经历了三个时期。

第一个时期是十七世纪七十年代到九十年代。

这个时候仍然沿用以花卉名称为等级来评定女性的方法，品评时主要是看容貌和技艺两方面，所以有艳榜和艺榜的区别。这个时期比较有名的花榜有：

光绪丁丑（1877年）书仙花榜；

光绪庚辰（1880年）春季花榜，庚辰花榜特科；

光绪辛巳（1881年）春季花榜，秋季花榜；

光绪壬午（1882年）春季花朝艳榜；

光绪癸未（1883年）秋季花榜，癸未冬季花榜；

光绪戊子（1888年）夏季花榜；

光绪己丑（1889年）书寓花榜，曲中花榜。

评选出来的妓女，依据她们的身姿、容貌、性格，赋予相应的花名。比如1877年的书仙花榜，共分三级。

一、丽品，王逸卿，芍药，独擅风华，自成馨逸。

二、雅品，李佩兰，海棠，天半朱霞，云中白鹤。

三、韵品，胡素娟，杏花，风前新柳，花底娇莺。

这个时期的花榜由有钱的商人、有势的社会名流、有声望的文人学士主持，只在"书寓"、"长三"中评选，选出的名妓都被冠以花名。

第二个时期是十九世纪九十年代末到二十世纪初。

1896年,文学家李伯元在上海创办《游戏报》,提倡开花榜,并且将征集到的推荐书和评语在报上刊登出来。后来又有《花天日报》、《花世界报》、《闲情报》、《娱言报》、《采风报》等相继开设花榜,仍然分"花榜"和"艺榜"。前者以姿色容貌为标准,后者以歌舞技艺为标准。

从光绪丁丑到宣统己酉,花榜共开了十期,比如光绪丁丑的花榜状元为王秀兰,艺榜状元为张四宝。

这个时期的花榜都由报社主持评选,评选的办法是由读者根据报上所列的通告投函保荐,报社把征集来的推荐信和评语刊登出来,确定入选名单。虽然还有"艺榜"和"花榜"的区分,但是优胜者不再用花卉来命名,而是附庸风雅,沿用古代科举进士及第的称呼,前三名称为状元、榜眼、探花。

这个时期,李伯元还在花榜之外,别出心裁地搞"花选",著名的有"四大金刚":林黛玉、陆兰芬、张书玉、金小宝。其后又有人选出"四小金刚":张宝宝、左二宝、花素云、林月英;"新四金刚":缥缈楼、蟾月阁、谢情香、程静兰;"小四金刚":秦寓、张飏、王宝宝、潘凤春等等。

第三个时期是二十世纪二十年代前后。

民国初年的开花榜虽然只举行过四届，但是捧妓之风比过去更加厉害。1917年冬天，新世界游艺场和《新世界报》主持了上海妓界第一届"新世界花国"选举。它完全效仿民国初年的国民选举，由游客和嫖客自愿购买选票，一元一张，购票数目不限，由持票者投票选举。妓女组成"花国政府"，夺魁者为总统、副总统、总理等，各妓院所在的地方都设有都督、花政长等，入选者有二百一十多人。

1918年冬，新世界游艺场和《新世界报》举行第二届"新世界花国"选举。1920年，新世界游艺场和《新世界报》举行第三届"新世界花国"选举。这个时期的花榜优胜者仍然用投票选举的方法产生，规模比过去大多了。优胜者称为政府总统、总理，比如民国六年，新世界花国第一任大总统为冠芳，副总统为贝锦，国务总理为莲英。

1920年冬天，上海租界举行"淫风调查会"，提出"摇珠禁娼，五年禁绝"的方案。

它是指通过摇珠抽签的方式，依次决定哪些地区先禁娼，分批进行，五年之内全部禁绝。

随后在1920年12月举行了第一次摇珠抽签。在这种形势下，娼妓界的花榜也就寿终正寝了。

# 群妓聚陈塘

广州的娼妓业在清末民初大致经历了三个阶段：谷埠由盛转衰，陈塘逐渐兴起，东堤发展迅速。

十九世纪中叶，广州的冶游者大多集中在珠江的花舫上。珠江花舫以谷埠的为上乘，那儿的花事非常繁盛，冶游盛况空前，让人惊叹不已。

后来谷埠的花舫却接二连三地受到天灾人祸的打击。光绪二十年，也就是1894年，谷埠大寨中的一只花舫失火，蔓延到了停泊在岸上的其他船只，造成轰动一时的谷埠大火。光绪三十年，两广总督下令所有在谷埠、迎珠、合昌的大小花舫全部迁移到大沙头。到了宣统初年，谷埠等地的繁华景象已经不如往日。光绪三十四年，花舫又遭到了台风袭击，大半被毁坏了。台风过后，各大寨的妓女都暂时寄居在陈塘，到了花舫恢复的时候，返回大沙头的只有十之六七。宣统元年正月，大沙头也发生火灾，瞬息之间就蔓延到了相邻的船上，烧毁了大大小小数百只船。火灾过后，各个大寨都迁往东堤，谷埠花舫从此就一蹶不振，成为历史的遗迹。

陈塘紧靠珠江，第二次鸦片战争以后，各地来往载货的木船大多经过这里，这里的经济逐渐繁荣起来。最初的时候这里有八间大寨，还有一些与娼妓业有密切关系的酒家，如"流觞"、"永春"、"群乐"、"大观园"、"燕春台"、"京华"等，它们被公认为雅致的好地方。当时，陈塘的妓院主要集中在大巷口、新填地、陈塘南、隆吉里。1908年台风过后，大沙头的妓女基本上都迁移到了陈塘，导致陈塘的妓院人满为患，为此妓院业主又兴建了不少新的妓寨。在鼎盛时期，陈塘有妓院三十五家，各类妓女两千多人。

东堤沿江一带，在光绪年间就已经开辟成马路，建有洋房。宣统二年，长堤建成，又在东濠桥外面建成了两座四层洋楼，平排十六间。并且在桥下面建了戏台，称为广舞台戏院。以后又开辟马路，增设商铺，建立了新的园子，叫做"东园"。城内金花巷、清源里等处的妓院全都迁往东堤后面的沙地，大沙头的妓寨也被勒令舍舟登陆，迁到东堤沿江一带的新建楼房里。当时，共有妓院十二家，连同原"大小扬帮"的"天香"、"绮翠"

两个妓院，共有十四家妓院，妓女一千多人。东堤妓院在宣统三年到民国初年最兴盛，与陈塘形成东西对峙的竞争局面。

　　辛亥革命时，广州城内的妓女被冲散，走的走，改行的改行。1912年，胡汉民任广东总督，上台不久就下令禁娼，陈塘、东堤各处的妓寨随即衰落，这种情况直到1913年龙济光入粤后才有改变。他解除了娼禁，逃散各地的妓女纷纷返回，广州的娼妓业开始恢复。东堤自从陈炯明禁娼后就一蹶不振，陆地上的妓寨四分五裂，反而不如水上的花艇热闹，各寨妓女又陆续从陆地上返回了花艇。陈塘是商业闹市区，商贾云集，楼宇林立，是广州高级妓女会聚的场所。尽管入眼仍然是一派繁华，但是广州娼妓业的盛况已经一去不复返了。

## 粤妓正厅设宴

所谓一方水土养一方人，地域不同，风俗也就不一样。广东的妓女称为粤妓，自成一派，因为她们有自己的特色，不同于上海和北京的妓女。粤妓设宴很讲究，一定要安排在正厅。正厅里一般陈设豪华，摆放着一个巨大的圆桌，足够十三四个人围在一起饮酒作乐。设宴之前，粤妓会早早安排好乐师，以便开宴时奏曲助兴。这里的酒菜也比一般的妓院丰盛，并且十分精美，有鱼翅、虾仁等菜肴，每个客人都会单独分得一份。酒菜上席时，坐在角落里的乐师拉着二胡、敲着钲鼓伴奏，齐声高唱粤调歌曲。此举让人耳目一新。美味佳肴，又有美人相伴，再加上丝竹之音，赴宴的客人都心神荡漾。

# 南京

南京作为六朝古都，素来就有"北地胭脂，南朝金粉"的名声。清代的南京在乾隆、嘉庆两朝最兴盛，那个时候秦淮两岸名妓辈出，各张艳帜，此后虽然时有变迁，但是这种繁华的状况一直延续到了民国初年乃至国民政府南迁。

清代嘉庆年间的"秦淮后四美人"素月、倚云、蔻香、月仙以及民国时候的"秦淮四小名妓"陆艳秋、曹俊佩、陈怡红、王熙春可以作为南京的风月场的代表。

太平天国运动的时候，江南地区遭到了大劫。南京、扬州、杭州、苏州大都成为瓦砾。后来湘军控制了这个地区，秦淮河边已变得杂草塞道，瓦砾堆阶。当时一个叫汤小聪的秦淮妓女曾经作了一首诗，形象地描述了这种情况："劫后秦淮水不温，美人名士各销魂。可怜金粉飘零尽，剩馥残膏带泪痕。"

数年过后，秦淮河畔渐渐恢复了旧观，才姬名媛，又从吴中、邗上赶来，"两岸笙歌，一堤烟月"。太平天国以前的很多妓女这个时候也回来重操旧业。一个叫许豫的人曾经给她们作了一篇《白门衰柳记》，文章一刊登出来，立即引起轰动，甚至招致当局的封禁。书中所记的各个烟花女子，也都遭到世人的诟病，她们只好逃往上海另谋生路去了。王韬在光绪四年作《花国剧谈》，记载了当时全国青楼中的佼佼者，其中秦淮粉黛就有五人。

## 红男绿女游秦淮

南京在明代时，烟花极盛，但清兵入关，明朝灭亡后，由于动乱，一切化为瓦砾。但到了乾隆末年时，南京娼妓业复兴，扬帮、苏帮的妓女都聚集在这里。因此，这里吸引了众多士大夫。

说到这秦淮河的灯河画舫，它是一大奇景，也是南京娼妓业很有特色的一个组成部分。

秦淮河从祖龙开凿，源出溧水东北，经过方山，进入南京城的通济水门，贯穿全城，西出三山水门，自城西入大江。春夏之交，水势很盛，大家可以在船上尽情逗留玩耍。秋天以后水位落下，就不通船了。所以游玩者多选择盛夏或初秋的时候来此一游。

河两岸的妓院叫做"河房"，雕梁画栋，十分美丽。到了晚上，灯船汇集，仿佛火龙蜿蜒，名妓都扬锤击鼓，丝竹并举，婉转清唱，声声动人，一片太平盛世的繁荣景象。

## 妓女嫖客共一船

　　南京的妓院和贡院相对，附近有孔庙，所以清末民初的许多人都不说去逛妓院，而是说去逛夫子庙，其实就是狎游嫖妓的托辞罢了。贡院原先在利涉桥和武定桥之间，在钞库街的南边，和河房相对成一胜景。钞库街又叫沉香街，传说明代的书画收藏家项子京曾经在这儿焚烧过一张沉香床，香味四五天都散不去，因此得名。到了清末，秦淮粉黛们又都聚集在利涉桥东边的钓鱼巷了。

　　钓鱼巷迤逦到水关临河一带，是南京娼家云集的胜地，历史最悠久。到了民国初年，照旧生意兴隆，"娼盛"不衰。在城内，人们狎妓一般都到钓鱼巷，但是那儿的妓家大都设在狭窄的小楼上，多的一家设有四五十个房间，每个房间里头一般是二三人。这种群居式的青楼十分拥挤，加上结构不合理，时间久了就让人感到聒噪，没有什么清雅可言。于是一些喜欢清静的嫖客往往到城外的秦淮河上去。秦淮河上的妓女夜乘画舫在河面上穿梭往来，用扬琴或者胡琴伴着歌声来招揽嫖客，成为秦淮河一大景观。

　　民国初年，当局为了国会选举，着手禁娼工作，这虽然只是昙花一现的政治游戏，但南京的娼妓业却因此陷入低迷，妓女一变而为歌女。旧时沿河的妓家，有的成了民居，有的荒废了。这个曾经纸醉金迷的地方，往日的繁华景象已经不再了。

## 苏州的冶游之地

"高楼明月，夜夜笙歌。烟波画船，朝朝载酒。以致卖花声里，梦蝶随廿四番风。压酒垆头，诗仙艳十千一斗。"这首词说的是苏州的繁华。苏州因为名妓而出名，自古那儿出过不少的名妓，到了清代还有张秀芳、黄月舟、谈珊珊等，她们都是很有名气的。

苏州的冶游之地，据说以冶坊浜最出名。它得名于一个姓江的开的冶坊，东边是他的染坊，后来就叫做染坊浜。因为名字不好听，所以就直接称做"野芳"，之后"野"字变成了"冶"字。苏州当地有赛船的风俗，每年四月的时候，当地人就开始进行赛龙舟预演。那个时候总是非常热闹，画船集中在冶坊浜的青山绿水之间，别有一番情致。然后到了端午节前后的十几天当中，各种事情都停了下来，家家户户倾巢而出，一起去冶坊浜游玩。每年的这个时候，妓女们的生意就特别的好，她们借机争奇斗艳。

妓女们原先居住的地方有下塘、水潭头、菩提庵前、上塘道林庵前、永宁巷翠羽楼、下塘水潭头研花楼、半塘、木梳巷、闻德桥风箱弄、胥门内辫莲巷以及上塘天常弄、倪氏巷、算盘巷、圆照弄、丁家巷、上津桥石磬街、永福桥等地。除了冶坊浜，上塘、下塘、水塘、半塘等地也是妓女经常出没的场所。

## 乘坐花船赏荷花

苏州离上海不远，妓院中的很多风气和上海相似，不过也有不同之处。

上海的妓女外出应局或者和嫖客出去游玩，一般坐马车、轿子、汽车或者自己的包车，这都是陆地上的交通工具，非常气派。而苏州多水，妓女也不如上海妓女那样阔气，妓女出来往往乘坐小花船，倒也别有一番情致。

每年到了盛夏的时候，城外的荷花都开了，各个妓院的妓女都约了自己的嫖客，到荷塘里去泛舟，常常从傍晚一直游玩到深夜，这成了苏州夏季的一大特色。

每当傍晚太阳下山，暑热稍退，就见小桥边上，荷花塘里，小舟成群。荷塘里的荷花茂密繁盛，船儿一开进去就若隐若现，正是鸳鸯戏水的佳处。

## 虎丘山冶游

　　苏州名山很多,所以妓女们游山的机会也很多,这也成为当地风月场的一个特色。

　　苏州的虎丘山又叫虎埠,是一处历史名胜,它的历史最早可以追溯到古代的吴国。山不高,与周围的山相接,连绵迤逦,有一股不凡的气势。山上有一座七层宝塔,不知是何时修建,以塔为中心,形成了一个建筑群落,供前来游玩的人休憩玩耍。登上塔顶远望,可以看到苏州城的全景和城外的山山水水。所以,每年到了春秋两季,天气晴朗,阳光充足,人们或者踏青,或者赏秋,来到这里登塔远望。到了这个时候,苏州妓院里面的妓女也都和相熟的嫖客雇船出城,沿着水路游玩。从七里塘到山脚下有很长的一段水路。暮春时节,花儿欲谢未谢,天气乍暖还寒,水波泛绿,一行人坐船顺水而下,划船过了大的水域之后,就进入弯弯曲曲的狭窄水道,边上就是农家,鸡在咯咯打鸣,狗在汪汪直叫,竹篱茅舍,果树发芽,生机盎然。小船不时从一些小的拱形石桥或者木桥底下穿过,经过了九曲十八弯,才到山脚下。妓女和嫖客一起登山,自然另有一番乐趣。

## 第二节 ◎ 北妓风格

北方妓女不像南方妓女那样精明，而是老实、诚恳。正如南北的天气不同一样，南北方的妓女也有很大的差异，北方妓女是骏马秋风式的粗犷风格，不像南方妓女那样甜腻。北方的名妓当属北宋的李师师。李师师原是洛阳人，在『靖康之难』后逃到湖湘一带，为生计被迫流落风尘，后来与大宋天子一见钟情，成为当时的天下第一名妓。

# 北京的娼妓业

咸丰、同治年间，北京的妓院大多在外城。不过那个时候狎妓之风已经很盛行，北京的娼妓业非常兴盛。到了光绪初年，北京的妓院从城外转移到城内，集中在今天的西四以西的砖塔胡同一带。根据书上的记载，当时在口袋底、城隍庵、钱串胡同、大院胡同、三道胡同、小院胡同、玉带胡同等地方，都有蓄养歌妓的妓院，大约有二十家。一时间这些胡同名声大振，许多王公贵族都趋之若鹜。

到了光绪中期，京城的娼妓移居到城外，这种情况一直持续到清王朝被推翻。1900年，八国联军侵占北京，慈禧太后和光绪皇帝仓皇逃跑。联军到处烧杀抢掠，内城的歌妓风流云散，外城的妓馆虽然沿袭旧名，但已经不是先前的旧制了。

甲午战争以后，军费加上巨额赔款，使清政府出现了财政赤字。为了弥补财政亏空，清政府加大了征税力度，用各种名目增加捐税。光绪三十一年，京师巡警厅命令内城妓院迁到城外，发给营业执照，准许她们公开营业，并定期抽取妓捐。妓女按月缴纳妓捐者为官娼，也就是公娼，不缴妓捐的妓女就是私娼。这样，北京的娼妓业得到了官方的认可，从遮遮掩掩走向了公开。

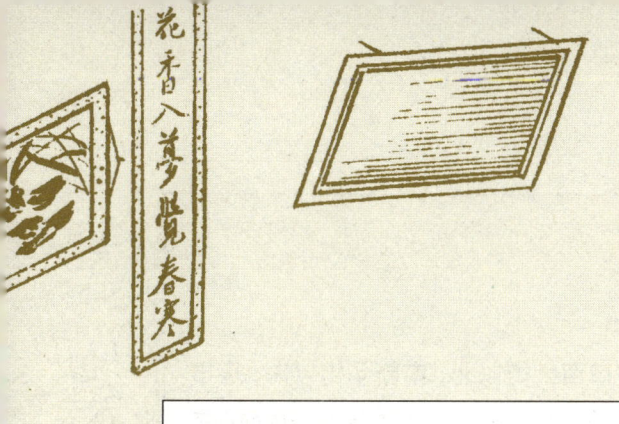

## 南妓北上

对外作战的失利,农民起义的冲击,使清王朝朝野上下形成了一股及时行乐的风气。八国联军入侵以后,王公贵族狎妓的风气更盛。此时,不少嫖客开始喜新厌旧,嫌弃北方妓女是庸脂俗粉,不屑一顾,转而喜欢江南佳丽。此时,江南的"南班子"涌向北方,一时间达官贵人争相尝新。清末,南妓北上,最负盛名的就是赛金花、谢姗姗和苏宝宝等人。她们相继北上,落脚在八大胡同,名震一时。八大胡同成为苏州、扬州、杭州等地的南妓来京后的聚集之地。

## 南妓胜北妓

八大胡同在铁树斜街以南,珠市口西大街以北,南新华街以东,煤市街以西,也就是现在的宣武区大栅栏地区内。一般公认的八大胡同是:李纱帽胡同、朱家胡同、石头胡同、王广福胡同、陕西巷、韩家潭、百顺胡同、胭脂胡同。它们的兴起,与士大夫阶层狎妓成风是紧密相联的。南妓北上以后,八大胡同又是另一番景象。原本韩家潭、陕西巷、百顺胡同、石头胡同为北方班子的天下,无奈姑苏女子皮肤白皙,声音甜美,加上高超的应酬功夫,胜过了北方的妓女,所以北方班子后来大多移到了王广福胡同。

此后,京城娼妓业虽然又不断发生变迁,但是八大胡同的窑主仍然首推赛金花。根据老北京的说法,清吟小班的各种章程都是赛金花首创的,并被沿袭到民国后期。

民国初年,中华民国临时政府迁都北京,京城繁华依旧,过去为

满清的王公贵族服务的娱乐业又转而为北洋军阀效劳。新上台的权贵们志得意满,恣意享乐,八大胡同成为他们经常出入的场所,他们依仗权势过着荒淫无度的生活。从民国初年起,八大胡同便十分兴盛:"茶楼酒肆近娼寮,都在繁华巷几条。车马如云人似海,果真夜夜是元宵。"北京的娼妓业可谓盛极一时。这种状况一直持续到民国十六年后国都南迁。

当时,北京的南班妓女主要集中在八大胡同和天桥大森里。大森里位于天桥西侧香厂路新世界游艺场南面,虽然仅仅是两幢灰色的二层楼房,但是它在嫖界的名气却和八大胡同不相上下。大森里系北洋军阀张勋以及北洋奉系军阀张宗昌、皖系军阀张敬尧等人出资修建而成,是头等"南班"的"清吟小班",主要接待军政界人物和富商大贾。

其后国民政府定都南京,政治中心随之南迁,权贵显要、文武百官、社会名流等也纷纷南迁,一时间,北京变得百业凋零,娼妓业一落千丈,娼妓数量减少,妓院也开始不景气。

# 开封

开封是中部地区的重镇。早在清朝时候，开封城内的第四巷和会馆胡同就是有名的娼妓聚集地。第四巷是上等妓女（又称"马班子"）的居住地，她们大多是南方来的扬州人，精通一两样技艺，因而总以"艺妓"和"书寓"的面目出现。会馆胡同的娼妓不会弹唱，只专门陪客过夜。

辛亥革命后，开封成为河南省省会。1912年，河南设立了警察厅，首任厅长严觐光开始收取花捐，于是就有了公娼、私娼的区别。公娼必须到警察厅登记、注册，由警察厅评定等级后，确定捐税数目，然后才可以公开营业；而私娼则是那些不愿意登记又不愿意纳税的秘密卖淫者，她们大多是被称为"半掩门"（俗称"叶里藏"）的低等妓女。清末民初，绝大多数妓女来自江南各省，其中尤其以扬州人为最多，因而有"扬州帮"的称呼。后来因为淮扬口音北方人和河南当地人听不懂，不能让嫖客尽兴，所以后来逐渐被本省的"河南帮"取代。

民国初年，开封的窑子分为五等。

一等窑子在第四巷。这些妓院大多门庭华丽、住室清洁、陈设雅致。住在第四巷一等窑子里的妓女称为"马班子"，她们大多是艺妓，善于唱曲。这些妓女身价高，有派头，一般只留宿而不在白天卖淫。夜宿资费也很高，民初为制钱六贯，但是必须连定两局。1914年改为银币十元。嫖客大多是当地的上层人物，比如军政首脑、富商豪绅、名门贵族的公子和社会名流等。

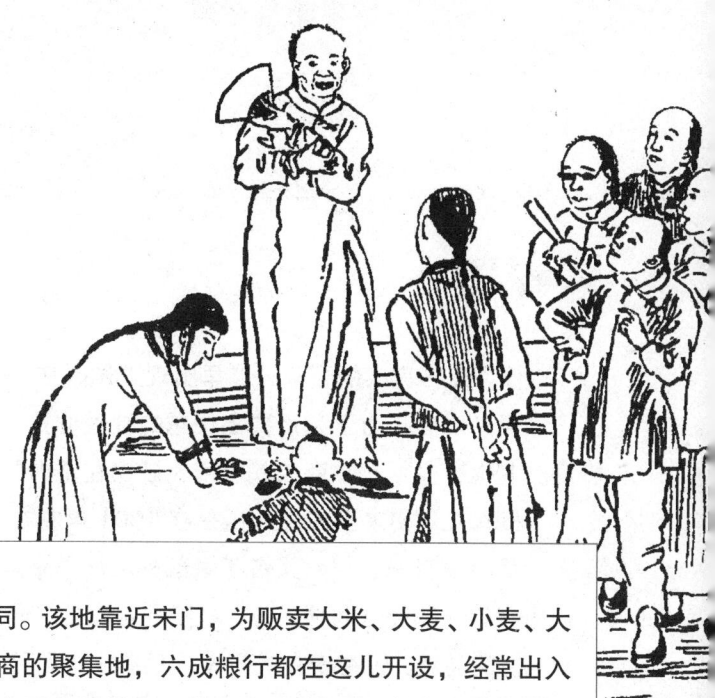

二等窑子在会馆胡同。该地靠近宋门，为贩卖大米、大麦、小麦、大豆、小豆、芝麻等的粮商的聚集地，六成粮行都在这儿开设，经常出入二等窑子的都是豫东各个县市的粮商、粮主和车夫等。在会馆胡同的二等窑子没有中长四巷的一等窑子那样的派头和规矩，屋内陈设非常简单。妓女大多是本地人或者是从豫东以及山东曹县一带拐骗来的幼女。她们不分白天黑夜都可以接客，民国初年每夜的"住局"费用为制钱三千文，后来为银币三到六元不等。

　　三等窑子在卧龙宫一带。门前没有显著标志，只是日夜都悬挂着一盏白纸灯笼。妓女岁数都比较大，大多是半老徐娘。她们或者是在二等窑子里染上了性病以后减价转卖而来的，或者是用廉价死契从外县农村买来的，但是大多数都染上了比较严重的性病。三等窑子日夜均可以接客。民国初期夜宿需要制钱一贯左右，关门三五百文；后来改为"住局"需银币八毛到一元，拉铺二三角就可以了。嫖客大多为小商贩、洋车夫以及流浪汉等。

　　四等窑子在外马号街高高山附近，五等窑子在禹王台一带。这些都是低等的妓院，大多是茅草屋或者高粱秆子搭成的庵。妓女大多都有严重的性病。民国初期"住局"费用要制钱二三百文，拉铺只要五六十文，甚至一二十文。由于环境恶劣，妓女又患有严重的性病，嫖客都视为畏途，因此四、五等窑子都逐渐被淘汰了。所以后来开封的娼妓业只有一、二、三等窑子。

　　二十世纪二十年代，一、二、三等窑子都在城东南，归警察局南区分署管。1925年，一等窑子的妓女约约有300人左右，二等窑子的妓女约有400人左右，三等窑子的妓女约有300人左右。

# 青岛

作为北方良港的青岛，最早出现娼妓是在十九世纪末。1897年德国占领青岛以后，为了利用青岛优越的地理位置，各国商人纷纷到这儿经商。其中有少数日本商人就携带着妓女在城内开设妓院。

日本人最初来到青岛大概是在1901年左右，人数也很少，也就56人。而当中卖淫的妇女又占了大部分。最早来到中国的高桥德夫、今村德重就是依靠经营酒楼、开办妓院而发家的，最后成为巨富。根据1907年6月的调查，留在青岛的日本人只有少得可怜的30户，共196人。其中经营照相业的有5户，21人；经营咖啡店的6户，15人；剩下的是经营妓院的4户，却有59人。

1914到1922年，日本占领着青岛，这个时期的青岛娼妓业最为兴盛。跟德国占领的时候相比，妓院和妓女的数目都有了明显的增加，其中大部分是外国的妓院和妓女，比如日本、俄国、朝鲜等。中国的妓院和妓女仅仅占了少数。日本妓院、朝鲜妓院比俄国妓院多得多，主要集中在聊城路、临清路、夏津路、第三公园一带，朝鲜妓院大多数都被日本人控制。俄国妓院主要集中在码头附近的沧口路、冠县路一带，数目比日本妓院、朝鲜妓院要少很多。俄国妓女主要是接待外国水手。

青岛娼妓业的兴盛时期是在1916年到1918年之间，那个时候下等的小妓院遍布青岛各地，可以说是五步一楼，十步一亭，分布在市内的两万余名日本人中就有大约两千人是艺妓或娼妓。1916年末，各妓院互相竞争，相继盖起新的高楼大厦，把散居市内的妓女、艺妓集中到了一起。当时的一流妓院有久米酒家、第一楼、大臣、三浦屋等。仅仅共和会大楼里面就有艺妓83名。三业公司的客房总数有55间，其中艺妓169人，女招待229人，朝鲜妓女93人。在冠县路、朝阳路、朝城路、金乡路、黄岛路、云南路、苹县路、龙门路等处还有中国人开设的妓院，但是规模和人数远远不及外国妓院。

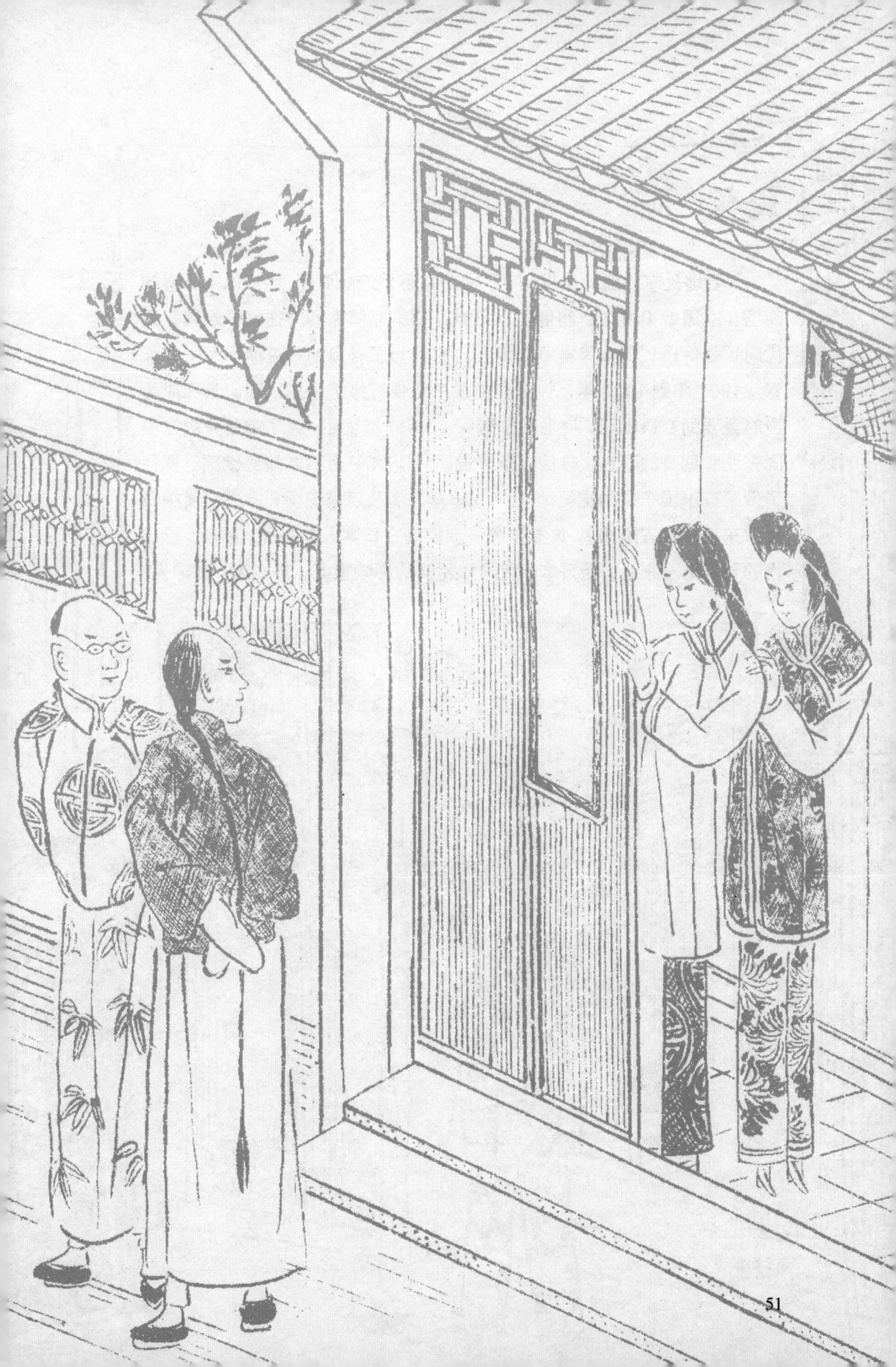

# 长春

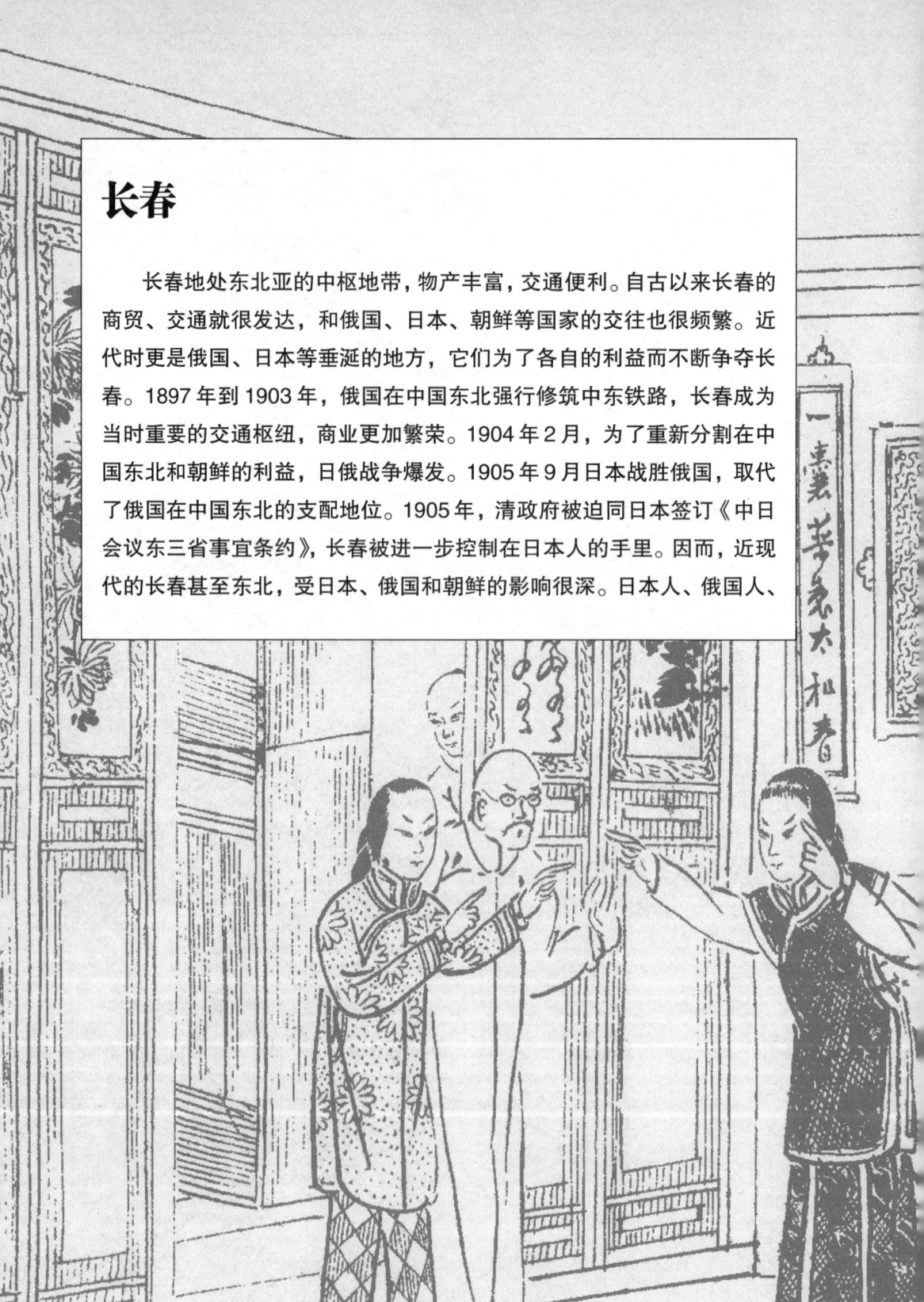

　　长春地处东北亚的中枢地带,物产丰富,交通便利。自古以来长春的商贸、交通就很发达,和俄国、日本、朝鲜等国家的交往也很频繁。近代时更是俄国、日本等垂涎的地方,它们为了各自的利益而不断争夺长春。1897年到1903年,俄国在中国东北强行修筑中东铁路,长春成为当时重要的交通枢纽,商业更加繁荣。1904年2月,为了重新分割在中国东北和朝鲜的利益,日俄战争爆发。1905年9月日本战胜俄国,取代了俄国在中国东北的支配地位。1905年,清政府被迫同日本签订《中日会议东三省事宜条约》,长春被进一步控制在日本人的手里。因而,近现代的长春甚至东北,受日本、俄国和朝鲜的影响很深。日本人、俄国人、

朝鲜人到东北做生意的很多，随处都可以见到他们开设的企业、商社、饭馆，当然，也包括妓院。

民国初期，长春的妓院集中在城内的四马路、五马路、宽城门、安达街一带，在七马路日本桥和头道沟一带，也有不少日本、俄国、朝鲜妓院。

当时，长春当地人开设的妓院分为四等，称谓和关内的妓院非常相似。一等妓院是最高等级的妓院，大多数以书寓、书院、书馆、班等来称呼。二等妓院称为局、堂、馆等。三等、四等妓院是低级的妓院，大多以茶店、旅馆、客栈、小铺为名来招揽嫖客，没有招牌。

当时，在长春的日本妓院既有日本官方开办的，也有来华的日本人开办的，还有日本企业开办的。当时日本人开办的最有名的妓院有：扇芸亭、一口家、三乐园、桃园、桐壶、天昇、竹苑等。在头道沟地区还有一些当地人开办的妓院，比如艳春书馆、东群仙下处、西群仙下处、天顺班、莲香班、双玉班、大观楼书寓、福庆堂、双乐堂、长乐堂、艳乐堂、荣华堂、吉庆堂等。这些地方共有妓女1300多人。

# 蚌埠

　　蚌埠的娼妓业几乎和蚌埠的兴起同步，都是在清朝末年。它经历了清朝末年的"河北花船"时期，也经历了民国初年的老蚌埠重建时期。

　　1853年，太平军林凤祥、李开芳的部队从扬州出发北伐，穿过安徽，经过蚌埠时和清军展开了激烈战斗，清军敌不住，就败退放火，把淮河南岸的老蚌埠集镇烧成瓦砾。其后，淮河北岸的小蚌埠发展起来。光绪时朝廷在蚌埠设立衙门，其首脑姓李，官职比七品县令还低。他到任后，为了谋取私利，派人从外地购来两艘装饰华丽的花船，船内安排妓女，勾引走水路的客商上花船取乐。这就是蚌埠最早的妓女。"河北花船"盛极一时，成为蚌埠一景。这就是蚌埠娼妓业的"河北花船"时期。

　　到了民国初年，淮河南岸的老蚌埠开始重建和发展。这时的娼妓业除了借助"河北花船"外，还借助淮河南岸新兴的旅店业进行发展。一是随着城区在南岸的拓展，淮河北岸的花船上面的妓女逐渐上岸住进客栈揽客。二是由于南来北往的商旅和民工极多，因而旅店业也兴盛起来。当时著名的旅店有：大喜客栈、怡安客栈、同升客栈等。旅店主人为了招揽客人住宿，大多都招募妓女进店揽客。这个时候各个客栈的妓女大多来自寿县西边的正阳关和河南商城县。她们大多随着自己的丈夫来到蚌埠，以自己的丈夫为老板，不受客栈管制。她们虽然油头粉面，但衣着土气，不善辞令。

　　1913年北洋军阀倪嗣冲攻占安庆并且出任安徽都督，蚌埠逐渐成为安徽的政治、军事中心。官僚、巨商、豪绅等也开始在这里进进出出，城市规模扩大，商业进一步繁荣。旅店业也因为铁路的修建而进一步发展起来。著名的旅店有：火车站附近的岑楼，华昌街西口的青云楼、云阳楼，华昌街中段的第一楼，二马路西段的中华客栈，中山街北头的大观

楼，大马路中段的华新楼等等。其中尤为引人瞩目的是二马路与华昌街交界处的东亚旅社。这些旅店内都住着妓女。

当时蚌埠的妓女有两个来源。一是乘帆船来的。她们大多是老鸨从清江浦买来的，被称为"清江水孜"。她们的年龄比较小，大多在二十岁以下。装束也比商城帮时髦，而且放足、梳辫子。按照接客与否，还有清倌人和红倌人之分。二是乘火车来的扬州帮和随后来的苏州帮。她们也是老板花钱买来的，但大多有娘姨陪同。她们因为容貌漂亮，多数居住在高级旅馆里，如德和楼、第一楼等。而"清江水孜"则住在城内的一些中低档旅馆里。民国初年，妓女们习惯在旅店内包租房间，自行拉客营业，按月向旅店交房租。其后，随着娼妓业的发展，城内的"一大巷"成为妓女最集中的地方。这里也成为绅士商人交际应酬、官僚政客幕后活动的场所，有不少人在这儿成事、起家、发财。因而，当时有人把"一大巷"称为"成业里"。这就是蚌埠娼妓业在民国初期的"私营"时期。

在二十世纪二十年代前后，蚌埠的政府当局成立了花捐所，开始向妓女收取花捐。妓女出门应局或者留客住宿都要缴税。从此以后，妓女卖淫就因为缴税而开始合法化和公开化。这就是蚌埠官办娼妓业的开始。1920年，倪嗣冲下台，1928年国民军冯玉祥部队的方镇武将军出任安徽省政府主席。他在驻蚌埠期间力主禁娼，宣布所有的明娼暗娼一律为非法，限令城内所有妓院在一个月内统统关门歇业。另一方面，他还积极筹划设立济良所，帮助妓女从良，并将拐卖妇女、诱骗妇女卖淫的龟头何子方、李小亭抓了起来。一时间蚌埠城内娼妓业衰退，各大旅馆不见妓女进出了。但是时隔不久，方镇武将军因为反对蒋介石而被扣押，禁娼法令就随之夭折。南京政府派来的大员宣称，蚌埠拖欠了中央政府的花捐税，要求重新放开娼妓业并迅速补齐花捐税。从此以后，蚌埠娼妓业在短暂受挫后又重新开始繁荣起来。

旧 世 存 影

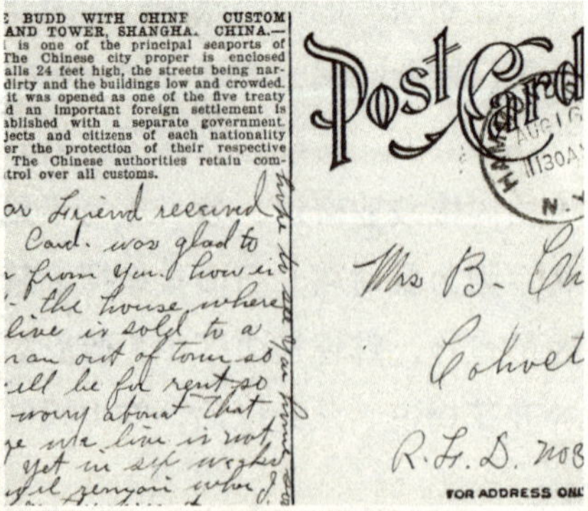

① ② ③ ④

① 明信片的背面。上贴德国在华客邮票，销上海德国客邮局戳。1905年3月23日由上海寄往山东，有青州府到达戳。
② 明信片的背面。上贴香港4先令邮票，销上海英国客邮局戳。1906年8月18日寄新西兰威灵顿市。
③ 明信片的背面。1912年由上海寄往美国纽约，贴1分面额的美国邮票，销上海美国客邮局戳及美国到达戳。
④ 1907年至1911年间，德国总会专用的清代明信片。

# 第一枚中国邮票

清朝政府海关在1878年8月15日试办邮政，首次发行中国第一套邮票——大龙邮票，主图是清皇室的象征——蟠龙，这套邮票共三枚。

按理说，邮票应该由邮政部门发行，但是，中国的第一套邮票却与海关有着不解之缘。1840年鸦片战争后，西方列强疯狂地在中国攫取权力，海关更是被他们所把持。当时，英国人赫德担任清政府海关总税务司。赫德与李鸿章关系密切，是个中国通，他对中国的邮政大权觊觎已久，于是想方设法让清政府同意由海关来试办邮政。

1878年，总税务司赫德指派天津海关的德璀琳来筹办中国海关的邮务。他们以天津海关为中心，在北京、营口、烟台和上海等五个海关试办海关的邮政。天津是中国海关试办邮政的第一站。

1878年3月，天津海关税务司德璀琳筹备建立的天津海关书信馆——中国近代史上第一家效仿西方模式的邮局书信馆，正式对社会开放。它设在海河岸边的老海关大楼（曾是海关的公事房）里。

书信馆开办起来以后，为了便于邮件收送，并规范海关对邮政业务的管理，德璀琳又组织印发了中国近代史上的第一套海关邮票——大龙邮票。

据史书记载，早在书信馆运行前一年，德璀琳就已经向英国寄去了定制邮票的订单，最后因时间周期过长而作罢。无奈之下，他只好请上海的海关造册处先行印制一批邮票应急。上海海关造册处当即以蟠龙为图案印制了一套邮票，共三枚。

这套邮票，图案的正中绘一条五爪蟠龙，两眼圆睁，衬以云彩水浪，给人以腾云驾雾、呼之欲出之感。邮票上印有十分醒目的"大清邮政局"五个字。

这是中国发行的第一套邮票，集邮界习惯称其为"海关大龙"，简称"大龙邮票"。

红粉骷髅，腰间悬剑，斩尽天下少年英才。
秦楼一梦，楚馆三更，换来半世风流薄幸。莫，莫，莫！

# 第三章 汀洲芳草

○ 青楼规矩与妓女生活

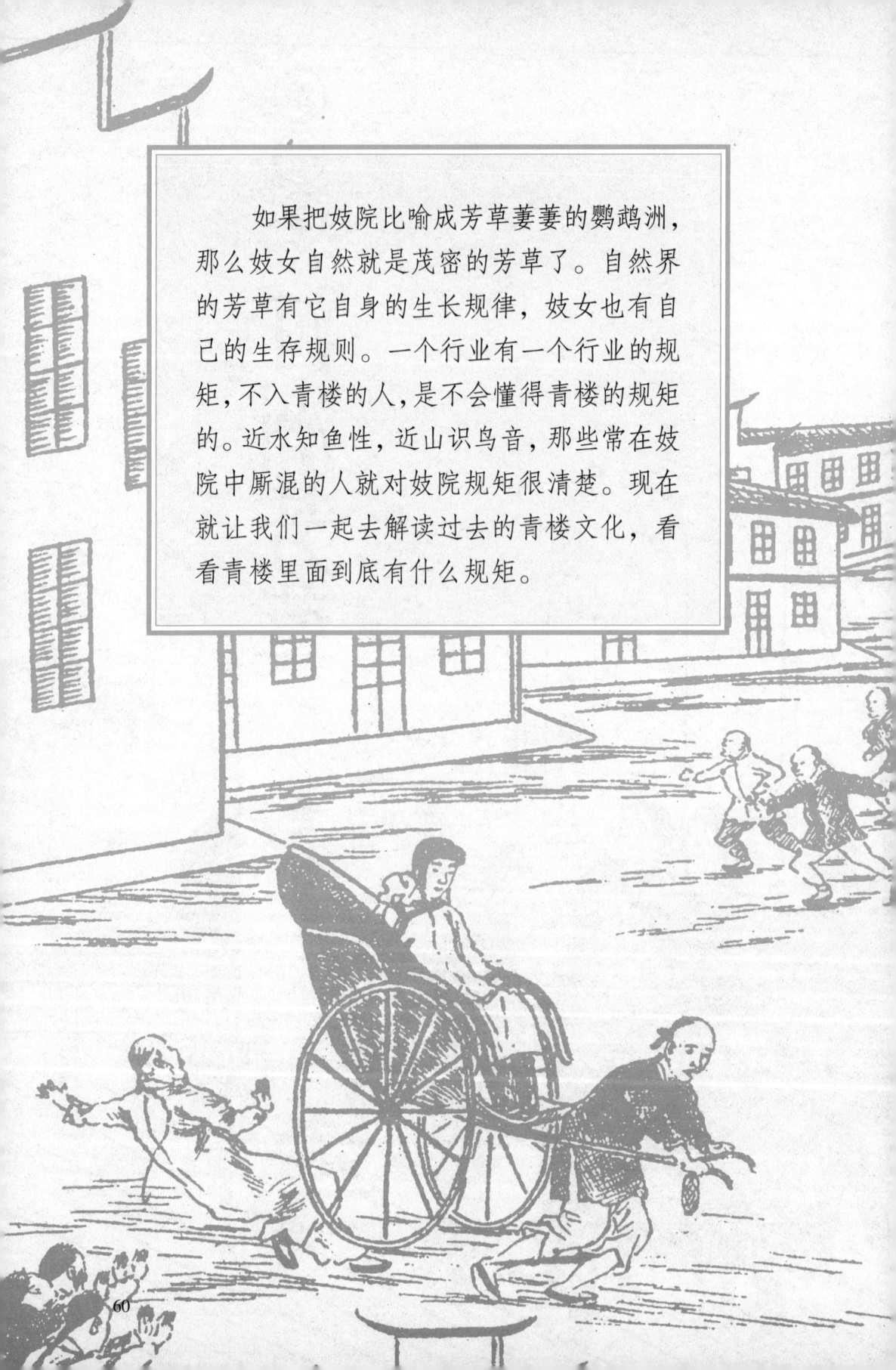

如果把妓院比喻成芳草萋萋的鹦鹉洲，那么妓女自然就是茂密的芳草了。自然界的芳草有它自身的生长规律，妓女也有自己的生存规则。一个行业有一个行业的规矩，不入青楼的人，是不会懂得青楼的规矩的。近水知鱼性，近山识鸟音，那些常在妓院中厮混的人就对妓院规矩很清楚。现在就让我们一起去解读过去的青楼文化，看看青楼里面到底有什么规矩。

## 第一节 ◎ 风月无边

清末民初的娼妓业十分发达,各个方面发展得很完善,里面的内容非常复杂,如果不是有心去了解,很多东西你是一辈子都搞不明白的。

# 从妓女到老鸨

清末民初，天灾人祸不断，先不说那军阀混战频频发生，单是那连连洪水就已经闹得民不聊生了。许多女子迫于生计，沦落青楼，红玉就是其中的一个。

红玉本来是扬州女子，这一年，家里特别困难，她姐妹又多，连吃饭都成问题。父母无奈，一狠心，就把她典押给了当地一所二流的妓院——宝升妓院。红玉天生丽质，有着扬州女子特有的风韵，尤其是那一口吴侬软语，令人心醉。再加上她很聪明，很快就熟悉了妓院里的各种规矩，所以很快就在宝升妓院红了起来。

由于捧场的顾客多，她的生意十分好，赚得也多，上交给老鸨的钱也就很多。渐渐地，她还清了典押钱，就不再受老鸨的控制了，成了自由身。于是，她开始自立门户，继续挂牌营业，凭着自己以前的名气，生意依然很好，她也赚了不少银子。

后来，随着岁月的流逝，红颜渐老，红玉就琢磨着转行。她头脑灵活，这些年也积攒了一些银子，并且在风月场摸爬滚打了这么多年，对里面的各种规矩都熟络于心，所以，便拿积蓄买来了一批女孩，自己做起了老鸨。

相对来说，红玉还算是比较幸运的，至少后来她不用受老鸨的盘剥，恢复了自由身。更多的妓女则终生都处于老鸨的控制下，辛辛苦苦赚来的钱却都进了老鸨的口袋，她们悲惨地生活着，直到死去。在我们看来，红玉又是可悲的，她始终摆脱不了风月场，离不开妓院。可是，在那个连男人都难以生存的动乱年代，她一个什么都不会的女人，又能做些什么呢？这只是社会的悲剧，而她却是没有选择余地的。

## 名目繁多的见面规矩

　　上海妓院里早先的局票和请客票都是用一般的纸张写就的，并没有什么讲究。后来有好事的人觉得这样不够风雅，就仿照旧时词笺之制，专门为此制版，在色彩、纸质等方面都很讲究，然后印制出来送给所喜欢的妓女。没想到这种方式竟然大受欢迎，很快就在上海妓院里流行起来。五花八门的请客票、叫局票流行在大大小小的妓院里面，很多票都制作得十分精美，为风月场增添了几分风雅。

　　嫖客不认识妓女，写局票到妓院唤妓女出来一见，这叫做"打样堂差"。把妓女介绍给其他客人，这叫做"转堂差"。一些名妓出局大多有轿子或者马车接送。她们手持自我介绍的大字名片，坐在蓝呢软轿里或者马车上，俨然一副大官出外巡视的派头。而没有破身的小先生，也就是清倌人，出局时则坐在龟奴的肩上，这种风气到了民国时候才逐渐消失。

# 妓院的形式

清末民初的娼妓业十分发达,各个方面发展得很完善,里面的内容非常复杂,如果不用心了解,很多东西你一辈子也很难搞明白。我们首先来看看过去妓院的营业方式。

第一种是住家制,自由身或者是已经赎身成为自由身的高级妓女惯常采用这一种形式。住家的妓女自己租赁房屋,自立门户,公开挂牌营业。住家租住的房屋大多选在比较清净的地方,房间陈设考究,布置典雅。出入的嫖客大多是社会上层人士。清末民初的上海名妓陆兰芬、金小宝等都做过住家,名妓赛金花也曾经在上海、北京做过住家。上海有的长三妓院也采用住家的形式,不过妓女不是自由身,而是从小就被父母卖给妓院的"讨人"或者押账的"半讨人",房屋也是妓院老鸨租的而不是妓女自己租的。妓女称呼老鸨为"姆妈",视其为"养母",外人不知道究竟的还以为是一个家庭。

还有一种是大院制。大院的规模比住家大得多。妓院的房屋多数是由老鸨向他人包租的或者自己建造的。院内的妓女按照她们的人身归属有几种情况:一是"讨人",就是从小就被老鸨买来作为养女的;二是"包来的",就是从小就被父母典押给妓院抵债的;三是"捆来的",就是自己无力还债,由妓院贷款帮助她还;四是"客师",即老板聘请来的自由身。院内有大小不等的房屋若干,本家为这些妓女提供住的地方和伙食。"讨人"和"包来的"因为完全属于老鸨的私人财产,所以得到的收入全部归老鸨;"捆来的"收入也归老鸨,但是还清债务以后,就可以离开妓院,上文提到的红玉就是这种情况;"客师"所得按照四六开或者三七开的比例与本家"拆账"。

第三种是分院制。拥有房宅的本家虽然开妓院,但是手下只有少数几个"讨人",多余的房间闲置不用,于是就包租给"自由身",这叫做"包房间"。这些"自由身"与本家的关系类似于旅店老板和旅客的关系,"自由身"每月只需要按时交纳房租和饭费,卖淫所得本家无权过问,应该缴纳多少捐税也由妓女自己负责,和本家无关。本家只是规定包房间的

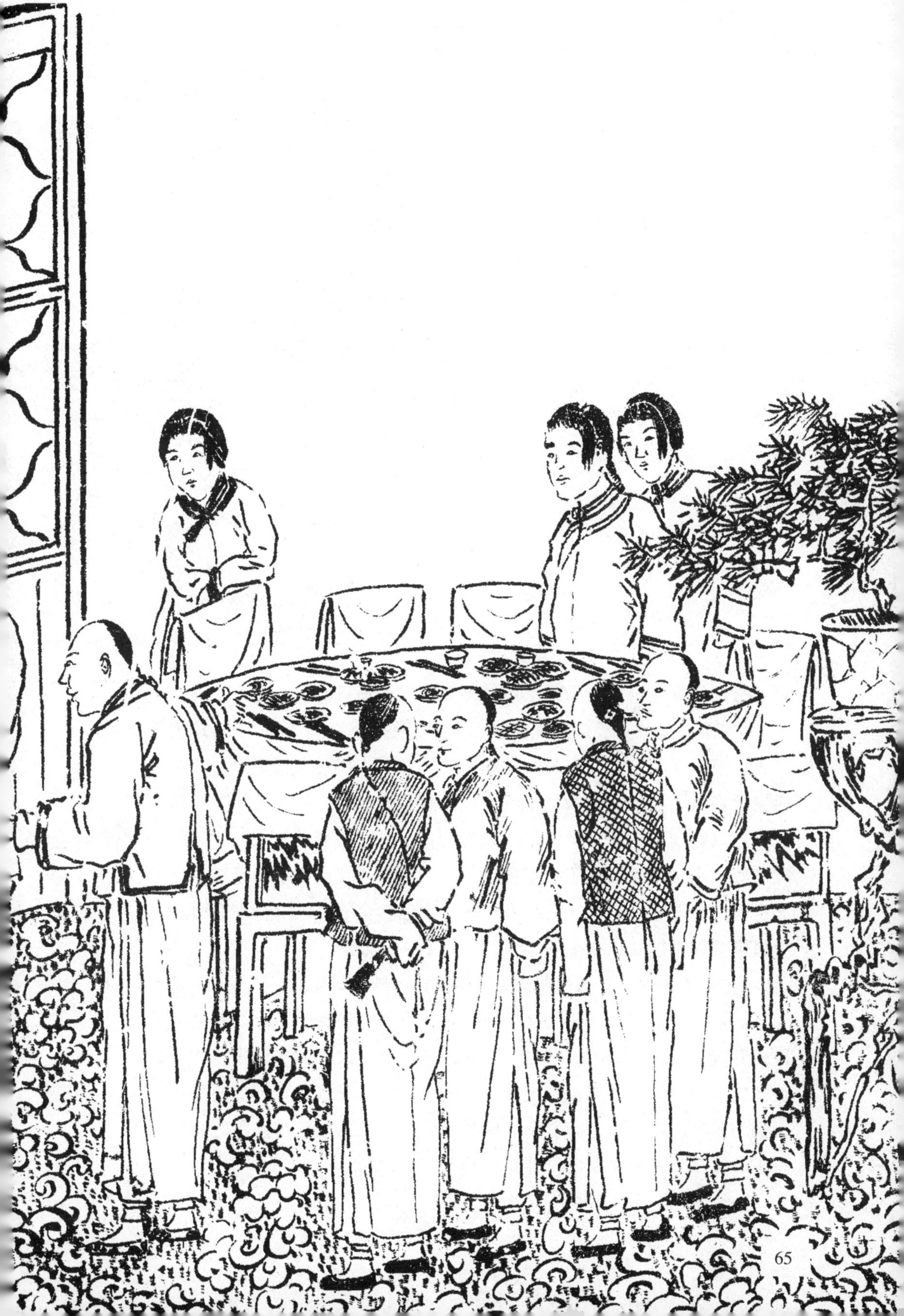

酒宴必须用本家厨房的酒菜，不得外买，如此而已。

妓院形式众多，经营方式各异，各个妓院之间为了竞争，在管理上下功夫，所以妓院的管理也是自成体系的。政府当局的宏观管理，其实际意义就是收取妓捐，增加财政收入。而具体到妓院，则主要是由老板或者领家来管理。老板为了获得高额利润，一方面按照"讨人"的等级分配房间，赚取不同层次的嫖客的钱；一方面为"自由身"尽量提供好的服务条件，双方订约分红。这样一来，不但各个妓院之间存在竞争，一个妓院的内部往往也有等级之分，而且竞争激烈。

当然，无论是某个妓院的等级，还是某个妓女的等级，都不是固定不变的。对于妓女来说，加强文化修养，提高服务质量，扩大知名度，就可以升级，否则就要降级。对于妓院来说，通过改善服务设施，调整妓女队伍，提高妓女素质，扩大社会影响，也可以升级，否则就要降级甚至倒闭了。所以，妓女与妓女之间的竞争很激烈，妓院与妓院之间的竞争也非常激烈。其中最值得注意的就是帮派之争。

帮派之争的主要内容是以地方特色来吸引和争夺嫖客,许多繁华的城市都存在这种现象,如上海。上海不仅妓女帮派众多,而且竞争激烈。竞争的结果是苏帮大获全胜。苏帮获得胜利的原因大约有四个,一是苏州妓女的吴侬软语在上海居于正统地位;二是苏州妓女善于弹唱昆曲,迎合了当时的潮流;三是苏州妓女姿色出众,容易赢得嫖客的青睐;四是苏州妓女人多势众。上海著名的妓帮有十派之多,实际上还不止这个数。例如,当时的粤妓有老举和咸水妹两类,风格独树一帜,她们讲的是粤语,唱的是粤剧,摆的是粤菜,地方特色非常鲜明,不仅广东籍的嫖客喜欢,其他地方的男子也乐意品尝广东风味。此外,外国妓女也是中国男子猎奇的对象,不仅有欧洲妓女,而且还有日本妓女、白俄妓女等。

　　天津从光绪时候起,妓女就有南帮、北帮的分别,南帮大多是扬州人,北帮大多是直隶人。广州除了本帮之外,还有扬帮等。清末民初,汉口也有苏帮、川帮、湖南帮、江西帮、本帮之别,其中川帮是龙头老大。

## 妓女品级的决定因素

不同的妓女分属于不同等级的妓院，她们之间的地位也是千差万别的。这种地位上的差别取决于下面几个因素。

首先是年龄。娼妓业是"青春职业"，妓女的品级与妓女的年龄关系极大。就总体来说，品级高的妓女，大多总是年轻的。随着妓女年龄的增长，妓女的品级顺势下降，向着更低的等级流动。在近现代的旧中国，妓女以十五六岁的"二八佳人"为上品，她们过了二十岁，就有可能被认为是迟暮的老妓而不受欢迎了。许多高等妓院的妓女，当她们还是孩子的时候就被老鸨买来作"养女"，凡是应酬上层社会的嫖客所需要的手段，比如琴棋书画以及仪态举止等，全都从小教起。老鸨从赚钱的角度考虑，总是希望在妓女小时候投入的金钱和精力，在她们长大接客后尽可能多地赚回来。因而，妓院需要的是尽可能延长卖淫时间，尽量卖大价钱的青春少女。

其次是容貌。美貌是决定妓女品级的重要因素，有时甚至超过年龄对品级的影响。在旧中国的许多城市，大凡能够进入高等妓院的妓女，都是美貌出众的丽人。鸦片战争以后，各地的卖淫活动逐渐半公开化、公开化，妓女的色相较之妓女的技艺更为嫖客所看重，具有肌肤如雪、娇小玲珑等形象特征的妓女受嫖客欢迎。

还有一点就是出生地了。在近现代娼妓业的发展历史上，有"大同婆娘"、"扬州瘦马"的戏语，它反映了籍贯或者出生地对妓女品味的影响。由于各地的经济发展状况、人文背景和社会环境不同，因而妓女的容貌、装束、习惯等也有很多差异。一般来说，穿江南服饰，操吴侬软语的江南妓女当时比较受嫖客欢迎。在北京、上海等大都市，高等妓院的妓女大都来自苏州、杭州、南京、无锡、常州等江南城镇。上海的"书寓"、"长三"大多是苏州人，北京的"清吟小班"中大多也是"南班子"；而在上海的"幺二"以及更低等级的妓女中，则多数是扬州人和苏北人，在北京的"下处"里则多数是"北班子"。

## "进院"

在封建等级社会里形成的中国娼妓制度，到了近现代尤其是清末民初，已经是规矩繁多。无论是妓院内各色人等的称谓，还是妓女的身份、等级、奖惩办法以及妓院的组织、管理，都已经由习惯成为定规，嫖妓的过程也比较复杂，有很多收费项目。当然，在低等的妓院里，程序还是比较简单的，只是一种直接的肉体交易：进院、打茶围、拉铺、住局，无一不是直截了当，开门见山。越是高级的妓院，嫖妓的过程就越复杂。从进院、升阶、登堂、进轩到定情，都有一套规矩。来客也有献礼厚薄的区别，妓院也就看人下菜碟。嫖客有什么样的身份就有什么样的待遇。客人肯花什么钱，妓院就会有什么样的招待。

在妓院里，嫖客与妓女接触的方式大致有两种：其一是"进院"，就是嫖客到妓院里去嫖；其二是"出局"，又叫做"出堂差"，就是妓女应召出外陪客。

以嫖客进院为例，规矩就很多。既有简单的"装干湿"、"打茶围"，还有比较复杂的"酒局"，就是嫖客在妓院内摆酒席，宴请宾客。"酒局"有比较简单的，比如广东人说的"饮花酒"，上海人说的"摆花酒"、"做花头"，北京人说的"摆饭局"等。还有程式复杂、场面比较大的筵席，比如广东的"大寨"。嫖客进入妓院和妓女发生关系以前，还有"出毛巾"、"探房"、"摆房"等一系列繁复的程序。

嫖客一踏进妓院，就有人吆喝、通报。上海妓院吆喝叫"移茶"，北京妓院吆喝叫"看厅"。妓女们闻声迅速地从各自的房间里跑出来站在客人面前，任其挑选。客人选中妓女后就把茶移到她的房间去。上海棋盘街一带，都是一些幺二妓院。它们的规模和长三妓院是不一样的。如果是生客第一次来，想要一睹妓女的芳容，就有"移茶"的定例。这是幺二妓院特有的规矩。生客初来乍到，并不熟悉情况，坐定之后，龟奴就开始吆喝："姑娘们，来客喽！"不多时，各妓女纷纷从房中走出，花红柳绿，环肥燕瘦，一起汇集于前，让你目不暇接，甚至口角流涎。她们轻移莲步，齐道万福，然后后退一步站立，眉目传情，无限娇柔，供你挑选。待你选定了之后,就可以和选好的妓女一起进入房中,妓女亲自为你煮茶,并且奉上瓜子、水果,客人只需要花费一块钱就可以了。有好事的人借着"移茶"这个由头,一晚上在多个妓院里面逛,遍览美女,大饱眼福。

"打茶围",又叫做"装干湿"。这是进院后的另一个程序,也就是妓女用东西招待嫖客。有的地方也把这个程序叫做"开盘"。嫖客和妓女一边吃,一边调情寻乐,为"拉铺"、"住局"等做准备。"打茶围"一般都是按照小时来收费的。不过上海的长三堂子"打茶围"是不收费的,这是她们笼络客人、联络感情的一种手法。当客人带着朋友来长三堂子坐坐,聊聊天时,堂子里的先生就带着娘姨、大姐笑脸相迎,奉上茶水、瓜子、水果、水烟、鸦片等飨客。客人当然不会只一味享受这些免费的招待,一定会有

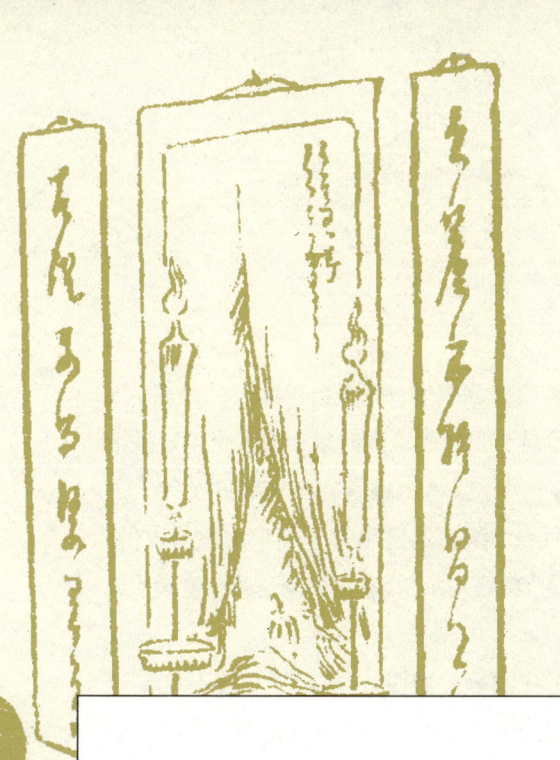

所回报，除了经常叫她的"局"之外，还会不时地给她"绷场面"。"绷场面"的方式一是在她的寓室中摆酒；二是碰和，就是在她的寓室中搓麻将。

"出毛巾"就是嫖客在酒舫大摆筵席，宴请宾客，炫耀自己的阔绰。嫖客喜欢的妓女在席上把毛巾分别送给各位来宾，另外用一条特别华丽的毛巾送给喜欢她的嫖客，表示对这个嫖客的钟情。在"出毛巾"仪式过后，还必须"探房"。

"探房"就是嫖客再宴请一次宾客，排场跟"出毛巾"一样，所不同的是"探房"的筵席不是摆在一般的酒舫，而是摆在妓女的闺房。"探房"后嫖客还必须为妓女"摆房"。

"摆房"就是将妓女闺房内的所有家具、被褥、帐幔等全部撤下来，另行购置，摆设一新，所有花费全部由这个嫖客承担。

只有经过"进院"、"打茶围"、"出毛巾"、"探房"、"摆房"等一系列程序，嫖客才能和这个妓女"定情"，才能和这个妓女单独相处。

又比如，在上海的长三妓院，嫖客和妓女的最初相识，一般是由朋友在酒席间介绍，这叫做"转堂差"；或者是嫖客见到了妓院门口的花标后，写好局票叫该妓女出来一见，这叫做"打样堂差"。如果见面后满意，下次再叫她就算相识了。以后嫖客就可以直接去她那里喝茶聊天，这叫做"打茶围"。从此以后，老鸨就会叫妓女怂恿嫖客"做花头"，摆酒席请客。客人如果点头同意，就会让他把妓院的请客票拿回家里，写上自己朋友的姓名、地址，然后再交给妓院，由她们按照地址分别送达。到时候，嫖客先到妓院招待来宾，陪着打牌。酒席或者由妓院代办，或者由嫖客在菜馆定好了差人送来。办酒席所需的费用以及麻将的抽头、买票的费用等全部都由嫖客支付。嫖客请过了酒席，做过了花头，就是"熟客"，此后就可以常去叫"堂差"或者"打茶围"了。

"拉铺"就是同妓女上床性交。在低等的妓院，"拉铺"一般不需要过多的逗乐和调情。因为付钱不多，嫖客对妓女也不可能有过多的要求，进了房间很快就同妓女上床性交，完事了就走人。

"住局"就是嫖客住在妓院同妓女一起过夜。就收费来说，"住局"收费是最高的，"拉铺"次之，"开盘"、"打茶围"花费最少。如果遇上黄花闺女第一次接客，嫖客就得付出高于平时数倍甚至数十倍的价钱，才能"住局"、"开苞"。上海妓院的旧风俗是，凡是年纪尚轻还没有接过客人的妓女，在她们初次接客、和嫖客定情的那个晚上，必须在她的房间里设宴摆酒，点燃两支巨大的红蜡烛，然后同行的姐妹还有众多的嫖客都来捧场祝贺。那个雏妓此时就是众人瞩目的焦点，表示以后她就正式开始做生意了。这个仪式也有洞房花烛夜的意思。这个习俗是上海特有的。不过妓院里面的事情，假的多，真的少，好多仪式是越来越变味了。比如这个洞房花烛的仪式，人生中应该只有一次，但是在妓院里一个妓女却可以多到两次三次，事情就显得很怪异也很好笑。这显然是妓院抓住了中国男人对处女的强烈嗜好，然后设置骗局，从嫖客手里多赚取银两。两者本来就是露水姻缘，一夜夫妻，哪有什么真情可言？有的只是肉欲和金钱的交换而已。

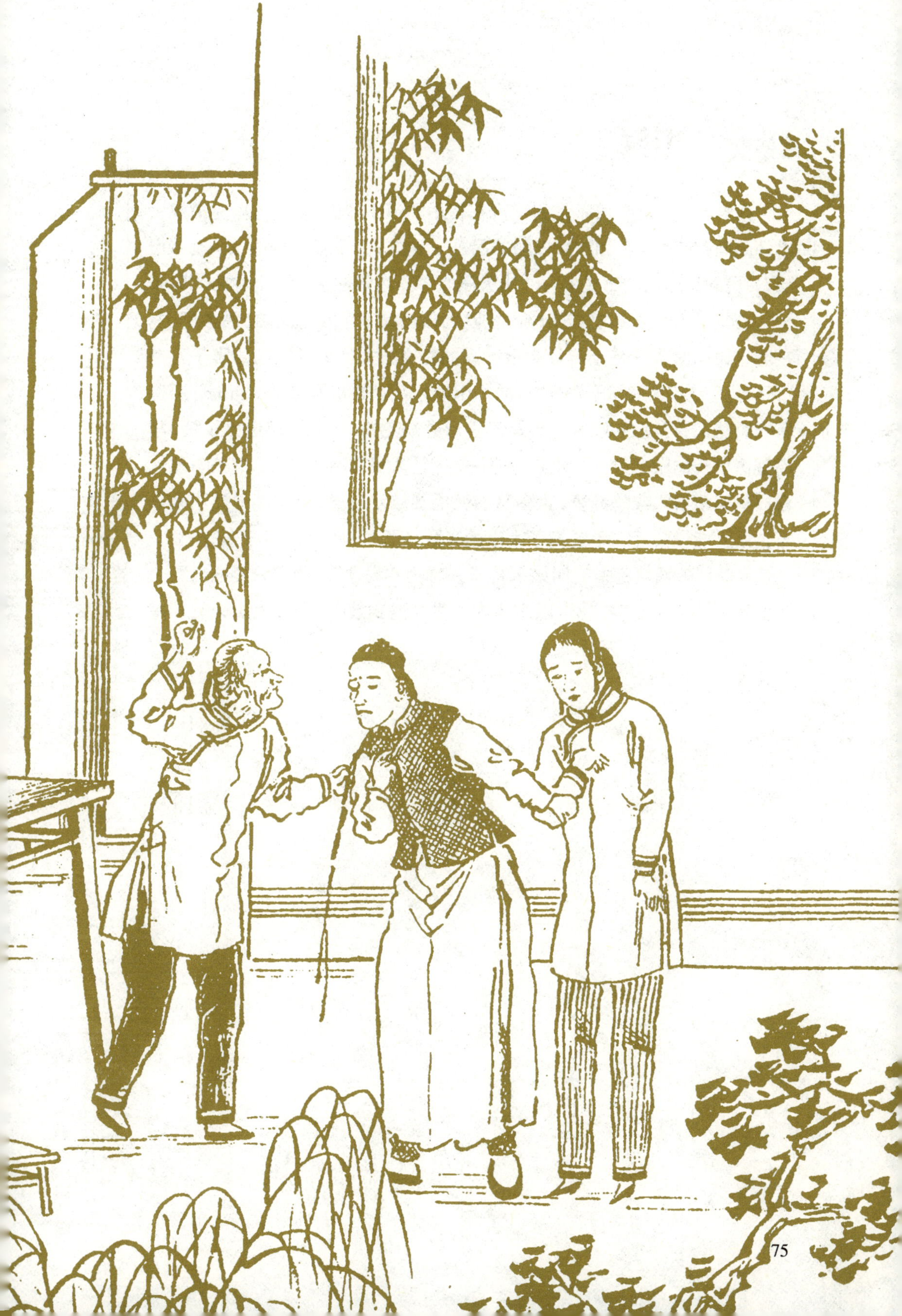

# 妓女"出局"

　　这里的"出局"可不是我们现在常用的那个"出局",这里专指妓女出外陪酒,它是嫖客和妓女接触的另外一种方式。晚清的时候又叫做"出票",民国后叫做"出堂差"、"出条子"等。在嫖客这一方则称为"叫条子",指嫖客花大价钱把妓女接出妓院到自己的家里或者戏园、酒楼狎昵。在清末民初时,这是上流社会很时兴的社交方式,如果嫖客的妻子不是"母老虎"或者"醋坛子",这样的休闲娱乐活动是被默许的。当时,那些有钱有势又有身份的嫖客大多是不喜欢进妓院的,一来自己进出妓院,与那些逛妓院的杂七杂八的嫖客混在一起,让人见了有失体面;二来一些达官显贵宴请客人或是赴宴,大多数时候需要陪酒跳舞,带老婆显然不太妥当,妓女能说会玩,不会扫了大家的兴致,所以他们都乐于召妓。

　　当时许多酒楼都备有叫妓的片子,称为"局票",嫖客只要在局票上写上某个妓女的名字,就可以由店内的供奉送到妓院。叫妓女出外陪伴嫖

客称为"叫局",而妓女应召赴局称为"出局"。有一首名为"出局"的诗这样写道:"一纸书传应召来,香风先送到玫瑰。不烦保荐邀青盼,夹袋多时贮美才。"对于妓女来说,接到的局票越多越风光,因为召妓的都是有钱人,尤其是接到达官显贵的局票,她们更是立马精心打扮一番,赶紧"出局"。有诗云:"肩舆出局快非常,大脚娘姨贴轿旁。燕瘦环肥浑不辨,遥闻一阵麝兰香。"在灯红酒绿、妓院林立的旧上海,夜生活丰富多彩,许多有钱人都召来妓女,通宵达旦地饮酒作乐。

还有一种局叫"天明局",是指在天似亮未亮的时候叫的局。一般来说,如果这个叫局的嫖客是被叫妓女的熟客,两人之间有一定交情,那么这个妓女就一定要应召前去了,否则就算失礼了。不过,这个习俗也很拖累人。有时,前一天晚上妓女留有客人同宿,但一大清早又被人召走,那这个留宿的客人肯定就不情愿了。这个人肯定会想,自己也是出够了钱的,那妓女凭什么就撇下自个儿走了呢?对此,妓女也是没办法的,只能哄着,左右赔不是了。

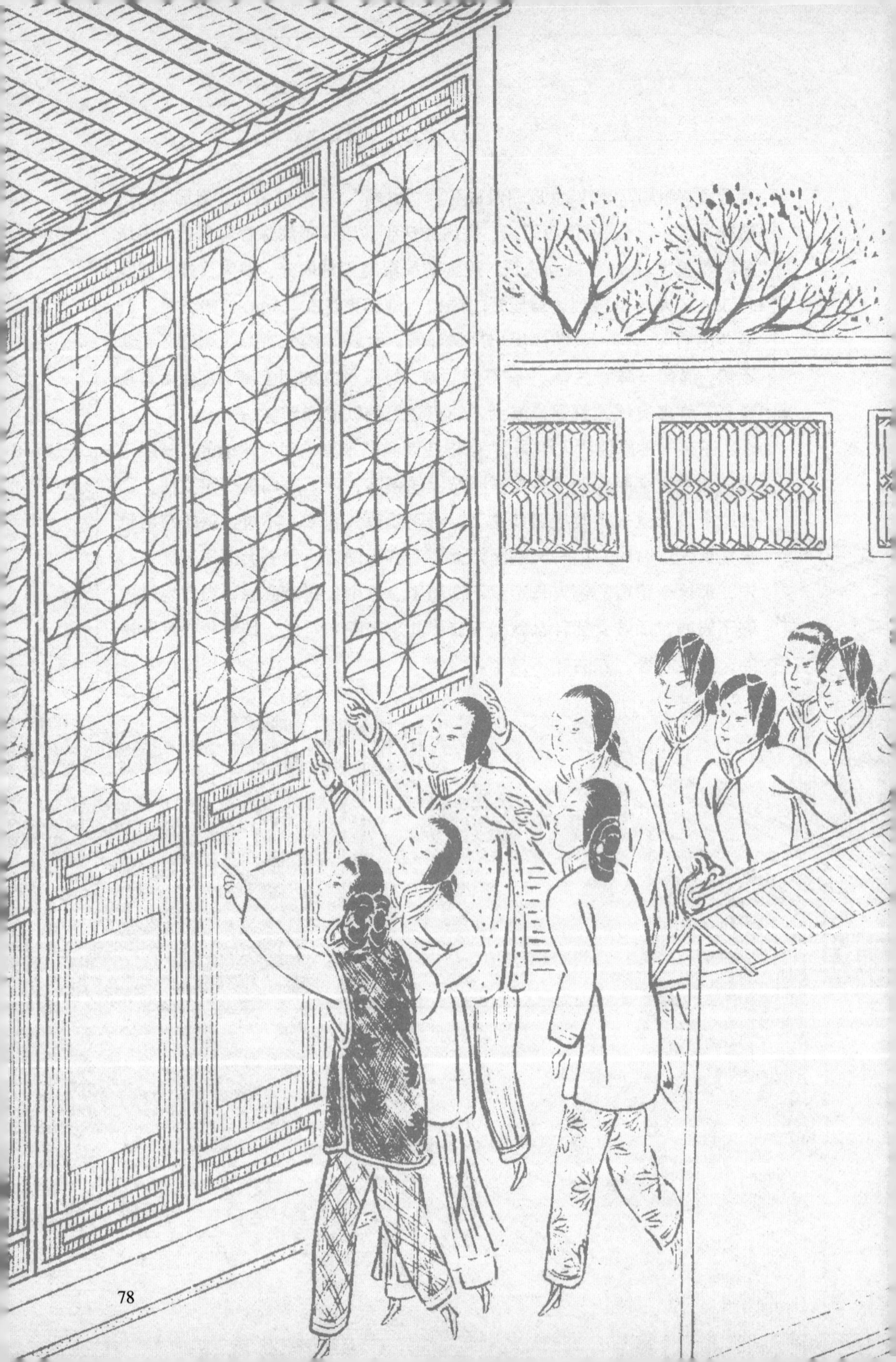

# 第二节 ◎ 花样百出

妓院的礼节如此繁琐，最根本的原因是妓院以营利为主要目的。嫖妓的程序起承转合，花样百出，无非都是老鸨赚钱的手段而已。下面我们通过具体的实例去看看妓院和妓女是如何使用接客技巧、勾引手段甚至是骗术来诈取嫖客的钱财的。

# 私娼揽客招术新

民国时期，女子入学之风渐浓，国内也出现了许多女校，女子可以如同男子一样学习文化。民国初年，学生装在中国本土的教会学校的女生间流行开来。浅蓝色的上衣、黑色的裙子、白色纱袜、黑色圆口布鞋，这样的衣饰让人显得干净而略带妩媚。

当时，为了能够吸引嫖客，多赚钱，有些妓女故意穿着学生装，把自己乔装打扮成学生的清纯模样。清末民初时，上海的很多妓女都这样做。走在街头放眼一望，到处都有年轻漂亮的"学生"招摇过市，这严重损害了真正的女学生的名誉，被称为社会一害。不仅仅是上海，这种事情在苏州也有。

在苏州观前街的九胜巷内，有一个私娼叫老五。这个老五长得还可以，而且聪明伶俐，很善于迎合嫖客的心理，所以，一直靠着皮肉生意来养家糊口。

近来，她结识了一个学校的教习，两人卿卿我我，好不快活。跟教习鬼混久了，她受到教习的影响，计上心来。之后，她一改平时的妖艳装扮，而是化淡妆，穿制服，扮成学生的模样，外表看起来竟清纯了不少。当然，既然要装就索性装得更彻底些，接客的房间也得重新摆设。原来室内媚俗的摆设全都撤去，仿照西方的书房，布置得简单素雅，床头的书桌上再放上几本印着ABCD的洋书，乍一看，还真像一个留洋归来的文化人。

这种行为虽然是挂羊头卖狗肉，但毕竟比较新奇，一时间竟然引起了众多浮浪子弟的浓厚兴致，很多人都慕名前往，趋之若鹜。

老五的生意渐好，财源也滚滚而来，其他妓女见这样能赚钱，必然是纷纷效仿。这种风气自然也就越来越盛行了。

## 夜间对饮意绵绵

　　留得青山在，不怕没柴烧。放长线才能钓大鱼。妓女为了笼络嫖客，以便长久往来，生意不断，往往使用一些伎俩，显得比较有人情味，但其实还是为了嫖客口袋里的钱。这些伎俩很多，比如留便饭、赠照片、送客之类。

　　留便饭是上海妓院的风俗，有熟识的客人在妓院里面鬼混，到了吃晚饭时或者是半夜时分，嫖客还余兴未尽、流连不走的话，妓院就要留他吃便饭或者半夜饭。这个时候夜深人静，烛灯高照，外面或许寒风怒号，屋内却是温暖如春，让嫖客有一种回到了家的感觉。龟头们上完菜之后，早就已经识趣地走开，屋子里面只剩下嫖客和妓女两个人。嫖客喝酒，妓女在边上相陪，你灌我一杯酒，我夹给你一口菜，两人眉来眼去，异常亲密。即使面对着山珍海味，也都提不起多少兴趣，因为他们的注意力都不在这上面。往往饭还没有吃完，两个人已经迫不及待地缠绵在一起了。

## 妓女送客假惺惺

　　妓女和嫖客享受完鱼水之欢以后，嫖客要走的时候，妓女们都要送到门口或者楼梯口，彷佛有千般的不舍，万般的留恋，甚至有人和嫖客抱头痛哭，挥泪而别，妓女似乎对嫖客感情深厚，一边抽泣一边告诉自己的相好："一日夫妻百日恩，不要忘了我们的恩情啊。""自从看到了你，我就不想再看别人了，我等着你，明天有空再来呀，不要忘记我。"如果碰到客人远行，那么妓女们就更忙了，或者把他们送到火车站，或者把他们送到渡口，同时还要馈赠点心、水果等物品，似乎十分留恋，不忍分别，仿佛远行者的家人。比起一般的告别，那种不舍又多了几分。其实这大多都是逢场作戏罢了。因为妓女以色事人，说到底不过为了一个"钱"字，如果不会逢场作戏，假惺惺一番，嫖客也不会受到感动，一掷千金，妓女们也就没有实实在在的好处可捞了。

## 妓女赠照惹相思

　　自从西方照相技术传入我国之后,妓女得风气之先,竞相攀比,纷纷去照相馆拍下自己美丽的一刻。除了顾影自怜、自我欣赏之外,这些小照还有一个妙用,就是用来赠给嫖客,当做信物。萧五是风月场的常客,得到相好的妓女小玉的照片,不由得大喜,不断地对同道中人炫耀,在别人的啧啧称赞声中虚荣心得到了满足。美人的照片自然与众不同,萧五时时带在身上,一有时间就拿出来把玩,真是越看越爱,越爱越看,翻来覆去脑海中就只有小玉的影子,把先前在风月场中结识的旧相好都忘记了。为了绑住一个财神爷,小玉自然温存有加。说到底照片不过是个诱饵,妓女真正要的是嫖客这条大鱼。

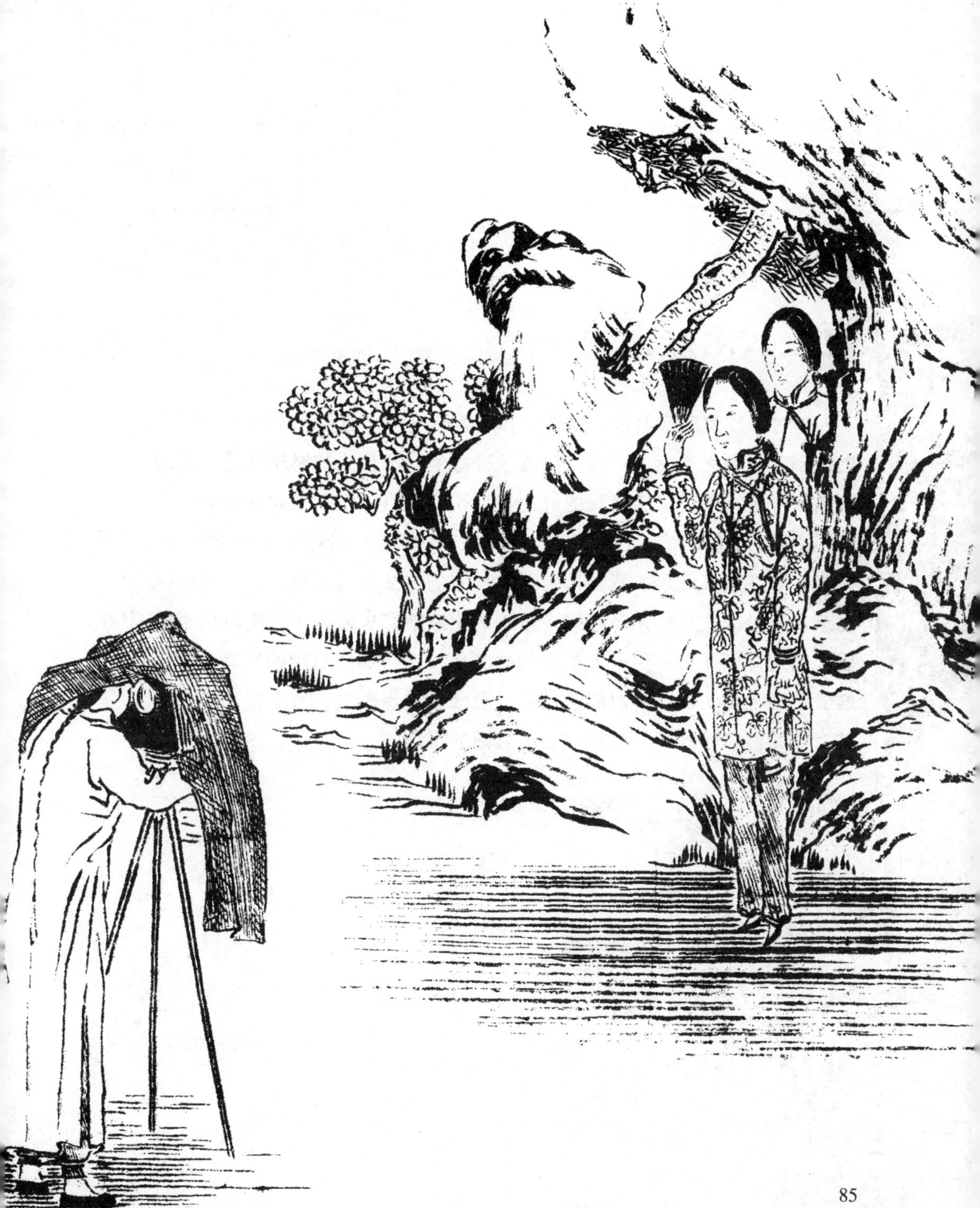

## 夏夜云雨好去处

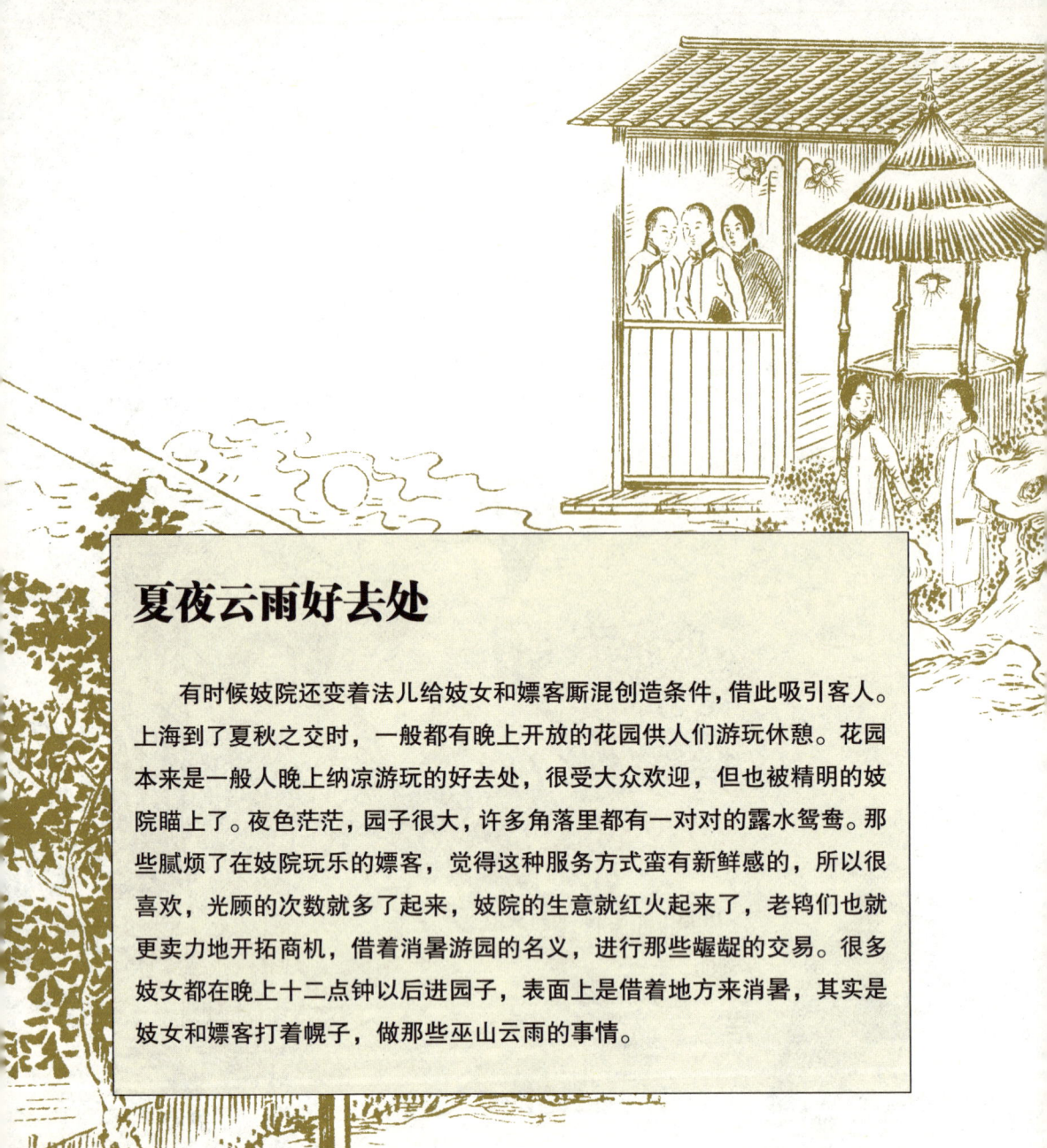

　　有时候妓院还变着法儿给妓女和嫖客厮混创造条件,借此吸引客人。上海到了夏秋之交时,一般都有晚上开放的花园供人们游玩休憩。花园本来是一般人晚上纳凉游玩的好去处,很受大众欢迎,但也被精明的妓院瞄上了。夜色茫茫,园子很大,许多角落里都有一对对的露水鸳鸯。那些腻烦了在妓院玩乐的嫖客,觉得这种服务方式蛮有新鲜感的,所以很喜欢,光顾的次数就多了起来,妓院的生意就红火起来了,老鸨们也就更卖力地开拓商机,借着消暑游园的名义,进行那些龌龊的交易。很多妓女都在晚上十二点钟以后进园子,表面上是借着地方来消暑,其实是妓女和嫖客打着幌子,做那些巫山云雨的事情。

## 登台唱戏盼赏钱

　　上海的名妓比如林黛玉、花四宝等人，先前通过唱戏捞取了不少包银，惹得不少妓女和老鸨眼红，加上名妓的引领效应，妓女们纷纷效仿，学习串戏，希望步林黛玉、花四宝的后尘，大大地赚上一笔。受此风气影响，胡家宅的群仙女剧团每个月都有客串的妓女登台演戏。虽然生旦净末丑角色不一，但客串生旦的多。各个妓女在客串演戏的那天夜里，必然号召自己的客人前去观看。嫖客们不去则已，去了就要按照旧例赏钱。妓女往往通过赏钱的多寡来探知这个嫖客的资产是不是丰厚，有多少油水可以榨取。

## 摆酒设席为宣卷

妓院的收费项目是数不胜数的,几乎物物要钱,事事破费,各种由头层出不穷。妓女堕入风尘,十之八九是为了钱财,所以她们为了钱,才去出卖色相,为了钱,才去寻求各种法子大捞特捞。由于娼妓的历史十分悠久,所以各种骗钱法子应有尽有。到了近现代尤其是清末民初,更是变本加厉。不过这些法子有一个共同的特点,就是很少赤裸裸地直接要钱,让你破费,而是找个由头,寻个借口,在物欲上面蒙上一层温情的面纱。妓女捞取钱财的法子举不胜举,现仅就其中的一部分作个介绍,让大家有个大致的了解。

苏州各妓院,凡是嫖客到里面宴请宾客,在座的人都必须当场给妓女大洋二元,名曰"抬面"。这个风气早就有了,后来有所谓的"包抬面的",也就是由主人一个人包了所有的费用,不用其他客人破费。也有所谓的"平抬",就是不要"抬面",费用大家平摊,这个方式在妓院中很不受欢迎,阔绰的嫖客也不屑于做这种事情。所以,"抬面"的惯例还是牢不可

破的,也就是说,到了妓院里面你就得花这个钱,它是省不下来的。喜欢吃花酒的人,是不能吝惜这些钱财的。此外,苏州妓院还有一个普遍的惯例,凡是妓女到院子里面来应酬,客人必须当场给妓女大洋一元,名字叫做"生场钱"。如果不给这个钱,那么这个妓女就没有座椅,只能在席间站立着。龟奴和老鸨的生财之道,由此可见一斑。

上海妓院的风俗是,每个节例都要宣卷一次,召集一帮僧不是僧、道不是道的所谓宣卷人,到妓院里面来宣颂经卷。从白昼开始,到次日天明才结束。这期间,各个嫖客必须为和他好的妓女摆设酒席,这就是所谓的宣卷了。说到底,不过是妓院找个借口榨取嫖客口袋里的银子而已。与此相似的还有每个节气都要"烧路头"两次。烧路头也叫接财神,这两次一次叫做"开账",一次叫做"归账"。归账大多用"清路头",也就是不用"清音"来宴神。"开账"的时候就必须雇"清音"了,人们把它叫做"飨路头"。嫖客们在这一天必须大摆筵席,出点戏洋钱,"清音"则应邀到席间为嫖客们演奏一支曲子。嫖客们大多都嫌她们喧闹,所以都不愿意去听,就打发她们到院子里自己去演奏,草草应付了事。

## 馈赠节礼为赚钱

平时嫖客到妓院打茶围,所有奉茶、绞手巾等一切事情,都由妓女负责。但是在上海,每次到了"三节",就是端午节、中秋节、岁暮节数日前,必须由龟奴进献热手巾。这个叫作"起手巾"。这个时候客人是不会让龟奴空手而归的,往往要犒赏他们十元八元大洋。"三节"在上海妓院里面算是大节,所以规矩繁多,不一而足。在这

个时候，各房的妓女也不会闲着，她们往往按照惯例，拿出准备好的礼物赠给客人，美其名曰"节盘"。所馈赠的东西，端午节是枇杷、角黍，中秋节是月饼、藕，岁暮节是年糕、福橘之类的，这些东西市面上常见，花不了几个钱。这种习俗代代相沿，千篇一律。唐代诗人白居易的《长恨歌》说"唯将旧物表深情"，那是因为相爱所以才以物表情，但这里的以物表情也是真的吗？不过是老鸨和龟奴借着这个机会多赚些钱罢了。

## 邀客吃酒讨赏钱

　　每年端午、中秋、年夜的时候，妓院里的厨子都必然会给每个妓女馈送六道菜，并借着这个由头索取赏钱。这有个说法，叫做"司菜"。各房的妓女往往邀请嫖客一起吃，然后替她们付饭钱。先前是每次六元，后来涨到了每次十元八元不等。更有那比较聪明伶俐的妓女，借此机会，发点小财。有很多时候，往往是甲嫖客已经吃过了，妓女接着自己另外准备几个小菜，又送给乙嫖客、丙嫖客吃，然后便自然而然地索要赏钱，所以很多嫖客往往在这个时候做了冤大头，却也无可奈何。

## 节日规矩繁多

　　上海妓院的节日规矩除了"烧路头"、"宣卷"之外，还有生日的特殊规矩。有的是先生的生日，有的是小本家或者本家的生日。生日时都雇用"清音"，并请宣卷人宣颂经卷，狎客这天必须吃酒搓麻将，借此为所喜欢的妓女长脸。妓女倒是增光添彩了，只是嫖客与妓女的小本家、本家非亲非故的，不知道为什么要设宴祝贺。不过反正银子妓院是赚足了。"宣卷"和"烧路头"都是南方妓院的事情，北方没有这些事。不过北方每个节气都要开市三天。嫖客们吃酒搓麻将赌博，一如南方的"烧路头"、"宣卷"。各个客人都要竭力捧自己喜欢的妓女，为她长脸。后来因为京城中禁止赌博，所以妓女们的风头大小不能以嫖客们搓麻将捧场的派头来比较了，而是直接以大洋代替，节日里谁收到的大洋多算谁赢。在京城中，这种风气不仅仅在北班中才有，南班受到影响，也是这个样子。狎客的花销凭空又多了一大笔。

## 摸牌消磨长夜

除了以上这些节日惯例,在日常生活中,嫖客也要不断地掏腰包。每天晚上,到了夜深人静的时候,妓女们闲来无事,喜欢摸牌消遣。妓院中的人都称之为"叉小麻雀"。筹码有一块钱的,也有两块钱、三块钱的。如果和房内的闲杂人员玩,也有少到五毛钱的。如果坐席中有嫖客在的话,就有人掏腰包付钱了,输赢的数额也比平时要大一些。不过输了自然由这个嫖客为妓女代付,不需她自己破费。所以嫖客要在妓院里消磨长夜,找乐子,就不知道要花多少钱了。

## 裙裾飘飘学骑车

　　妓女虽然是靠出卖自己的色相生活，但是由于职业的原因，她们往往得风气之先，常常率先尝试新鲜事物。在清末民初的时候，许多新鲜事物刚刚从国外传过来，还没有普及，但是在妓女中间已经开始流行了。

　　脚踏车刚刚传入中国的时候，是在上海最先流行起来的。妓女也赶潮流，有些妓女花自己的私房钱买来脚踏车，然后找时间去学骑车。那个时候上海的张家花园一带地方宽敞，离妓女居住的地方也近，所以她们都把花园附近当做练习的场所。从下午三四点钟一直到傍晚时分，人们常常看到有妓女三五成群，一边互相吵闹，一边学习骑车。等到学会以后，就来回骑着闲逛，从行人边上经过，神色得意，裙裾飘飘，成了都市里很有意思的一景。

## 马车飞驰出风头

　　妓女们不但爱尝新,还喜欢出风头。上海的马车比别的地方多得多,让马车跑快出风头居然成了时尚。嫖客和妓女往往喜欢乘坐马车一起出游,他们驾车飞奔,无所顾忌,伤人事件时有发生。巡捕房对他们很严厉,一旦见到了就坚决逮捕,绝不迁就。有政策就有对策,这些人就开始打游击,活动时间从白天移到了晚上。每当夏末秋初的时候,他们就到华界和租界交汇的地方,驱车飞奔。只见马蹄翻飞,尘土飞扬,路人大惊。车上的男男女女却嘻嘻哈哈,男的一边向相好的献殷勤,一边展示自己高超的驾车技能。由于车速过快,伤人的事情时有发生,当地的人称之为社会一害。所以常见飞车呼啸而过,接着便是警笛长鸣,车上的人刚才还春风得意,到了警察局则变成了垂头丧气。

## 妓女包车比气派

　　妓女喜欢享受，所以她们平时出去是不会走路的。一般她们都有自己的包车，借以代步。可是有钱之后，包车就不仅仅是代步的工具了，也是夸耀自己身份的手段。许多妓女把包车打扮得漂漂亮亮，招摇过市，横冲直撞，可谓出尽了风头。上等的包车都安装着新式的橡皮轮，行走起来又快声音又小。妓女的包车和一般的不同，她们不要求有篷子，嫌有了篷子太气闷。如果碰到了艳阳高照或者小雨霏霏的时候，她们就撑一把小洋伞，顾盼生姿，卖弄风流。为了和车子相配套，车夫的外形也是有讲究的，他们往往体格健壮，身轻如燕，穿着耀眼的新衣，戴着压眉的草帽。妓女们之间攀比斗富，包车是一个重要的项目。

# 寒夜"出局"披斗篷

俗话说,"人靠衣装马靠鞍",对于以色事人的妓女来说,装扮更是重要。冬天时,晚上很是寒冷,而斗篷是御寒的好工具,所以男男女女都十分喜欢用它,它当时在上海的妓女间十分流行。

斗篷是一种披在外面的外衣,一般无袖,据说是从蓑衣演变而来的,直到清代中叶以后,才在妇女间流行开来,这时的斗篷制作得也日益精细。它一般是立领、对襟,十分长,差不多到脚踝处,很能挡风御寒,而且上部小下部大,形状如同钟一样,所以又被人们称为"一口钟"。

那时候,有些妓女有钱并且爱赶时髦,她们喜欢用颜色鲜亮的花缎或者绉纱作斗篷的面,用银灰鼠或者洋狐皮作斗篷的里子。在寒冷的夜晚,她们接到局票后,打扮得花枝招展的,出门时披上靓丽的斗篷,袅袅娜娜地去应局。人们乍一见到,只见其光彩夺目,如同一只翩翩起舞的蝴蝶,令人印象深刻。而且,斗篷既能御寒又漂亮,用起来也方便,进到屋子里以后,斗篷一脱,丝毫不会影响到妆容。这也是其深得妓女喜爱的原因之一。

## 女扮男装惹人爱

　　一方水土养一方人，南北方的妓女在衣着打扮上差异是很大的。北方多平原，天气干燥，多烈风，故北方人的性子多刚劲豪迈，粗犷热情，受这个的影响，很多北方妓女都有着男子的英武之气。所以，北方的妓女常常喜欢女扮男装，梳着松松的发髻，穿着男子的长马褂，再加上她们身材修长，面容姣好，一眼望去，简直就是一个翩翩美少年。

　　对此，人们的评价不一，毁誉参半。有些人喜欢，他们认为，这样的装扮让妓女更显得风流潇洒，英姿飒爽，卓尔不群。当然了，有人喜欢就有人讨厌，讨厌的人多是封建卫道士，传统的观念根深蒂固，他们觉得女人装扮成男人使乾坤错乱，和人妖没什么分别。

　　但是，这种装扮确实讨得了一部分嫖客的欢心，这才是最重要的。

# 旧世存影

①

②

① 乡间路上的独轮小车
② 黄包车
③ 清末民初的轿子

# 人力车

③

上海开埠前后，独轮车和轿子是当时最流行的交通工具。它们是中国传统的交通工具，为中国所独有。

独轮车，又称手推车、小车。一开始用来载货，但是它重心较高，不易掌握平衡。租界开辟后，一些工厂相继在租界周围建成。在较远的纺织厂上班的一些女工，往往相约合坐独轮车前往，并渐成风气。据1874年的统计资料，英法租界共有独轮车三千辆。由于独轮车收费低廉，一般贫民和苦力都十分乐意用独轮车来代步、运物。

人力车兴起后，因其车速快，且乘坐舒适，独轮车就开始受到冷落，仍旧以载货为主要功能。人力车为舶来品，故又称东洋车，1874年由法国人米拉从日本引进。米拉从租界当局取得了营业执照，并雇佣日本人拉车营业。后来，因为言语不通，遂雇佣华人拉车。为求醒目，车身一律漆成黄色，因此又叫做黄包车。

最初的黄包车车身高大，座位宽敞，为双座。轮子为铁制，行驶时隆隆作响，震动得很厉害。后来，人们把双座改为单座，以橡胶胎为材料制作轮子，行驶时悄然无声，跑起来速度也快多了。当时，许多文化界、商界人士最喜欢乘坐黄包车，常常包租一辆供自己使用，或供自己的家人使用。

红粉骷髅，腰间悬剑，斩尽天下少年英才。
秦楼一梦，楚馆三更，换来半世风流薄幸。莫，莫，莫！

第四章

# 毁誉参半

● 青楼女子两面谈

"吃、喝、嫖、赌、抽",号称"五毒",对人的危害极大,人只要染上了这些恶习,就会日益堕落。在这"五毒"当中,"嫖"又是比较特殊的,它很容易和"毒"、"赌"扯上关系,所以一个嫖客往往也吸毒和赌博。不知有多少富贵人家的浪荡子弟因为"嫖"而挥霍无度,最后坐吃山空,一贫如洗。所以从一定意义上说,"嫖"可以说是百恶之源。不过并不是所有的妓女都利欲熏心,狠心绝情,不可救药,许多沦落风尘的女子仍然有着善良的心,恰如出淤泥而不染的莲花,在浊臭的环境里依然散发着沁人心脾的芬芳。

## 第一节 ◎ 品质恶劣

青楼女子水性杨花、冷酷无情,这是人所共知的。那么,青楼女子的真面目究竟是怎样的,这里我就为您一一道来。

妓女长期处在虚情假意的交际场里,彼此尔虞我诈、勾心斗角,所以内心非常冷漠,缺少温情。她们出卖自己的肉体换取金钱,比一般人赚钱容易。嫖客里面不乏有钱有势的人物,她们往往尽力巴结,希望日后攀上高枝儿,有所依靠。但当她们面对一些下层的百姓时,就表现出无情的一面,她们往往仗势欺人,甚至六亲不认,显得十分冷酷。

## 妓女耍横

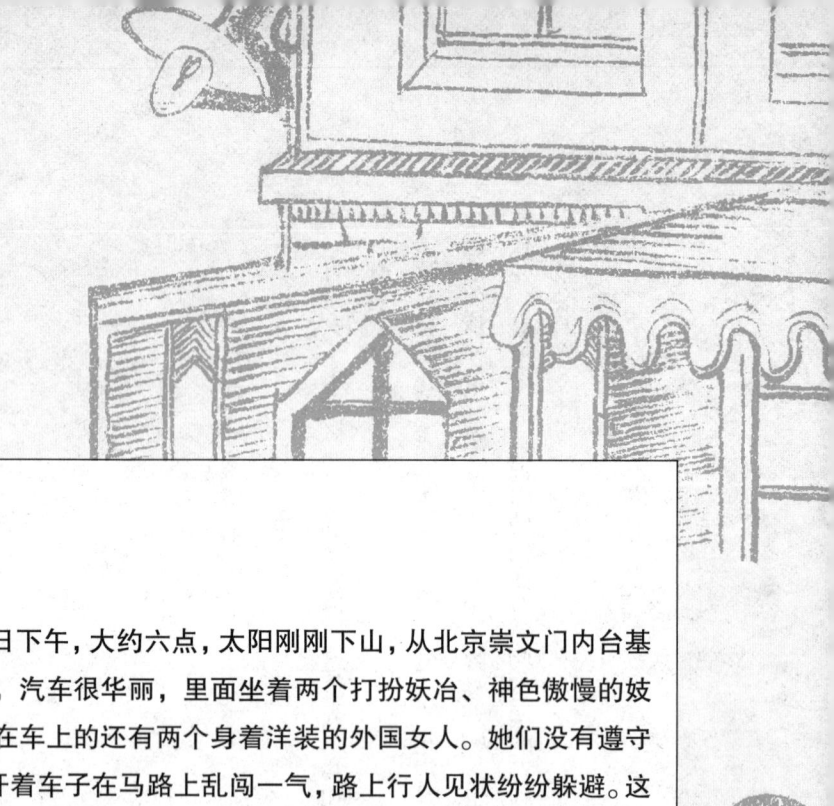

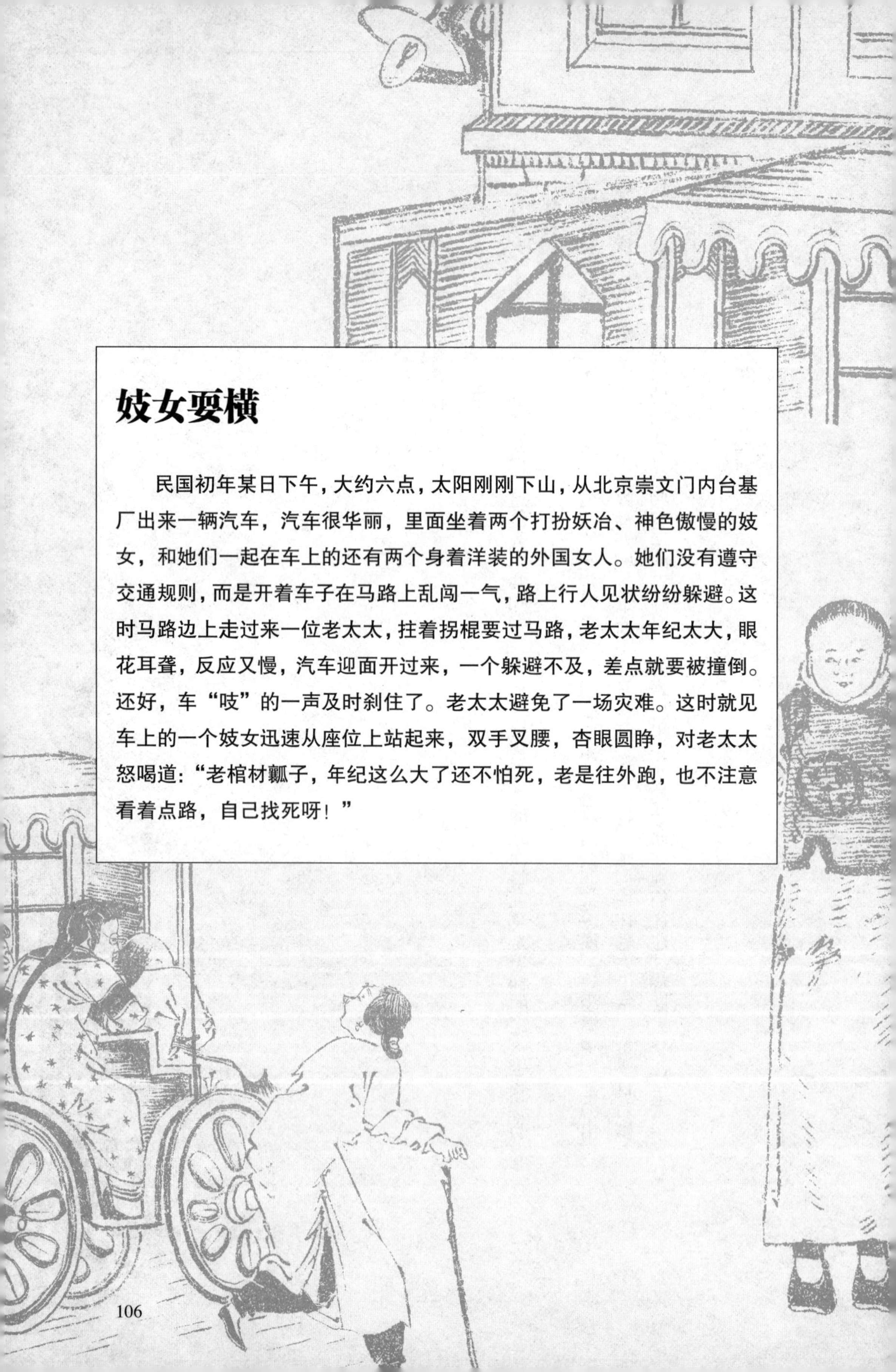

　　民国初年某日下午,大约六点,太阳刚刚下山,从北京崇文门内台基厂出来一辆汽车,汽车很华丽,里面坐着两个打扮妖冶、神色傲慢的妓女,和她们一起在车上的还有两个身着洋装的外国女人。她们没有遵守交通规则,而是开着车子在马路上乱闯一气,路上行人见状纷纷躲避。这时马路边上走过来一位老太太,拄着拐棍要过马路,老太太年纪太大,眼花耳聋,反应又慢,汽车迎面开过来,一个躲避不及,差点就要被撞倒。还好,车"吱"的一声及时刹住了。老太太避免了一场灾难。这时就见车上的一个妓女迅速从座位上站起来,双手叉腰,杏眼圆睁,对老太太怒喝道:"老棺材瓢子,年纪这么大了还不怕死,老是往外跑,也不注意看着点路,自己找死呀!"

## 妓女骂人

无独有偶，在北京的板章胡同，某日有一个妓女坐自己的包车外出应局，看她的打扮以及包车的外观，应该是个上等的妓女，不知为什么，她催得很急，车夫撒开脚丫子，没命地跑，车子嗖嗖地在街上飞驰。可巧在一个拐弯的地方有一位老人从胡同里出来，一不留神，被车子给带倒了。可车上的妓女连眼皮也不抬一抬，嘴里还在不停地嘟囔："快点!快点！"老头一看连句道歉的话都没有，可就不干了，追着车子就跑，要找妓女评评理。妓女听见了，在车上回过头去，撇了撇嘴："就你这样的老东西，轧死了也是白轧，还找我评理，你评个什么劲儿呀！呸！"

## 喝茶风波

有一天,香厂路北的茶棚内来了一个打扮得十分妖艳的妓女。这个妓女神情很是傲慢,袅袅娜娜地走到茶桌边,从衣袖中拿出一条花手帕把座位擦了又擦,然后才坐下。她一来就吸引了全场喝茶人的注意,这样故作姿态更是引来了人们的指指点点。但更让人侧目的还在后面呢。

"来一碗茶汤。"妓女冷冷地说道。

"好嘞,马上来。"卖茶汤的应了一声,便端来茶汤,陪着笑递给妓女。

不巧,也许是碗外边沾了茶水,卖茶汤的手一滑,一碗茶汤全都洒在了妓女的衣服上。这妓女就不干了,她"噌"地一下站起来,指着卖茶汤的就开始骂,本来就显得刻薄的脸此时更是让人厌恶。你看她这个骂呀,什么脏话都说得出口,卖茶汤的八辈祖宗被她数了个遍。卖茶汤的给她又是鞠躬又是道歉,她还是不依不饶,骂个不停。

后来,卖茶汤的免了她的茶钱,又给她赔了好多不是,再加上旁边的人劝解了半天,她才骂骂咧咧、意犹未尽地住了口。

要是她的那些嫖客看到她此刻的剽悍样子,估计也不敢光顾了吧。

## 妓女骂父亲

　　欺人耍横还算是轻的,更有连六亲都不认的。开春后的某一天,有一个叫排四的妓女在胡同边上大骂一个乞丐:"老不死的,你来作甚?要钱?没有!我哪里有钱了?要的话你自己去挣!"同院子的人看不过去了,就说你多少给他一点嘛,他年纪也这么大了,全当是怜老惜贫吧。说了半天,排四才很不情愿地从口袋里掏出两文钱,扔给乞丐:"给你!快走吧,别在这里丢人现眼了!"后来旁人一打听,原来这个老乞丐是排四的父亲。据这个老乞丐讲,原先排四是有婆家的,后来临到出嫁的时候,她偷偷地跑了,跟情人来到京城,穷困潦倒,就卖身到了妓院,做起了皮肉生意。而她父亲因为她逃婚,和男方打了一场官司,最终被折腾得家徒四壁,一贫如洗。老头边说边伤心不已,说完之后,大哭了一场,拿着女儿施舍的两文钱,一瘸一拐地走了。对自己的亲生父亲都如此绝情,这样的女儿与禽兽有何区别?

## 公然调情不知羞

　　我国自古以来要求女子"三从四德",而且还用"七出之条"来约束女子的行为,否则即使嫁出去也会被休,而且还可能受到官方的惩罚。到了清代,清律规定"七出"为"无子、不事舅姑、淫僻、嫉妒、恶疾、多言舌、盗窃"。所谓"万恶淫为首","七出"中的淫僻是妇女道德中最大的恶德。所以,在封建社会中,那些富家太太或未出阁的小姐一般都是

大门不出二门不迈。虽然说清末民初时人们受到各种新思潮的冲击，这种情况有所改观，但良家妇女还大多是不会抛头露面的。

可是，妓女不同，妓女是以卖笑为生的，在男女关系上自然比一般人随便得多。她们的很多行为在别人眼中未免有伤风化，可妓女干的就是出卖色相这一行，还管什么伤不伤风化呢。

这天，天气尚好，有人在京城某处天桥闲逛，看到西边胡同口有个妓女娇声娇气地在同一个穿着西洋服装的少年打打闹闹，神情暧昧，举止轻浮，完全不顾街上行人的感受。无独有偶，还是这个人，于某日下午四时出外办事时经过王家大院某下处门口，看到一个妓女正在起劲地和一个车夫打闹。两人嘻嘻哈哈，没有一点正经。车夫色色地盯着妓女，嘴里嘟嘟囔囔："你的皮肤好白呀，我看是涂了什么东西吧。"说罢毛手毛脚地凑上去。妓女拿起拐杖作势欲打，却半天没有打下去，脸上不怒反笑。两人打闹了半天，双双进入院中去了。这种事情已经不是偶然现象，在大庭广众之下时有发生，引得好多正派的人慨叹人心不古，世风日下。

## 土地庙前引浪蝶

苍蝇不盯无缝的蛋，有烟花女就有轻薄男。在京城广安门内，有一座土地庙，由于周围人口稠密，一年四季香火不断。民国初年的一天，几个打扮妖冶的游娼这天来了兴致，前来逛庙。她们既不烧香，也不拜佛，只是在院子里不停地溜达，一心想要吸引众人的眼球。这时，几个轻薄的少年趁机围了上去，挤眉弄眼，你推我搡，对几个妓女评头论足。"环肥燕瘦，各有所爱嘛！"有人阴阳怪气地说，惹得这几个少年狂笑不止。一些上了年纪的人看到这个场面，纷纷皱眉头。在游乐时，一些男女在大庭广众之下打情骂俏，已经是常有之事，全不管对周围人有什么影响。妓女一向举止轻浮，每当这种事出现，十之八九有她们。

## 瘟神赖八

让很多妓女闻风丧胆的,是外号"癞头鼋"的赖八公子。他的性格异常乖戾、粗暴,进妓院必定带着一大群打手。稍不如意,不仅对妓女本人拳打脚踢,还要把房间里面的所有东西都毁坏掉,如果有不破损的,就要把手下人全都责罚一遍。妓女们像躲瘟神一样躲着他,一旦被他碰到,乖觉的对他假意逢迎,先稳住他,再伺机逃走;死板一点的,则连人带物被他打个落花流水。

## 看戏吸毒乐逍遥

鸦片从近代传入我国,让中国人吃够了苦头,危害实在不轻。从大处说,因它而爆发了两次鸦片战争,清政府割地赔款、丧权辱国。从小处说,吸食它极容易上瘾,不但耗费大量钱财,对身体的损害更是大,外国人蔑称我们为东亚病夫,跟吸食它导致体质羸弱不无关系。但在当时,吸食鸦片却十分流行。只有那些有钱有势的人才抽得起鸦片。妓女作为一个寄生阶层,不缺钱,加上交际的需要,所以她们当中瘾君子极多。许多妓女不但自己抽,还怂恿嫖客抽,并为他们吸食鸦片提供便利,以便从中渔利。

清末归化城外有一阵子很流行演戏,热闹的时候每天不下三五台戏。每逢戏开演的时候,都是人山人海,盛况空前。这月的二十四日,在城外的三关庙演戏,照例吸引了不少人,其中有一些妓女坐着自己包的马车前来观看。一般人都是站着或者坐着看,她们则躺在车厢内,眯着眼,一副舒服的样子。更有几个妓女胆大包天,公然在车厢里面点起烟灯,吞云吐雾,旁若无人。她们一边眯着眼看戏,一边吸食鸦片,那个悠闲劲儿让人嫉妒不已。不过在当时吸食鸦片可是犯法的。巡警就在不远的地方站着,可是好像没看见,熟视无睹。妓女吸毒的猖狂由此可见一斑。

## 吸毒成瘾

　　一个天津的妓女某天来到京城北分局,找到局子里的警员,说要买一张旅行卖烟的执照。该局的警员耐心地向她解释:这个执照不是随便卖的,国家有规定,必须是店家才能来买,不卖给个人,并且还要有水印铺保才能卖。这个妓女当时就翻脸了,说这是谁定的规矩,要是那样老娘出门在外烟瘾犯了怎么办?我烟瘾犯了你负责啊?别的事情好商量,没有烟我可活不下去。不行,今天我一定要买。警员面有难色,妓女则是纠缠不休。双方磨了半天,局长没有办法,只好亲自出来做工作,解释一番。那个妓女见实在是没招儿,虽然心有不甘,也只好悻悻而去。连出门都要随时吸烟,她的烟瘾也太大了点。

## 吸大烟被捕

民国初期时，普通人卖大烟吸大烟都是违法的，所以才会出现上面那个妓女去办卖烟执照那一幕。但大多数时候，官府和警察都是睁一只眼闭一只眼。

实际上，鸦片早在成吉思汗带领铁骑踏遍欧亚大陆时，就已经传入我国，但当时都是作为药物使用的。17世纪初，明末社会动乱，国力衰微，荷兰殖民者趁机侵入台湾。于是，北美的烟斗和烟叶随着他们一同进入我国，国内开始有人吸烟，并且这种风气迅速蔓延，崇祯帝为此下令禁烟。因为此前有人将鸦片混在烟草中吸食，当烟草被禁后，人们就开始吸食纯鸦片。鸦片很容易使人上瘾，这一泛滥便一发不可收拾，政府屡禁不止。帝国主义列强为了盈利，向中国输入大量鸦片，两次鸦片战争的失败更是严重打击了清政府。到清末时，吸食鸦片的现象已经十分普遍，从富家子弟到寻常百姓，都坐在家中或烟馆、妓院里吞云吐雾。

为迎合嫖客的需要，妓女也跟着吸，之后妓女再劝其他嫖客吸食。这种坏风气在妓院里蔓延得更是快。

明里，政府是禁烟的，可那些官员大都贪婪成性，私底下不知收到了多少好处，所以都不大管。可是，有时候样子还是得做做的吧。这不，这里就有一个妓女因抽大烟而被抓住的。

在京城的某个地方，有一个叫张翠华的妓女，她相貌一般，所以生意不是很好，可是，她的烟瘾却是出奇的大，她做皮肉生意赚的那么几个钱，几乎都被她换成大烟给烧了。这一天，她没有生意，无事可作，烟瘾便来了。于是，她就和老鸨一起躺在屋子里吞云吐雾。正当她俩飘飘欲仙、快活无比的时候，突然门被踹开了。两人一愣，原来是巡警。她们措手不及，只好乖乖就擒，被巡警押送到了地方审判庭。

最后，审判庭按照新制定的刑律治了她们的罪。

## 妓院里的暗室

　　许多妓院，尤其是小妓院，都是既可以嫖妓又可以抽大烟的。既然官府不许抽大烟，她们就躲到暗处照常营业。金丝套胡同有一家住户，做的就是这样的生意。她们家里有一个打扮入时的女子，客人来了就热情招待，十分周到。不过更吸引人的是，在这儿混熟了以后，就可以进入暗室，要求别的服务。暗室里面烟土、烟枪、烟灯一应俱全。在这里，客人不但可以享受鱼水之欢，还可以过一把吞云吐雾的瘾，可以说是乐趣无穷。这样一来，妓院的票子赚得更多，只是世上又多了几个瘾君子。

## 招暗娼花赌

　　嫖和赌从来都不分家,在妓院里聚众赌博的现象很普遍。嫖客们一起喝花酒要赌,妓女们闲来无事时也要打一打麻雀,碰到节日还要喝酒碰和。京城太平街杜宅,听说是杜受田的后裔,去年主人因为"庚子之乱"跑到天津避难去了,留下下人刘利远等人看家。可是这些下人并不老实,招了两个十七八岁的暗娼,借机吸引那些浮浪子弟,在院子里大肆赌博。每天晚上人们都看见院子里灯火通明,吆三喝四之声不绝于耳。

## 妻子向妓女索夫

　　妓女和嫖客大多是露水姻缘,他们逢场作戏,各取所需。不过许多嫖客都是有妇之夫,他们在外拈花惹草,妻子在家里知道了自然不能坐视不管,所以夫妻之间的争吵就在所难免,甚至酿成了风波,出了人命。不知道妓女到底破坏了多少家庭的美满和幸福。

　　苏州城陆军某营队长,速成武备学堂毕业,曾到日本留学。他在东京游学时,和一个日本妇女有染,两人勾搭在一起。毕业以后,这个队长就偷偷和这个日本妇女一起回国了,他们租了一处房子同居,公开出双入对,俨然就是夫妻了。一天,这个队长在马路边闲逛,结识了一个幺二妓院的妓女,这个妓女长得十分秀丽,两人一见钟情,当天晚上队长就在妓女的房间里住下了。两人相见恨晚,恩爱异常。后来日本妇女得知了这件事,就亲自来到妓院,向妓女索要自己的丈夫。这个队长有些怕老婆,不敢出来,于是就溜到别的地方避风头去了。日本妇女没有找到丈夫,不由得动了气,就跟妓女过不去。她回去以后,纠集了卖鸡蛋饼的同胞十几个人,拿着手枪,到妓院里面大肆辱骂,要妓女交人。双方各不相让,眼看就要动手打起来。后来一个商人出面调解,日本妇女要求妓院赔偿她六百元作为回国的费用,这个事情才算了结。

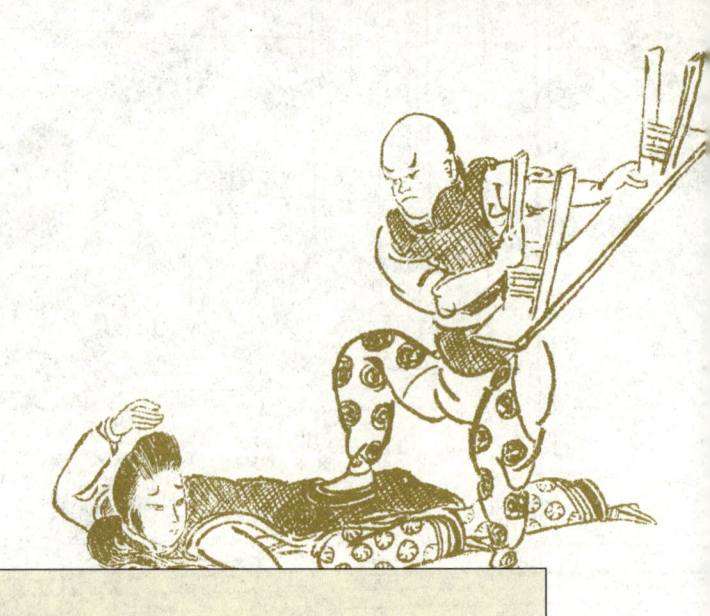

## 为妓女打发妻

　　吴宁是宁波人,多年闯荡在外,靠着自己的努力,在芝罘一家轮船上当上了管事,多少有些职权,口袋里也有几个钱。这个吴宁喜欢去烟花柳巷,找妓女鬼混。他的妻子毛氏是好人家的女儿,性情贤惠,屡次劝吴宁收心,老老实实过日子,可吴宁不听,急了甚至还对妻子拳打脚踢。最近他在营口认识了一个叫做媛媛的妓女,两人眉来眼去,一拍即合,很快就姘居在一起。吴宁在醉乐园替情妇租了房子,两人天天在那儿鬼混,恩恩爱爱,卿卿我我,吴宁乐不思蜀,根本就不顾家。他的妻子通过多方打听,知道了这件事,四月的时候来到了营口,苦口婆心地劝他回去。吴宁当然不听,两人就生了嫌隙,吴宁对妻子记恨在心。五月初九这一天,本来他已经回到家里,风平浪静了,可是不知道因为什么,吴宁突然大怒,将妻子按倒在地,没头没脑地一顿拳打脚踢,打得妻子在地上嗷嗷直叫,简直就是蛮不讲理。吴宁余怒未消,毫不手软。一直到了下午三点钟,吴宁怎么打,他的妻子都没反应,他开始心慌了,用手一试,他的妻子竟然只有出的气没有进的气了,狠心的吴宁将妻子活活打死了。吴某十分心虚,匆匆将妻子掩埋了。他对外诡称夫妻吵架,妻子一怒之下吞了鸦片烟死了。狠心的丈夫丝毫不顾夫妻之情,为了一个风尘女子,竟然将妻子活活打死,真是可恶。

## 客商狎妓下场悲惨

　　风月场中，假意多，真情少，但许多嫖客深陷其中，不能自拔，因此债台高筑者有之，受骗丧生者也有之，上演了一出出活生生的人间悲剧。

　　安徽泸州的王三山日前带着一船洋油到芜湖贩卖。到了吉祥寺一个叫做翠翠的娼妓家的时候，他不想走了，好色的老毛病又犯了。于是他就在这个土娼家住了下来。这个翠翠不是什么好东西，看到王三山的一船洋油，不由得见财起意，动了哄骗的念头。于是她就施展自己的功夫，天天陪王三山花天酒地，寻欢作乐，两人如胶似漆，依依不舍。翠翠暗地里却找人把船偷偷开走了。这样不知不觉过去了六天，一切都已经安排妥当，翠翠对王三山渐渐冷淡了起来，王三山却一直没有察觉。这天他酒醒之后，突然想到还有一船货物，不知道现在怎么样了。他急匆匆地穿上衣服，来到停泊货船的地方，却发现空空如也，哪里有船的影子？王三山又气又急，后悔万分。他在水边徘徊了半天，才沮丧地回到了翠翠家里，正好看到窗台上有一把利剪，便生了寻死之心，拿起来朝着喉咙就刺，登时血流如注。翠翠做贼心虚，怕出人命，于是急忙把他抬到医院里治疗，无奈伤势过重，最终还是不治身亡。为了一时的快乐，丢了财不算，还把命都搭上了，真是可悲可叹。

## 教员为妓女自杀

泰兴是个繁华之地,娼妓业很发达,一些流莺土娼纷纷在这儿落脚做生意。其中一个有名的妓女叫小如意,她和某个学校的教员李玉堂相好,两个人你有情我有意,相约白头到老。谁知道这个妓女是个水性杨花的女人,最近又和一个长相不错的龟奴私通,两人打得火热。李玉堂知道了之后,心中十分气愤,一怒之下,就买了大烟,和着酒吞了下去。等到小如意发现的时候,已经抢救不及了。好端端的人,为了一个淫荡的女子而自杀身亡,实在是可惜。

## 从良妓女设骗局

从良如果是假，那妓女就不会安心，实在不行了就三十六计走为上策，脚底抹油——溜吧。有一个安东人王全，是个纨绔子弟，他结识了一个妓女，两人相处得挺好，后来经不住对方的再三请求，就花钱把她买了出来，做了自己的二房。不过这个小妾可不是省油的灯，好吃懒做，对下人颐指气使，长处不多，脾气倒是不小。这样自然就惹得大房很不高兴，日子久了，争吵就在所难免。小妾处处受制，心中暗暗发狠，想要一走了之。她左思右想，心生一计。这天她到了大房的屋里，说自己左手受了风寒，不能动，必须到医院里去看看医生，诊断一下。大房就同意了，让自己的小弟跟着去，明为陪同，实则监视。到了医院门口，小妾告诉小弟说："你在外面等我，我看完病就来找你。"可是等到太阳落山，别的治病的妇人都回家了，也不见小妾从里面出来。小弟问其他人，都说没有看见。他无奈回家告诉了家人。王全非常愤怒，要到医院里去搜。幸亏有一个姓刘的妇人出面调解，说医院有前后两个门，他的小妾一定是从前门进去，从后门跑了。王全听了，怒气才稍稍平息了一些，命人四处去找，可哪里能找得到？

# 妓女假从良

妓女以卖笑为生，吃的是青春饭，她们不可能一辈子都做皮肉生意，总要有个归宿。一般来说，她们都要从良，就是嫁到一些富足人家做妻做妾。这本来是个好事，可是风月场里的虚情假意实在太多，许多有心计的妓女竟然用从良做幌子，骗取钱财，得手之后就一走了之，使收容

她们的人家人财两空，苦不堪言。

上海妓女在这个方面表现得尤其恶劣。大家都公认妓女不可娶，上海妓女尤其不可娶。娶了她们之后，她们的骄奢淫逸让你不堪重负，并且她们本来就没打算安心过日子，照旧还是和做妓女的时候一样，水性杨花，没有多少变好的迹象。更有甚者，她们还想重操旧业，实在是不可救药。许多娶了妓女的人都付出了惨痛的代价。这些妓女因为平时生活太过奢侈，欠下了不少债，自己无力偿还，于是就想出了假从良的计策，

找一个又有钱又要娶媳妇的人家，把自己嫁了，然后要求婆家替自己还债。一般来说，这个要求都不会遭到拒绝。等到欠的债还得差不多了，妓女觉得嫁人的目的达到了，就想方设法，撒泼耍赖，甚至寻死觅活，闹得对方受不了了，然后再提出来要走，回去重新卖笑。婆家有心阻拦，又怕拦不住，所以也就无奈同意了。这种方法屡试不爽，有人形象地把它叫作"出浴"。那些狡猾的妓女有从良三五次之多的，可还是有人坠入她们设计好的"出浴"骗局里。

## 第二节 ◎ 良知尚存

莲花,出淤泥而不染,濯清涟而不妖。并不是所有的妓女都利欲熏心,许多沦落风尘的女子如出淤泥而不染的莲花,在浊臭的环境里依然散发着沁人心脾的芬芳。她们有的敢于追求,成就了自己的美满姻缘;有的有情有义,在情人潦倒之际出手相助;有的心存善念,怜老济贫;有的爱国心切,主动筹款偿还国债。

## 有情人终成眷属

南京下关北安里有一个妓女小香，颇有几分姿色，吹拉弹唱样样精通，在那一带小有名气。她自然成了老鸨手里的摇钱树，老鸨对她也格外客气，天天"亲女儿，亲女儿"地叫着。可是这个小香人小心大，颇有主见。她并不想当一天和尚撞一天钟，在火坑里面混日子。其实她早就有自己的相好——当地的一个职员饶某。这个饶某家中颇有资财，长得十分英俊，并且人也很实在，对小香是一心一意的。两个人恩恩爱爱，一个除他不嫁，一个非她不娶，偷偷订了白头之盟。不过小香也知道自己从良的难处，那个利欲熏心的老鸨是不会轻易就放手的，走了自己的摇钱树，打死她都不干。

这天饶某来到妓院，刚刚提了个赎身的话头，就被老鸨一句话顶了回去："赎小香？做梦！"接着又加了一句："有钱的话，你也可以赎！五千大洋，少了一个子儿都休想！"这摆明了是讹诈，饶某家里哪儿有这么多钱？他和小香一说，两人没有什么好法子，只好拥抱着，四目相对，打算从长计议。

这天小香比较清闲，在楼上百无聊赖，想着自己的心事，忽然听见下面喊："知县大人到，闲杂人等一律回避！"她眼中一亮，顿时有了主意。她直接下楼，来到县令的轿前喊冤，要求县令为她做主。县令姓李，为人比较正直，便答应替小香做主。县令先回县衙，传令老鸨和饶某前来，三方对案。饶某把赎身情形一一道来，老鸨则顾左右而言他，不肯答应。李县令问明了情况，当庭宣判：小香从良天经地义，老鸨阻拦讹诈实属无理，判饶某给老鸨赎身钱二百大洋，小香和饶某当场成婚。围观的人们欢声雷动，替这对患难夫妻高兴。老鸨则无可奈何，灰溜溜地走了。小香虽然是个弱女子，但她勇于抗争，终于遂了自己的心愿，从良为人妇，是个有胆有识的女子。

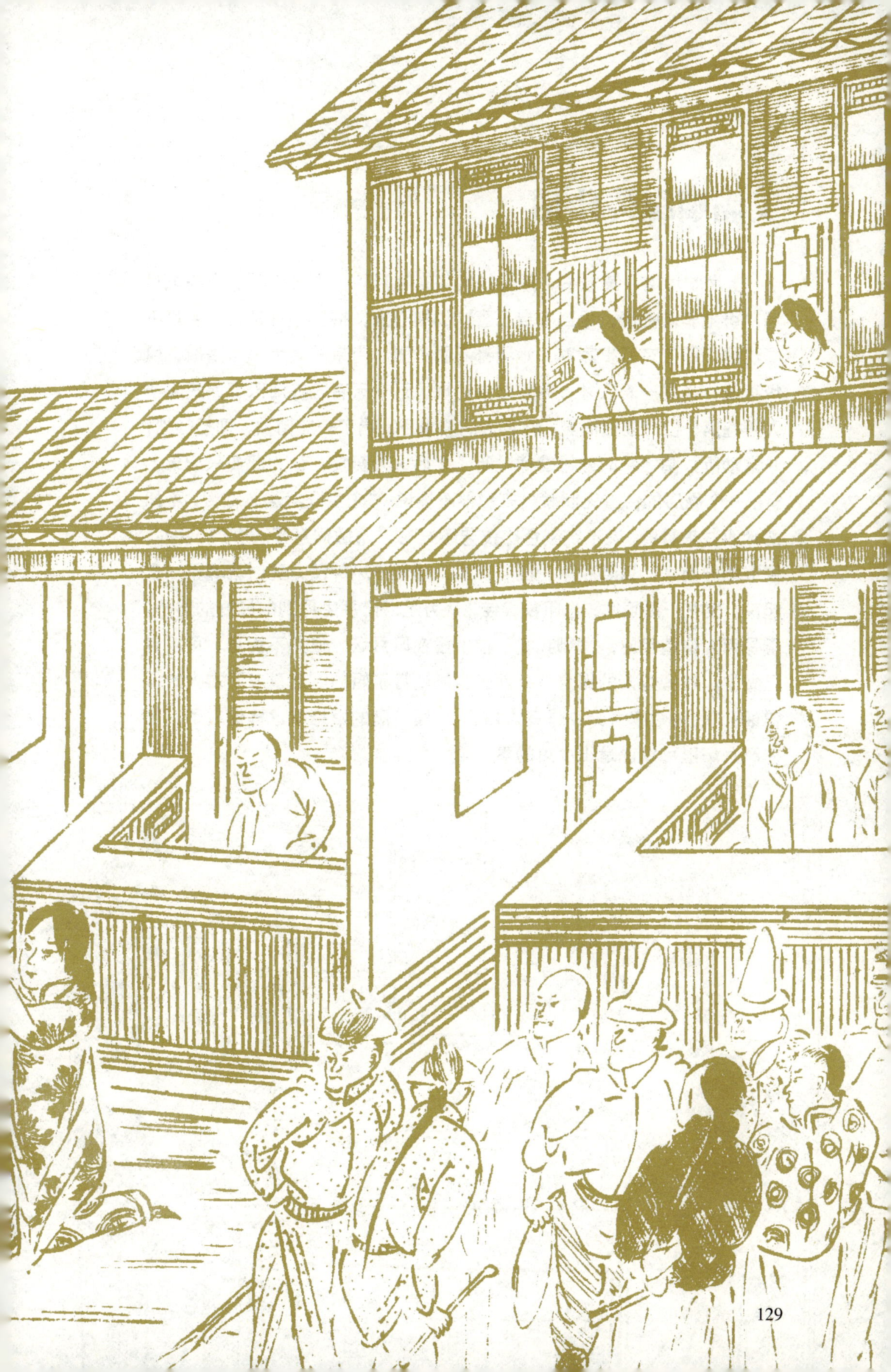

## 美满姻缘传佳话

　　上海本埠南平某校书,风姿绰约,花容月貌,心灵手巧。虽在风月场,可她非常痴情,见到了自己喜欢的知心人,掏出心肝都行;若是不喜欢的,即使有万贯家财,她看都不看一眼。南京的某个小生隋敏,风华正茂,也是一表人才,并且知书达理。这一天有人在海天春西式酒楼大摆筵席,校书应召而至,在客人的要求下,唱了一支南曲,抑扬顿挫,非常动听。隋敏平时熟悉音律,听了之后大为赞赏,认为此曲只应天上有。一个酒店的侍者见状就过来和他凑趣说:"先生既然这么称赏,不如把她叫过来看看,说不定姿色比技艺还好呢。"隋敏同意了。过了一会儿,校书姗姗而来,目若秋水,翩若惊鸿,隋敏一见钟情,登时就魂不守舍起来。校书一见隋敏,也印象极佳,认为是自己平生见到的最好的男子。于是两人你情我愿,卿卿我我。校书虽在风月场,但并不卖身,可以自己做主。在旁边人的撮合下,两人当场就订了婚约。这真应了古人的那句话:"朝为娼家女,夕作良人妇。"一段美满的姻缘就这样促成了,这在风月场里可以说是很少见的事。

## 道是无情却有情

妓院里不是言情的场所，因为妓女大多都虚情假意，逢场作戏。老舍有一篇揭露旧社会黑暗现实的小说《月牙儿》，小说中的月牙儿迫于生计，沦落为妓女，她说："因为接触的男子很多了，我根本已忘了什么是爱。我爱的是我自己，及至我已爱不了自己，我爱别人干什么呢？但是打算出嫁，我得假装说我爱，说我愿意跟他一辈子。我对好几个人都这样说了，还起了誓；没人接受。在钱的管领下，人都很精明。嫖不如偷，对，偷省钱。我要是不要钱，管保人人说爱我。"当然，"人非草木，孰能无情"，自古以来，也有很多痴情的妓女。

上海的一些妓院里面，就有妓女把自己喜欢的美少年称为恩客，与之卿卿我我，对别的客人几乎就不愿意搭理。可谓"道是无情却有情"。平时与恩客恩爱，并不见得感情有多深；万一恩客落难，那感情的厚薄立马就显现出来了，这个时候，很多妓女仍旧痴情。

## 红粉也多情

　　京城的某公子王朋是一个翩翩美少年，先前因为侵吞赈灾的巨款，被官府拘拿归案，天天接受审讯，饱受折磨。王朋本是一个文弱书生，天天和那些犯了重罪的囚徒呆在一起，与先前的生活有天壤之别，他哪里受得了这种折磨，痛苦不堪，人都快要疯掉了。可是先前的亲朋好友没有一个站出来帮忙的，都形同路人，不再上门。王朋深深后悔先前的所作所为，可是已经晚了，世上没有卖后悔药的，所以他最后也就死了心，打算认命，官府怎么判都接受，也不再托人求情了。当地的某个妓女与王朋先前交情颇深，得知这件事，动了恻隐之心，想想昔日公子待自己不薄，于是就慷慨解囊，拿出一大笔钱，买通官府，替公子赎罪。两人患难见真情，心靠得越来越近，两人的未断之缘，大概要一直续下去了。

# 幸遇真情妓女

一个公子姓张，旅居京城的煤市街。他口袋里颇有几个钱，天天无事，到了晚上就去烟花柳巷逛窑子。他曾经和同辈中人在富贵堂喝过酒，和一个叫红卿的歌者感情不错。这个红卿是南方艺妓，姿色不错。张公子和她恩恩爱爱，乐而忘返。不料好日子不长，银子哪里禁得住流水一样地花，他的行囊渐渐瘪了下来。公子还是痴心不改，把御寒衣物也拿去典当了，最后连典当的钱也花光了，只好狼狈地回到客栈。这个时候已经是秋末冬初了，寒风阵阵，可张公子还是单衣蔽体，无法驱寒，于是闭门谢客，如同缩头乌龟。红卿听说这件事，十分怜惜他，就带着私房钱到市场上给他买了一领狐皮大衣，派人给他送过去，并附信一封，表示慰问。公子看到衣物和信件以后，感动得泪流满面。妓院中竟然也有有情有义的人，那些背信弃义的人不应该感到惭愧吗？

## 八妹捐款

　　广东百花楼妓院里,有一个校书叫八妹,色艺双绝,非常善良,最近她又大发善心,宣布从本月初八开始,将一个月内应召陪酒得到的收入全部捐赠出去,作为救济穷人的资金。她在石塘嘴十几家酒楼都悬挂上钱箱,请那些有心捐赠的客人把钱投入箱子。箱子的钥匙存在东华医院,表示自己没有私心,不会克扣偷拿。只是青楼里有一个通例,得到的收入有一半要分给老鸨。听说八妹把全部的收入都捐赠了出去,却拿出自己的私房钱交给老鸨。老鸨也很通情达理,知道八妹上交的是自己的私房钱,就每个月只收取她三十元。八妹不过是一个烟花女子,却能够有这份救济穷人的心肠,让人钦佩。

## 云舫济贫

  无独有偶，有个叫张云舫的妓女也经常做慈善之事。

  这张云舫是京城王广福斜胡同内一家妓院的妓女，不但长得面若桃花、身若拂柳，而且为人也富有同情心。在那个年头，衣不蔽体、食不果腹的穷人遍地都是。张云舫生意尚可，她不像那些爱出风头、赶时髦的妓女，赚点钱就花在胭脂水粉、绫罗绸缎或者是抽大烟上，而是精打细算，减少自己的花费，把辛辛苦苦赚来的钱都积蓄起来，用来救济那些穷人，帮他们渡过难关。

  一年冬天，天气异常寒冷，她早早就起床了，忽然瞥见妓院大门对面的墙根下躺着一个人。她也顾不得什么，赶紧冲出大门，一看，原来是个孩子。只见孩子衣衫褴褛，脏兮兮的小脸泛青，原来是冻病了。这大冷天的，任谁在外面冻一夜都会生病，更何况是个孩子。张云舫赶紧跟老鸨说了一下，想要带孩子去看大夫，老鸨也深知她的为人，就没有阻拦。

  且不管这孩子最后怎样，单单凭张云舫虽地位卑微却依然有怜贫之心这一点，就十分可敬了。

# 义演筹款还国债

　　1900年，清政府向世界上最强的十几个国家宣战，同年，义和团运动兴起。慈禧太后反复考虑，下不了决心进行抵抗。最初她希望利用仇视洋人的义和团去抵抗列强，后来见列强军队过于强大，又联合洋人来镇压义和团。最后，八国联军进京，火烧圆明园，犯下一系列滔天大罪。清政府畏惧洋人，只得签下丧权辱国的《辛丑条约》，答应给洋人割地赔款。在条约里，清政府赔款共白银4.5亿两，可以分39年还清，本息加起来足足有9.8亿两。这对于当时已经被鸦片掏空的国家来说，是多么巨大的数字呀！

　　在这国难当头之时，各界群众纷纷发起筹款还国债运动，其中就有妓女。

　　杭州妓女林佩兰是风尘中的奇女子，她并不以卖笑赚钱为满足。在筹款还国债运动的影响下，她心情振奋，也想为国尽一份绵薄之力。于是，她就找到了当地一家戏园子——荣华园的园主商量，想要借用荣华园的演艺班子，登台献艺，演出一场爱国戏。之后，一得空她就去戏园子和众戏子排戏。

　　到了十二月初一这一天，林佩兰早早来到戏班，衣着、扮相无不妥当。荣华园早就坐满了慕名而来的客人。林佩兰本就多才多艺，演戏流畅自如，把时人的爱国情怀演绎得淋漓尽致。这场戏结束后，众看客纷纷喝彩，林佩兰也因此得到了不少赏钱，可她却把这些钱分文不少地捐赠给了筹款还国债委员会。

　　林佩兰的义举激起了众妓女的爱国之心，很多妓女也都纷纷效仿。可见，妓女之中也不乏热心为国的人啊！

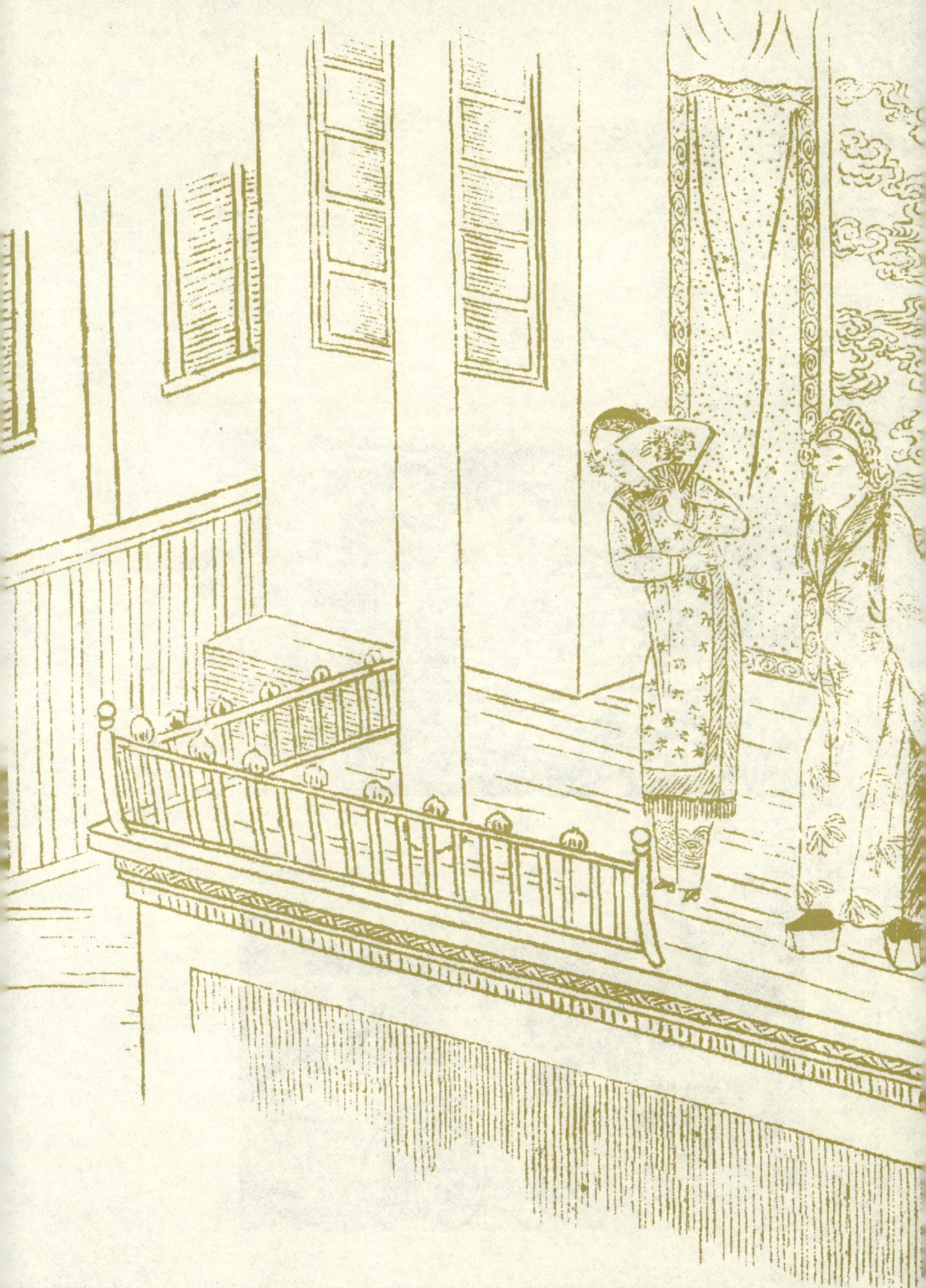

# 旧世存影

①

②

① 城隍庙内的九曲桥
② 上海城隍庙
③ 城隍庙里寓赌博和游戏为一体的转糖摊
④ 城隍庙里的算命摊

# 上海城隍庙

③

④

　　历史悠久的上海城隍庙，是上海道教正一派的主要道观之一。老城隍庙里供奉着护城神秦裕伯、陈化成、霍光三个菩萨。关于他们的传说有很多版本。

　　有一种说法说，秦裕伯是元末明初河北大名人，曾在上海住过。传说他是个十分孝顺的儿子，因为母亲感叹没有见过金銮殿，就专门为母亲建了一座像金銮殿的建筑。不久被人告密，皇帝就派人来查。他连夜将金銮殿改成了金山神庙，因此躲过了一场灾祸。清军南下时，本来打算屠城，但行动的前一夜，清军将领梦见了秦裕伯，秦裕伯告诫他不准杀人，清军将领这才没敢下手。因秦裕伯救了上海百姓，故被称为城隍爷。

红粉骷髅，腰间悬剑，斩尽天下少年英才。
秦楼一梦，楚馆三更，换来半世风流薄幸。莫，莫，莫！

## 第五章

# 风雅丽人

◉ 青楼名妓

"鸨儿爱钞,姐儿爱俏。""妓院门子到处开,有情无钱莫进来。"所以青楼有一心追求物欲的粗俗的一面。但是从古至今许多文人墨客也涉足青楼,结交红颜,风流俊赏,给俗气的烟花巷注入了文雅的气息。同时,各地的青楼之间千差万别,许多大都市的青楼不但提供性欲的满足,也适应市场需要,提供层次较高的精神享乐。在这种环境下,有一些妓女自幼就接受艺术熏陶,琴棋书画无所不通,所以也不乏色艺双绝的人才。这样就在风月场里涌动着雅、俗两股潮流。从雅的一面看,可以说是丰富多彩,尤其是那些名动一时的妓女,娇艳妩媚,各有特色,为青楼增添了不少风雅的情致。

# 第一节 ◎ 游刃有余：胡宝玉

胡宝玉是清末同治年间上海首屈一指的名妓。她从小就机灵无比，面目娟秀，稍长大一些，就因为生活压力的原因被迫开始卖笑生涯。

她开始是上海宝树胡同谢家妓院的名妓，光绪初年和李三、李桥玲二人齐名，几乎妇孺皆知。胡宝玉为妓时，艺名叫做林黛玉，因为她姿色出众，善于修饰，接待嫖客热情周到，没多久就技压群芳，声名雀起，富商巨贾争相光顾。浙江巨商杨翰斋就十分眷顾胡宝玉。杨翰斋原来在上海开设典当行，典当行关闭以后，又做生丝生意。胡宝玉一度成为他的小妾，但是她生性爱自由，过不惯那循规蹈矩、低三下四、深居简出的生活，没多久就重入青楼。但是两人旧情未断，杨翰斋摆酒设宴时仍然叫胡宝玉的局。胡宝玉重张艳帜以后名气更响，身价更高，许多富商高官都成为胡宝玉的座上客。胡宝玉的盛名几十年不衰，直到1906年，她年过五十以后，才第二次嫁人。

胡宝玉和当时的上海富商胡雪岩、画家胡公寿相提并论，人称『三胡』她身为妓女，却有如此之高的地位，肯定有过人之处，那就是思想活跃，敢闯，敢打破陈规陋习

# 敢闯敢拼胡宝玉

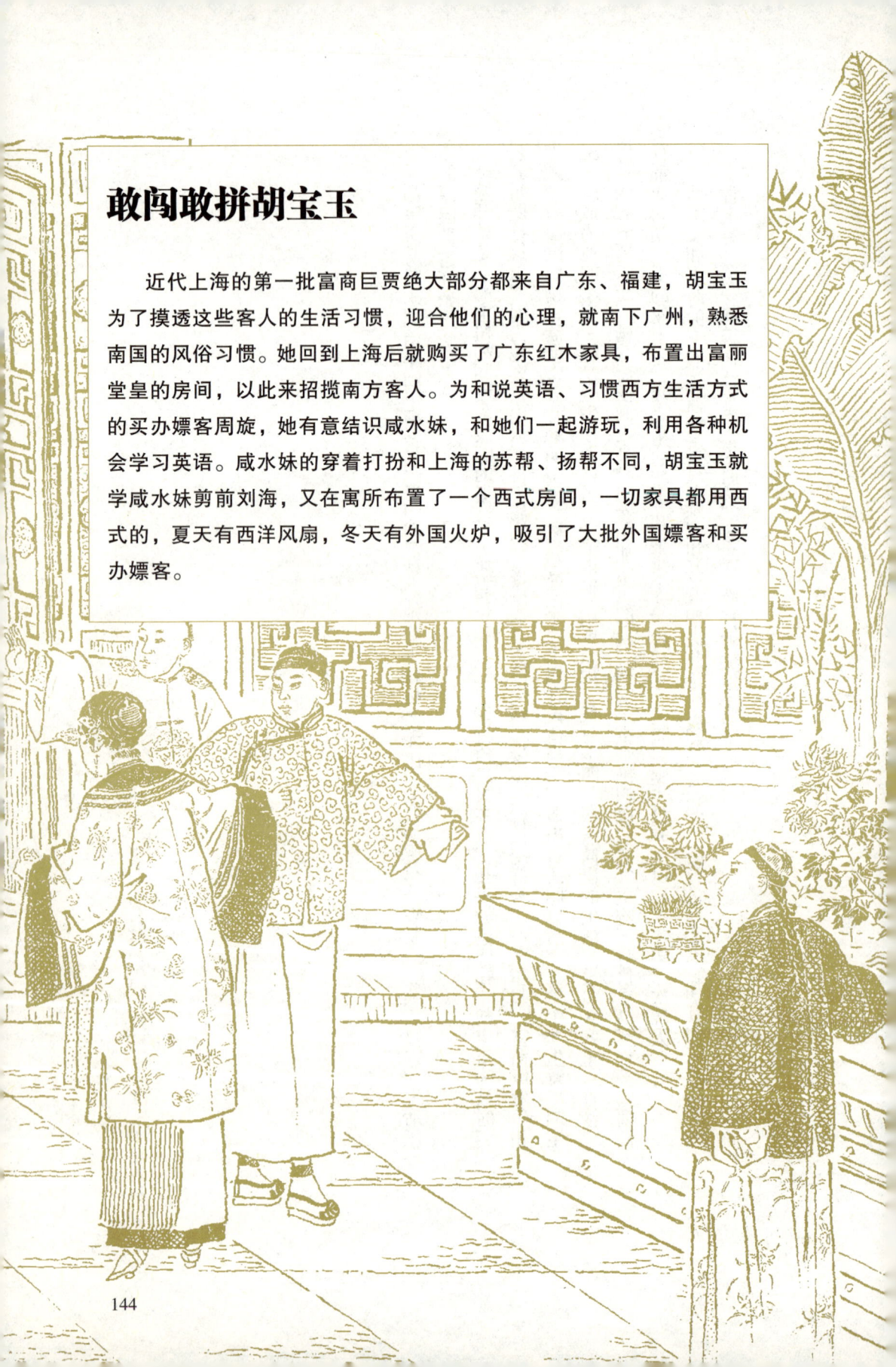

近代上海的第一批富商巨贾绝大部分都来自广东、福建，胡宝玉为了摸透这些客人的生活习惯，迎合他们的心理，就南下广州，熟悉南国的风俗习惯。她回到上海后就购买了广东红木家具，布置出富丽堂皇的房间，以此来招揽南方客人。为和说英语、习惯西方生活方式的买办嫖客周旋，她有意结识咸水妹，和她们一起游玩，利用各种机会学习英语。咸水妹的穿着打扮和上海的苏帮、扬帮不同，胡宝玉就学咸水妹剪前刘海，又在寓所布置了一个西式房间，一切家具都用西式的，夏天有西洋风扇，冬天有外国火炉，吸引了大批外国嫖客和买办嫖客。

## 宝玉巧戏吝啬客

　　遇到一毛不拔的守财奴，胡宝玉就想方设法使他们破财。有一个叫朱子清的嫖客，经常到胡宝玉这里来，但是除了例费之外一分钱都不多掏，为此宝玉十分不快。她向一个珠宝商借了三朵珠花，然后以珠花为质向朱子清借五百金。朱子清因为有质押在手，就爽快地借给了她。过了几天珠宝商去找朱子清讨珠花，说前几天胡宝玉代你夫人向我借了三朵珠花，希望你马上归还。朱子清一听不干了，说珠花是她以五百金的价码当给我的。珠宝商鄙夷地笑笑说，在风月场里面混的人，千金买笑都不吝惜，区区五百金算什么。朱子清没有办法，去问胡宝玉。胡宝玉却说，这是你我两个人的事，怎么能拿到外面去宣扬呢？让别人知道了会嘲笑你吝啬的。珠花是我向他借来的，你把珠花还给他就是了。朱子清没有办法，只好把珠花还给人家，那五百金也没有办法张口要回了。

## 千里拜见

有一年，年关将近，胡宝玉坐在床边，将自己的缠头都清理了一遍，不由得叹了口气。怎么办呢？这点钱怎么也不够过年用啊！胡宝玉皱着眉头，寻思着怎么赚点钱过年用。"哦，有了！"她灵光一闪，起身开始整理行装，准备到宁波去。

她好好地为什么要去宁波呢？难道是投奔朋友？当然不是。风月场里的人消息灵通。平日里，她常听别人说宁波有一个富翁，极为好色，常在风月场里肆意挥霍，出手也颇为大方，只是那人从不离开宁波。

山不就我，我自就山去，何况这还是座金山。说干就干，胡宝玉收拾好东西就立即带着一个姨娘朝码头走去。她乘着海轮，没多久就到了宁波。富翁家的住址她也早已打听好，一下船，就直接上了一辆黄包车，直奔富翁家。

到了富翁家门前，娘姨拉着大门上的铜环"笃笃笃"敲了几下，有仆人来开门。

"请问您是哪位？"仆人一见是陌生的面孔，便这样问道。

"这是我的名片，烦请小哥帮忙通报您家老爷一声。"胡宝玉赶紧递上自己的名片。

仆人拿了名片，看了一眼，匆匆朝里屋跑，通报富翁去了。

富翁拿着名片一看，哟，竟然是上海赫赫有名的"妓界西太后"胡宝玉，不过，她不是在上海吗？怎么跑到我家来了呢？他常年流连于风月场，胡宝玉这个名字当然是如雷贯耳了。富翁整整衣服，赶紧迎了出去。

把胡宝玉请进屋后，富翁就询问她的来意。胡宝玉自然不会说自己是为了银子来的，像她这样能混出名堂的妓女，嘴上功夫自然都是很好的，她只说自己是慕名前来，一番话把富翁捧得十分高兴。富翁热心地请胡宝玉住下，并尽心招待。

在富翁家住了几天，胡宝玉告辞。临别前，富翁一出手便馈赠她三千金。胡宝玉满载而归。回到上海，直到过了年后，这笔钱还剩下不少呢。

## 劝人回头

　　对到她寓所冶游的贫苦青年，胡宝玉的态度则与前面完全相反。有一个青年慕名而来，到她家邀客人吃花酒。胡宝玉看他不像是平时挥霍的那类人，就询问边上的客人，这才知道他是某个店号的学徒，一年的收入也不过数十千文。酒宴结束以后，胡宝玉一把抓起钱来还给他，并且对他说，此物赚来不易，你留着自己用吧。风月场不是什么好地方，你不要再来了。青年大感惭愧，从此悔过自新，再也不涉足妓院。

## 传授真经

年过四旬以后,胡宝玉就自己做起老鸨来,买了雏妓胡玉梅、胡玉莲、胡秀林等,在三马路开设妓院"庆余堂",规模很大。几个妓女都经过胡宝玉的亲自训练,得到了她的真传。胡宝玉本人则很少出门接客了,不过遇到旧时的熟客叫局仍然到场。《海上花列传》当中的老妓屠明珠,就是暗指胡宝玉。

此时的胡宝玉仍然名声不减。胡宝玉有一个外甥女,是个优伶,艺名叫做王月仙,在上海小有名气。汉口艺苑剧场来上海聘请王月仙去演出,胡宝玉跟着一同前去,一时间浪荡子弟都奔走相告:"胡宝玉来了,胡宝玉来了。"王月仙登台演出时,观众都争着投掷洋钱,来讨好胡宝玉。剧场主人设宴款待胡宝玉,她身着男装出席。众人纷纷站起来,表达仰慕之情。胡宝玉的威风和达官贵人相比毫不逊色。

1906年春,胡宝玉让手下几个妓女先后嫁人,她自己也嫁给了一个姓陈的杭州人。出嫁时锣鼓喧天,胡宝玉坐在花轿里,带去大量积蓄,字画古玩无数。后来胡宝玉动用自己的积蓄,为陈捐了一个官职,搬到了两淮。辛亥革命以后,夫妇两人又一起回到上海,此时胡宝玉的积蓄都已经花光了,靠典卖字画、首饰度日。后来陈勾搭上一个流寓上海的女子,把胡宝玉所有的字画古玩偷盗一空。胡宝玉迫不得已,和姓陈的脱离了关系,又成为孤家寡人。为了生活她只好重操旧业。1919年,胡宝玉住在孔家弄关帝庙前的房子里,家中有一仆一婢,由一个经营船业的人按月供给生活费,过着平淡的生活。

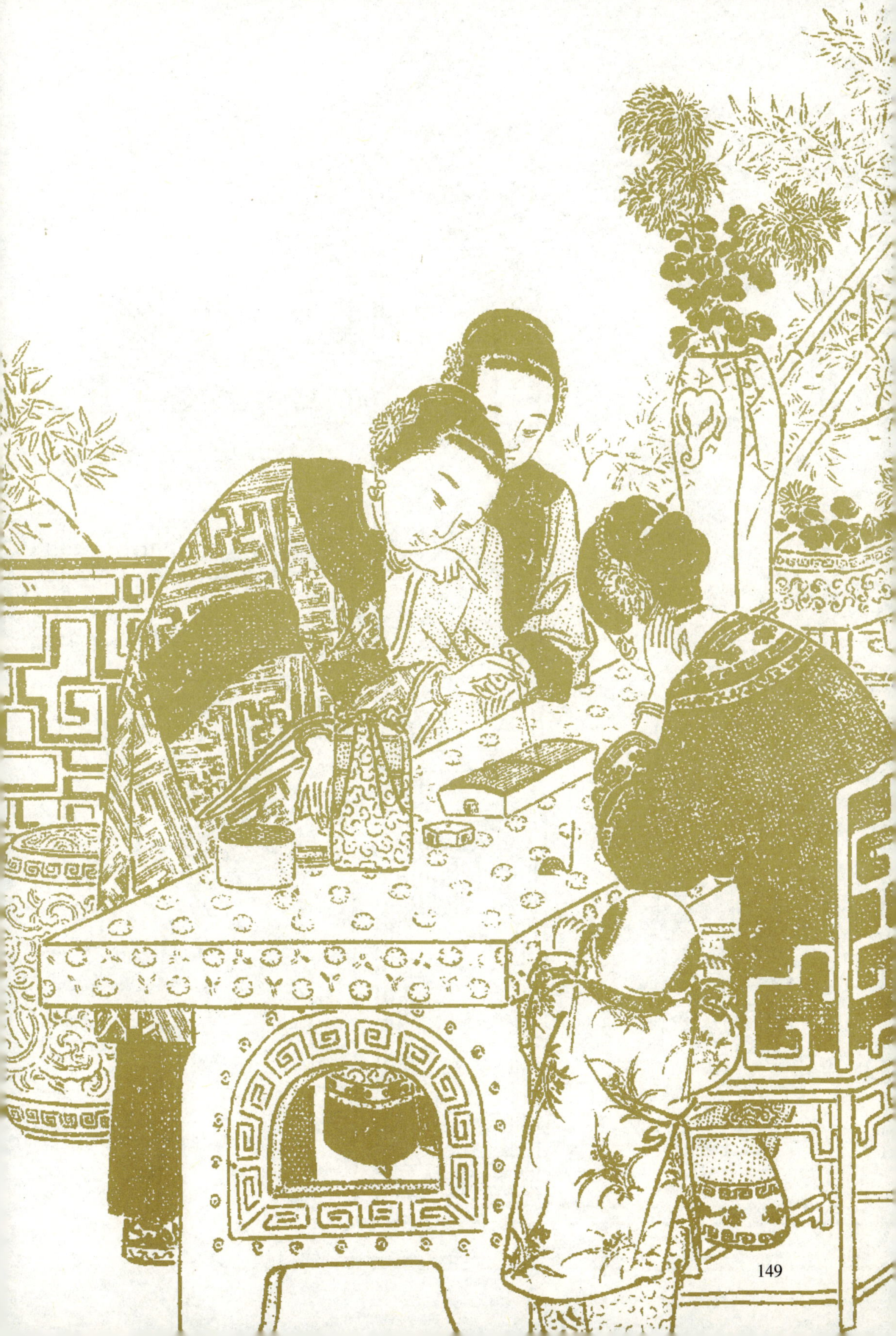

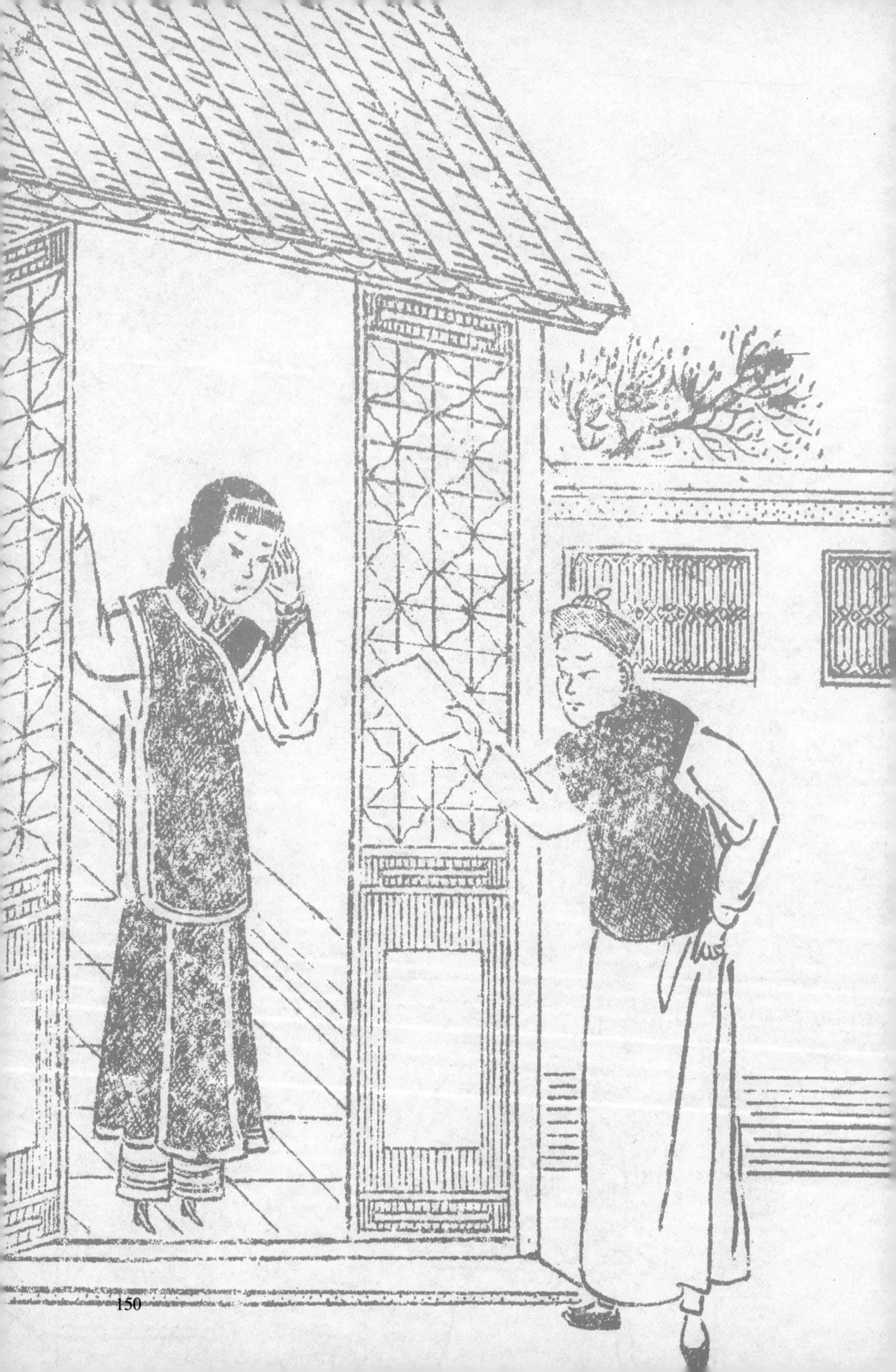

## 第二节 ◎ 金刚魁首：林黛玉

林黛玉是清末民初上海花界赫赫有名的四大金刚之一。她真名叫陆金宝，松江章练塘人。她开始是给一个姓李的皮匠当童养媳，后来婆媳两人到上海谋生。一个姓朱的女仆看到金宝眉清目秀，做事机灵，就动了歹心，怂恿金宝离开婆婆，另寻出路。金宝离开婆婆以后，就一步步走上了青楼卖笑的不归路。

开始金宝到了天津，在张三娘处挂牌，花名小金玲。因为初出茅庐，人生地不熟，只能单纯靠卖淫取悦客人。没多久她就染上了杨梅疮，只好回上海治疗。病好以后，又重新开始接客。因为敬仰老名妓胡宝玉，她就用胡宝玉的艺名林黛玉开始卖笑。

大病初愈的林黛玉面部留有疤痕，眉毛尽脱，只能靠浓妆艳抹来掩饰，这样的容貌，要想招揽生意，吸引嫖客，必须另辟蹊径。

## 才艺双全

　　林黛玉有一个同乡名叫宋二,是上海妓院的老嫖客,他见林黛玉色相虽破,但是风韵犹存,便为她出谋划策,建议她顺应上海奢靡的风气,通过奢华阔气的风格来吸引嫖客。林黛玉决定试一试。她先从服饰入手,不再拘泥于苏帮传统的淡雅服装,而是采用新装。这样一来,林黛玉之名不胫而走,传遍了十里洋场。其次是在应酬技巧上下功夫。功夫不负有心人,这些方法果然收到了效果,得到了很多赞誉。不但富商高官对她推崇之极,就是士林名流也对她十分倾倒。1888年夏季花榜共有16人,林黛玉列名第八。此外,林黛玉曾经学艺一年,唱歌比较有功底,昆曲、梆子、髦儿戏也样样都行,加上她喜欢和当时上海的有名伶人交往,所以在戏曲方面更有长进。

## 大胆造访

1904年，林黛玉到汉口的怡园去唱梆子戏，与军队上的张彪发生了一段故事。

张之洞担任湖广总督时，为了"师夷长技以制夷"，在武汉设立了自强军，采用西式军制。这张彪就是自强军的一个统制。一天，张彪到怡园去听戏，恰好当晚是林黛玉演出，张彪对她印象很好。

几天后，林黛玉闲着无事，就寻思着去拜访张彪。于是，她就直接坐了轮渡到武昌军营去了。林黛玉本来就是靠大胆着装而出名的，这天，她穿着西装，戴着礼帽，一举手一投足无不显得豪爽大气。

军营的门房起初还以为是新翰林来拜谒呢，接过林黛玉递过来的名片一看，大吃一惊，赶紧进去报告。这军营是什么地方，那是何等的严格。张彪不明林黛玉来意，不禁大惊失色，马上派人告诉她，这是军营，不是你来的地方，请马上回去吧。

事后，张彪还派人送给林黛玉数百金，作为她渡江拜访的酬谢。

## 多次嫁人为还债

　　林黛玉由武汉返回上海以后,先后在群仙茶园、丹桂园唱戏,越唱越好,因此林黛玉在优伶界的活动时间最长。

　　林黛玉用奢华的风格、灵活的交际手腕以及唱戏的特长弥补了色相的不足,一跃而成为上海粉黛的领袖。1897年李伯元主办的《游戏报》推举林黛玉、陆兰芬、金小宝、张书玉为"花界四大金刚",林黛玉居首位。自此,林黛玉之名更是众所周知。此外,胡宝玉、林黛玉、赛金花还被称为上海"花丛三杰"。但是,豪华阔气的排场,加上挥霍无度,使林黛玉往往入不敷出,因而债台高筑。每当走投无路的时候,她就使出独创的绝招,那就是选择富商嫁人。不过她嫁人可不是一心从良,想过正常人的家庭生活,而是借以替她偿还债务。她把嫁人形象地称为"出浴",就是用清水洗干净一身污秽。因此,她一生中多次嫁人,所嫁者不是富商、暴发户,就是官吏,她所看重的只是他们的腰包而已。

## 私会意中人

　　林黛玉第一次嫁的是一个姓黄的商人，但不久就离开了。然后，她又和南汇县令汪衡舫好上了。这个汪县令到林黛玉的寓所里面喝酒，非常欣赏林黛玉的风度，不由得开怀畅饮，醉倒在寓所里。事后他出巨资代替林黛玉还清了债务，纳林黛玉为小妾，在白克路金屋藏娇。因为公务繁忙，汪衡舫常常不在上海，林黛玉就和丹桂戏院的著名演员李春来姘居，李春来出入汪宅如同主人。有一天，汪衡舫到上海，恰巧碰到李春来在林黛玉的闺房里，汪衡舫登时大怒，要处罚他。林黛玉却冷笑一声，说你现在是官吏之身，却携妓酗酒，有伤风化，还有脸说他。李春来更是喧宾夺主，直接拿着刀追逐汪衡舫。汪衡舫碍于自己的身份，不能张扬，只好自认晦气。自此以后，林黛玉、李春来就如同夫妇一样，姘居了一年多，直到把积蓄全部花光。林黛玉到南汇租了一间房子，门上标着"南汇县令正堂汪公馆"。林黛玉乘坐挂着"汪"字灯笼的轿子，在县内招摇过市。汪衡舫知道后非常恼火，只得请人代为斡旋，答应付给林黛玉重金以脱离关系。林黛玉拿到钱以后才回到上海。

## 重入青楼

　　1899年，林黛玉又以八千金的身价嫁给南浔邱某为妾。邱家是南浔巨富，林黛玉在邱家的一年内极不安分，既勾引缝工又勾引邱家亲戚。邱某便让林黛玉吸鸦片烟，企图以此来笼络住她。但是林黛玉烟瘾虽大，淫心不改。邱某没有办法，只好把她关到屋子里。林黛玉买通了看守，席卷所有的首饰、私蓄逃回了上海。到上海以后，她又和丹桂戏院唱旦角的路三宝姘居，使路三宝弃家庭于不顾，父亲死了也不奔丧。没多久，林黛玉的所有东西被人偷盗一空，不得已，她只好重操旧业，在上海登台唱戏。

## 嫁人上当

　　1920年2月，林黛玉又嫁给颜料大王薛宝润为妾。薛宝润是第一次世界大战时的暴发户，老早就闻得她的大名，成为富翁以后就想娶她为妾。因为当时薛宝润已经六十多岁，林黛玉不愿意自己嫁个糟老头子，就婉言谢绝了。但是薛宝润穷追不舍，声言要拿出三十万金作为林黛玉的赡养费。林黛玉身边的一帮娘姨、大姐受了好处，就极力怂恿她嫁人，劝她不要坐失良机。最后林黛玉决定嫁，薛宝润非常高兴，在法租界租了房子迎接林黛玉。不过，薛家的财政大权掌握在薛宝润的夫人手里，薛宝润付三十万金的诺言难以兑现。林黛玉情知上当，要提起诉讼。薛宝润听说以后，和他夫人商量了一下，答应给林黛玉一笔钱。林黛玉离开薛家后，重新堕入风尘。

# 悲惨下场

林黛玉一生嫁人十七次，可每一次她都不当回事，只拿那些富商当替自己还债的"冤大头"。要不是她劣迹斑斑，说不定还会被出洋考察的五大臣之一的端方娶为小妾呢。

据说，五大臣之一的端方赴英、法、美等国考察宪政，要从上海转道乘船，于是就在上海逗留了二十来天。听说了林黛玉的花名后，就想见识一下。于是有个道台自告奋勇地为他穿针引线，把林黛玉给带来了。林黛玉一见端方，便道："大人身居高位，也敢狎妓？"平日里，那些女人见了端方谁不服服帖帖的，见了这样一个伶牙俐齿的女子，端方不由得凡心大动。经过一段时间的接触，端方发现林黛玉说话妙语连珠，诙谐生动又十分得体，更是被深深吸引了，想将林黛玉娶回家做如夫人。可是，他身边的一个心腹却对林黛玉十分不齿。为了让端方断了这个念头，他找来许多资料，说明这个女人嫁人都是为了钱，不会安分的。端方见此，就再也不提纳林黛玉为小妾的事了。

1921年除夕，林黛玉因为烧香劳累，又日夜连续"出局"，积劳成疾，一病不起，瘫痪在床达半年之久。经过精心治疗，才有了好转。林黛玉在病中的医药费、鸦片烟费都由一个姓王的姘夫支付。王某是一个做地产生意的中产阶级，林黛玉病中的开销甚大，王某有些支撑不住，所以当林黛玉的病稍有起色的时候，王某就和林黛玉脱离了关系。王某一走，林黛玉只能靠典卖珠宝度日。天长日久，坐吃山空，悲惨下场可想而知。

## 第一节 ◎ 高山流水：小凤仙

小凤仙,又叫筱凤仙,原籍浙江钱塘。光绪年间全家流寓湖南湘潭,父亲经商颇有成绩,后因被友人拖累而倾家荡产。小凤仙被卖为奴婢,不久被卖到妓院,辗转到了北京。小凤仙谈不上是美人胚子,姿色不过中等,娇小玲珑,吊眼梢,翘嘴角,肌肤不算白皙,性情尤其孤傲,懒得献媚取宠,对脑满肠肥的富商巨贾避之唯恐不及。她粗通文墨,特别是生有一双慧眼,能辨别狎客的才华,所以终于和护国运动名将蔡锷相识。

蔡锷是当时军界的名人。他早年入长沙时务学堂学习,后来留学日本,学成归国后成为各地争相网罗的青年才俊。武昌起义爆发后,蔡锷被推举为云南都督。袁世凯是一代枭雄,自然颇有知人之明,看到蔡锷智勇双全,英华内敛,不但是革命党中的优秀人物,也是出色的军事将领,所以千方百计将蔡锷诱进京师,软禁起来,让他担任一些有名无实的职务,对他加以笼络。

# 偶遇知己

蔡锷终日无所事事，内心烦闷，便到八大胡同走走，想不到第一次就碰到了小凤仙。他那天打扮成普通商人的样子，不像是特别有钱的大少爷，妓院老鸨就把他引到长相一般、性格古怪的二流妓女小凤仙这里。

小凤仙一见来客就断定他不似寻常的狎客。略作寒暄后，问及职业，蔡锷诡称经商。小凤仙嫣然一笑道："我自坠入风尘，生张熟魏阅人多矣，从来没有见到过风采像你这样特别的，休得相欺。"

蔡锷讶然道："京城繁华之地，游客众多：王公大臣，不知多少；公子王孙，不知多少；名士才子，不知多少。我贵不及人、美不及人、才不及人，你怎么就说我的风采是独一无二的呢？"小凤仙不以为然地说："现在举国萎靡，无可救药，国将不国，贵在哪里？美在哪里？才在哪里？我所以独独看重你，是因为你有英雄气概。"

蔡锷故作不解地问："何以见得？"

小凤仙叹息道："我仔细看你的样子，外似欢喜，内怀郁结。我虽女流之辈，倘蒙你不弃，或可为你解忧，休把我看成青楼贱物！"

蔡锷对小凤仙的言语态度十分欣赏，觉得她的容貌与举止也非常动人。然而毕竟是初次见面，不敢交浅言深，不敢推心置腹地表明心迹，只好支吾以对。他在小凤仙的房中慢慢走动，浏览房中的布置，但见陈设古雅、卷轴盈案，心想：这个女子人虽不算顶美，却有一种高雅的气质，兼具越女的婉约、湘女的热情。想着想着不觉嘴角露出一丝笑意。小凤仙一直盯着他变化的神情，不由得问道："什么事情使你暗中高兴？"

蔡锷说不出所以然来，就信手翻看小凤仙几案上的对联说："你这里有这样多的对联，你最喜欢哪一副？"

小凤趁机说道："这些对联都是平常之作，似无什么称心如意的。你是非常人物，不知肯不肯赏我一联？"不等蔡锷点头，便取出宣纸，磨墨濡笔递到蔡锷手上。蔡锷难以推辞，便挥笔顷刻间写成一联：

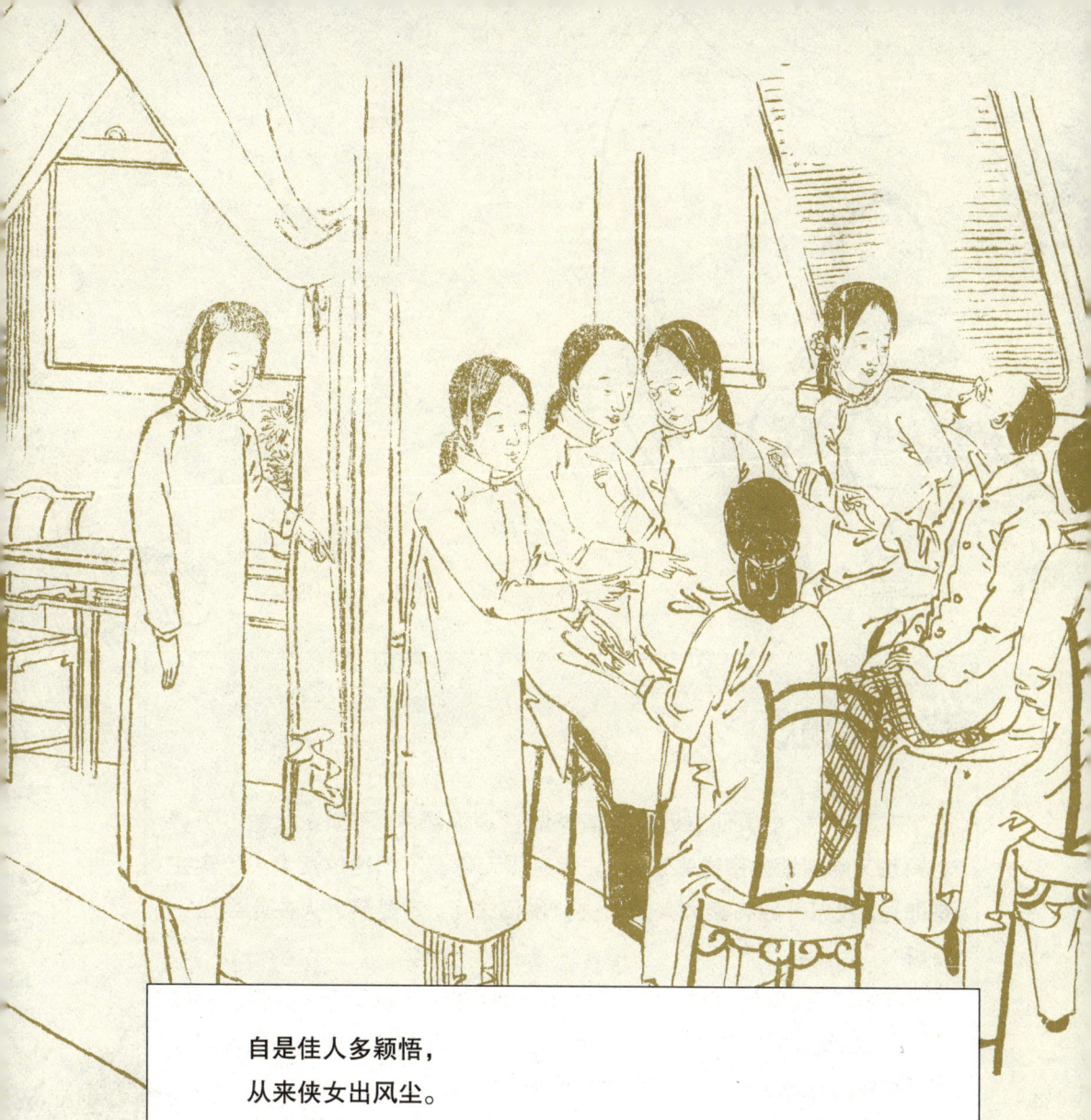

自是佳人多颖悟,
　　从来侠女出风尘。
　　在上款写上"凤仙女史灿正"。这一副对联没有一点鸳鸯蝴蝶派的浓重脂粉气息,那一股英雄气概写到了小凤仙的心坎上。就在蔡锷准备收笔的时候,小凤仙急忙阻止,说道:"上款既蒙署及贱名,下款务请署及尊号。你我虽然身份悬殊,但同样混迹京城,你又不是什么朝廷钦犯,何必隐姓埋名,大丈夫行事自当光明磊落,若疑我有歹心,天日在上,应加诛殛。"蔡锷不再推辞,乃署名"松坡"。小凤仙一见,便知道眼前这位就是鼎鼎有名的青年才俊蔡锷。两人言语来去,互相渐渐有了好感,终于蔡锷和小凤仙说了自己的真心话,小凤仙也发誓和他同心同德,两人感情弥笃。

## 敬写挽联

夜深客散，小凤仙靠近蔡锷悄声说："夜深风寒，不如在此歇下吧。"老鸨也笑咪咪地掀帘进来说道："我有眼无珠，不识这位蔡大人，实在是罪过。我已斗胆将蔡大人的车夫打发回去了，定要蔡大人在此委屈一宵哪！"

红烛高烧，罗帐低垂，老鸨亲自捧进数色点心，说了许多祝福的吉祥话，龟奴们也来讨了赏钱。小凤仙掩好了门，满脸红晕地扑在蔡锷的怀里。蔡锷对她越发怜爱，小凤仙则更加深情。

自从小凤仙成了蔡锷的红粉知己，两人无话不谈。蔡锷对小凤仙说："决计不顾生死，非要逃脱羁系不可。"小凤仙听了以后，决定与蔡锷生死同行。蔡锷说："同行多有不便，将来成功之日，必不相忘！"小凤仙决计帮他逃脱。当夜她为蔡锷饯行，为他唱歌，为他流泪，仔细叮咛。蔡锷目不转睛地看着小凤仙，止不住英雄的眼泪，说道："但愿他日能够偕老林泉，以偿夙愿！"

从此，蔡锷天天与小凤仙一同乘坐敞篷马车畅游京畿一带的名胜古迹，招摇过市，故意令人有目共睹。

民国四年十二月一日，离袁世凯即帝位的日子还有十一天，北京城内大雪纷飞，蔡锷与小凤仙一起踏雪寻梅。马车经过车站，蔡锷竖起了衣领，压低了毡帽，混进了人丛之中，登上了开往天津的三等列车。第二天他换上和服，扮成日本人，搭乘日本游轮"山东丸"直驶日本。然后辗转到了香港。不久又绕道越南，由蒙自进入云南，组织了"护国军"起义讨袁。在此事中小凤仙功不可没。

袁世凯死后，黎元洪代理总统，任命蔡锷为四川都督。蔡锷由于带病操劳，喉疾更加严重。他给小凤仙写信，大意是说自己现在有病，政务缠身，等到大小事情处理完毕，就出洋就医，到时来找你。

小凤仙天天在耐心地等待，可蔡锷已病情沉重，来不及去找小凤仙了，他沿江东下，经上海到日本就医，终因病入膏肓而在福冈医院逝世，享年三十七岁。小凤仙等来等去等到的是蔡锷的死讯，悲痛欲绝。

蔡锷的灵柩运回上海，人们为他举行盛大的追悼会，小凤仙托人寄来了两副挽联。

其一：
不幸周郎竟短命，
早知李靖是英雄。

其二：
万里南天鹏翼，直上扶摇，那堪忧患余生，萍水姻缘成一梦；
几年北地胭脂，自悲沦落，赢得英雄知己，桃花颜色亦千秋。

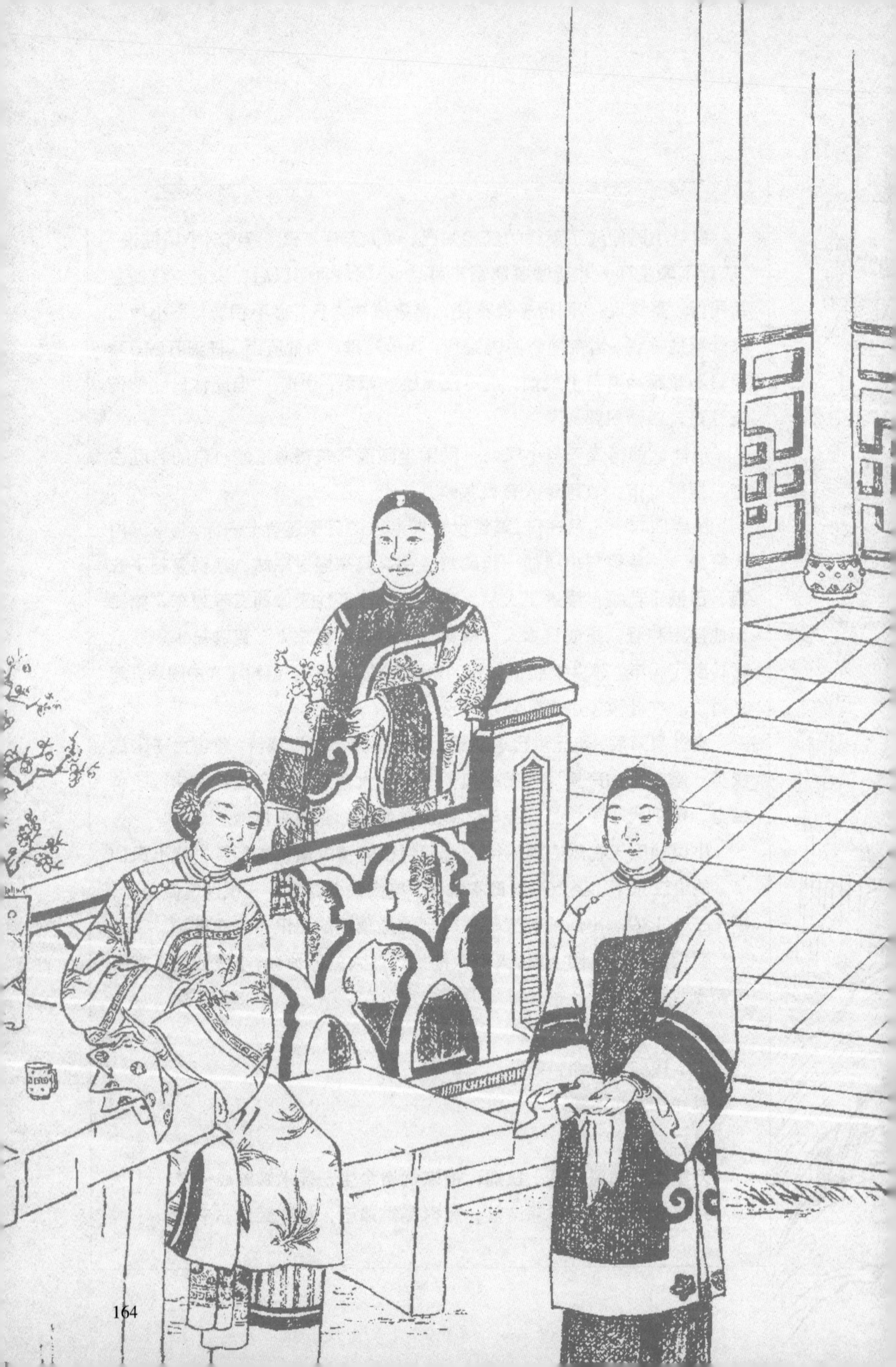

## 第四节 ◎ 海内知己：陈美美

陈美美是武汉名妓，人长得不算十分漂亮，但高挑身材，落落大方，而且颇具才情，令江东才子杨云史一见钟情。

陈美美慧眼识名士，她的关心、体贴，使得心情郁闷的江东才子深感安慰。陈美美是脱俗的女子，自然不会用职业性的手法来笼络杨云史，而是真诚相待。

杨云史也将大量的热情投到她的身上，在那时杨云史的许多诗句中，都能隐约看到陈美美的倩影。

提到陈美美,大家也许并不是太熟悉,但提起杨云史(当时算得上是赫赫有名的人物,"江南四大公子"之一),大家并不会陌生。杨云史是江苏常熟人,家里世代为官,十七岁就娶了李鸿章的孙女李道清为妻,曾随岳父李鸿章出使英国,学贯中西。后来任大清国驻新加坡的领事,辛亥革命后从海外归国,隐居在虞山的石花林。这时他的原配妻子李道清已死,他又续徐霞客为妻,过着逍遥自在的生活。

杨云史在民国九年受江西督军陈光远的屡次盛情邀请,终于只身前往南昌做陈光远的高参。当时吴佩孚在第一次直奉战争中大获全胜,雄踞洛阳,听说杨云史已经"出山",于是连忙派人请他入洛阳相助,从此杨云史就跟了吴佩孚。

杨云史与陈美美相识是在第二次直奉战争中吴佩孚惨败之后。战争之前,杨云史的妻子徐霞客突然在洛阳病逝,而第二天他就要随军出发,只好将妻子仓促殡殓,心里非常痛苦。

冯玉祥的倒戈导致吴佩孚一败涂地,杨云史随吴佩孚过了一段凄惶的日子。在武汉吴佩孚东山再起,在查家墩成立司令部,杨云史担任幕僚长。杨云史在处理公事之余,常常在清灯照壁、冷雨敲窗的时侯,想起结发妻子李道清,更想起被自己仓促殡葬的徐霞客,心中的痛苦难以排遣,常觉寂寞和悒郁。于是杨云史开始涉足妓院。武汉名妓陈美美人长得不算十分漂亮,却身材高挑,落落大方,而且颇具才情,杨云史一见钟情。

杨云史这时已年近半百,夜夜与陈美美出双入对,武汉报刊纷纷刊登这一新闻。有些媒体居然按日登载他们的起居情况。杨云史的朋友们打抱不平，打算对这些报刊施加压力，杨云史一笑置之，写了两段话寄给报刊作为回答。

其一：

妓女千千万万，嫖客万万千千，轮我做了嫖客，便闹得瘴气乌烟。我也莫名其妙，君听其自然。

其二：

报是他出版自由，嫖是我个人自由，要怪他家家报馆，先怪我夜夜春楼。只要风流不下流，这其间何必追究？

慧眼识名士的陈美美，用她的关心、体贴，使得心情凄凉的江东才子深感慰藉。在杨云史的许多诗句中，都能隐约看到陈美美的情影，如："夜半入门人已醉，手扶花影下雕鞍。""酒后春寒行不得，军中刁斗已三更。""何因软语甜如蜜，皓齿无声啗荔枝。"于是"风流小杜"的名声不胫而走，更有甚者干脆叫他"娼门才子"。提到"风流小杜"的称号，就要讲到杨云史与梅花的关系。杨云史咏梅、画梅的嗜好，可以直追宋代隐居孤山自称"梅妻鹤子"的林和靖。吴佩孚曾经为此赠给杨云史一联：

天下几人学杜甫，一生知己是梅花。

杨云史笔下的梅花，真可说得上是："疏影横斜水清浅，暗香浮动月黄昏。"但他画的梅花从不轻易送人。除了为吴佩孚画了一幅巨幅梅花外，只在武汉特应陈美美之请，画成腊梅屏风四幅，兼题八首七言绝句，其中有一首是："江郎彩笔犹胜昔，画了长眉画折枝。近来英年消磨尽，只画梅花赠美人。"

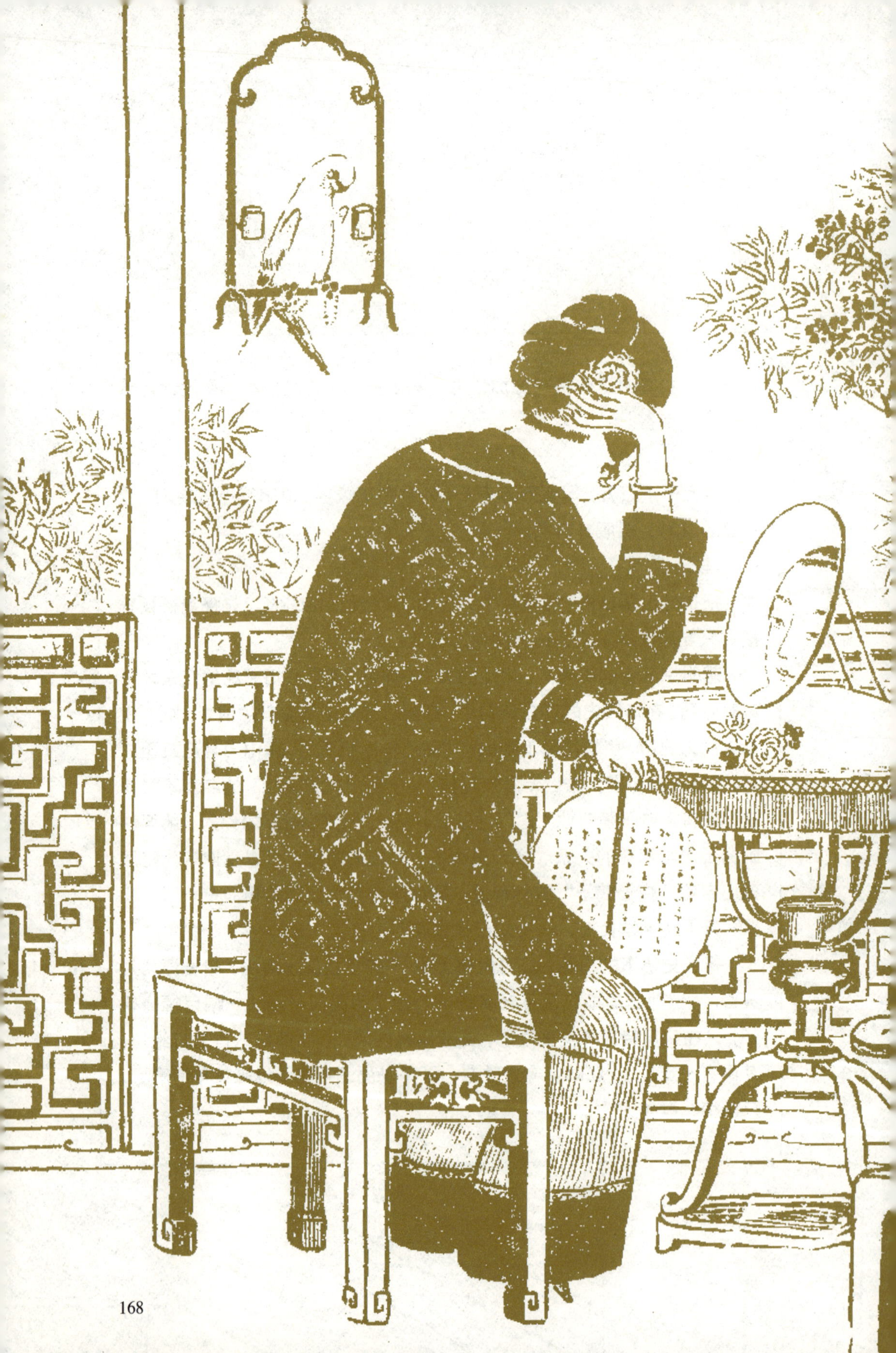

## 互相赠诗

革命的北伐军彻底打垮了吴佩孚的主力部队，吴佩孚西走白帝，辗转入川。杨云史没能跟着吴佩孚一起逃跑，多亏陈美美把他藏在香闺中，才得以顺利脱险。等到时局稍微稳定后，杨云史决定离开武汉北上，陈美美在临江楼设宴为杨云史饯行。那天风吹野花满庭香，陈美美不断劝杨云史多喝几杯，问杨云史什么时候还会回来，杨云史望着滔滔东去的长江水，想到不知道哪一天才能再见到陈美美，离愁阵阵袭上心头，他即席赋诗：

年来范蠡久无家，西塞山前似若耶。

君问归期载西子，春风流水碧桃花。

杨云史离开后，陈美美很长一段时间内拒绝接客。她天天把自己关在房里，看着杨云史给她画的梅花，题赠的诗词，追忆着他的浓情蜜意，她为杨云史感叹，觉得他是"一例霸才难得主，年年沉醉过新丰"。

杨云史到郑州后，曾给陈美美寄来一首诗，写道：

年年落魄又经年，典尽春衣习醉眠。

天未生涯差强意，将军厚我玉人怜。

杨云史既怀念吴佩孚对他的知遇之恩，也难忘陈美美的真情，把陈美美与吴佩孚相提并论，使陈美美激动不已。杨云史后来去了北京。杨云史在北京还是不能忘怀陈美美，给陈美美赋诗赠画。陈美美回了他一封信，说道：

别后音书两不闻，预知谣诼必纷纭。

只缘海内存知已，始信天涯若比邻。

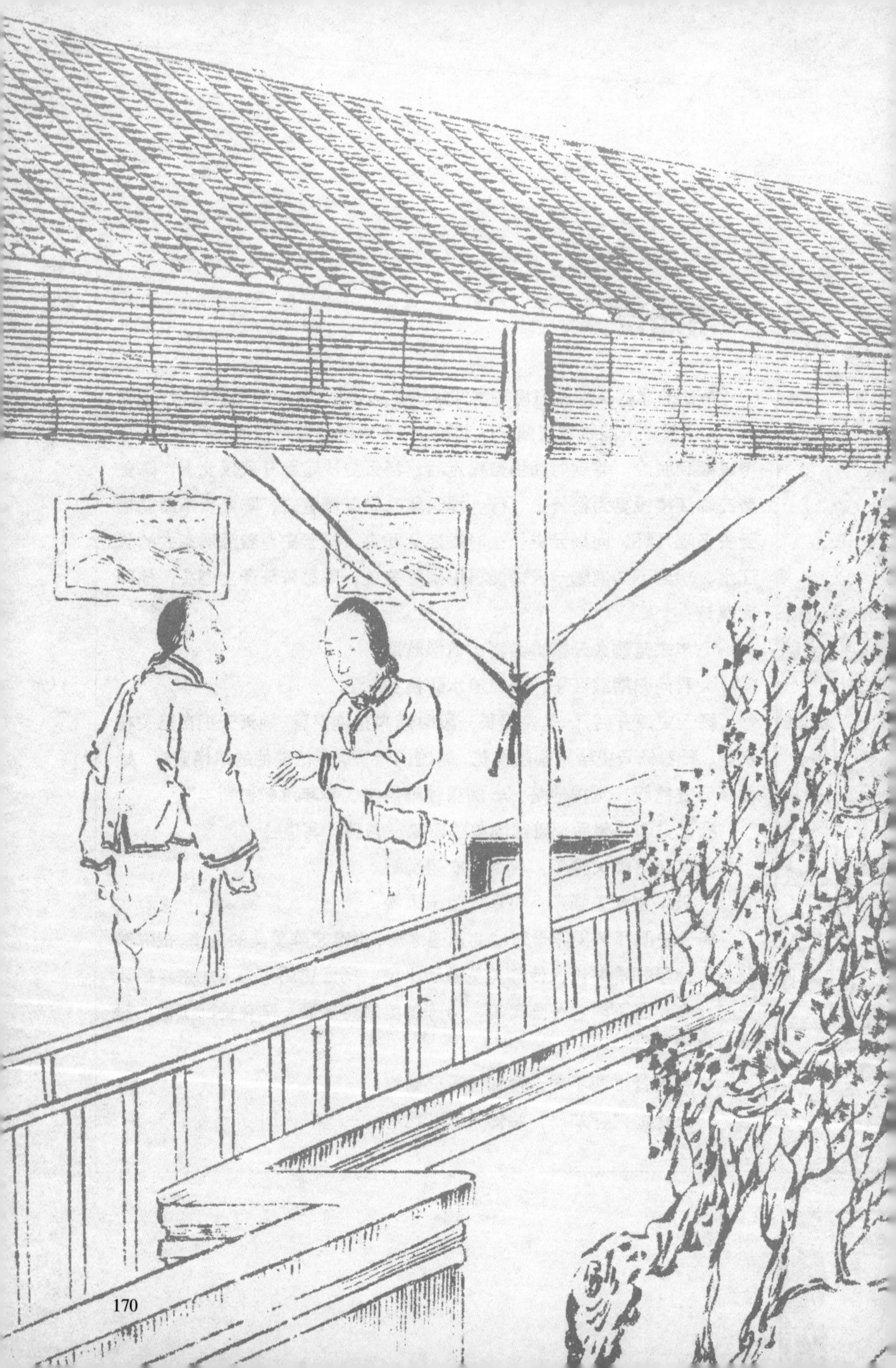

# 第五节 ◎ 红颜祸水：杨翠喜

杨翠喜原籍直隶北通州，本姓陈，小名二妞儿，幼年因家贫被卖给杨姓乐户，取名杨翠喜。她从小从师习艺，十四五岁就出落得光彩照人。她生就一副好嗓子，善唱淫靡的曲子，最初在协盛园登台献艺，《梵王宫》、《红梅阁》都是她的拿手好戏。杨翠喜虽然出身贫穷，但是她贪慕荣华富贵，满心希望有一天能够攀龙附凤，平步青云。

## 此曲只应天上有

　　杨翠喜是一个有才华的妓女,她常常在一些达官贵人的宴会上出现,这次,她的机会来了。农工商部尚书载振奉命赴欧考察归国,在天津赴宴洗尘,名伶杨翠喜演剧侑酒,戏码是《花田八错》。在唱戏的过程中,杨翠喜一双乌溜溜的媚眼老是朝载振身上瞟,她似乎有一股强烈的欲望,想亲近他,想用她的双臂去搂他的脖子,疯狂地吻他。杨翠喜的这一套媚功弄得那禀性风流的小王爷载振心旌摇曳,他的身体带着压抑的欲火,急不可耐地颤抖着。

　　这一切被机敏而殷勤的段芝贵看在眼里。段芝贵是袁世凯手下的得力干将,袁世凯野心勃勃,段芝贵就拼命为他拉拢满清王公,为他铺路搭桥,同时也为自己找一条升官发财的捷径。段芝贵当时正以道员的身份兼任天津巡警局总办。小王爷载振的父亲庆亲王是慈禧面前的红人,总揽朝纲,正是袁世凯、段芝贵之流需要极力拉拢的人物。

　　戏唱完之后,段芝贵暗示相熟的杨翠喜当面谢赏,杨翠喜袅袅娜娜地穿着戏服来到载振的身前,故意把胯部往前送了送,胸脯朝着载振的脸挺了一挺,载振立即闻到了那令人如痴如醉的味道。他色迷迷地望着杨翠喜,杨翠喜的媚眼还来不及抛,他已迫不及待地一把拉住了杨翠喜的手,对杨翠喜问长问短,弄得主人大为尴尬。

## 美色撩人

载振恋恋不舍地回到了北京，段芝贵立即花重金替杨翠喜赎身，并将她送进京城献给了载振。这一招非常有效，不久，段芝贵连升三级，由道员而被赏布政使衔，署黑龙江巡抚。

这一任命发生在光绪末年，追根溯源要从袁世凯讲起。随着反清斗争的日益高涨，袁世凯的野心一天天增长，趁着局势的发展对他有利和清廷对他的看重，他不断扩充自己的实力，广播羽翼。

东北关外，满清皇族根基所在的地方，自从段芝贵去了以后，几个行政长官都成了袁世凯的得力干将，经有心人一点拨就引起了慈禧的警觉。

袁世凯以办新军起家，继任北洋大臣、直隶总督，这引起了朝廷对他的戒心，他又提出君主立宪要限制皇权，更引起朝廷大大的不快。这一下东北几乎成了他的天下，这怎么可以容忍？一批满清的臣子纷纷想办法要把他拉下马来，近代有名的"丁未大惨案"就此开始。

一下子要把矛头对准袁世凯是不可能的，于是资历平平、声望不足的段芝贵就成了首选目标。慈禧太后批示，先将段芝贵的黑龙江巡抚职务撤销，接着就派醇亲王载沣，大学士孙家鼐详细查办。

在"丁未大惨案"中，除了天津盐商王益孙之外，谁也没有得到好处。他原来一直追求杨翠喜，却难如愿，想不到变故一起，载振为免口舌，连忙把杨翠喜送给王益孙，还特意送去一份厚礼，希望王益孙为他出一张假证明，证明杨翠喜一直是王益孙的小妾，以掩护自己。王益孙人财两得，捡了个大便宜，心里乐开了花。

宣统小皇帝登基不久，以孙中山为代表的革命党势力不断壮大。在各国列强的压力下，在对革命党人毫无办法的情况下，袁世凯被清政府重新起用。他被任命为钦差大臣、内阁总理大臣。

清政府希望利用袁世凯控制的新军势力把革命烈火扑灭。以段芝贵为代表的一批新军将领，手握兵符，唯袁世凯马首是瞻，一会儿在汉阳的龟山上架炮，轰击革命党人；一会儿又发表通电叫宣统皇帝退位。

在袁世凯软硬兼施的两面派的手段下，宣统皇帝被迫退位，革命党中的一部分人也拥戴袁世凯，袁世凯从孙中山手中接过临时大总统的桂冠，不久就任正式大总统，成为中国历史上第一个正式的共和国大总统。段芝贵也因拥戴之功而封爵受勋。

此时的杨翠喜正是二十几岁的少妇，犹如一朵盛开的鲜花，岂愿芳华虚度？加上她的攀附之心极强，所以就把天津盐商王益孙丢在家里，三天两头到京城溜达，成了段芝贵时常带在身边的女人。

杨翠喜到北京不久，就博得了几乎所有人的喜欢。她替段芝贵写信、办事，陪他聊天、玩牌。

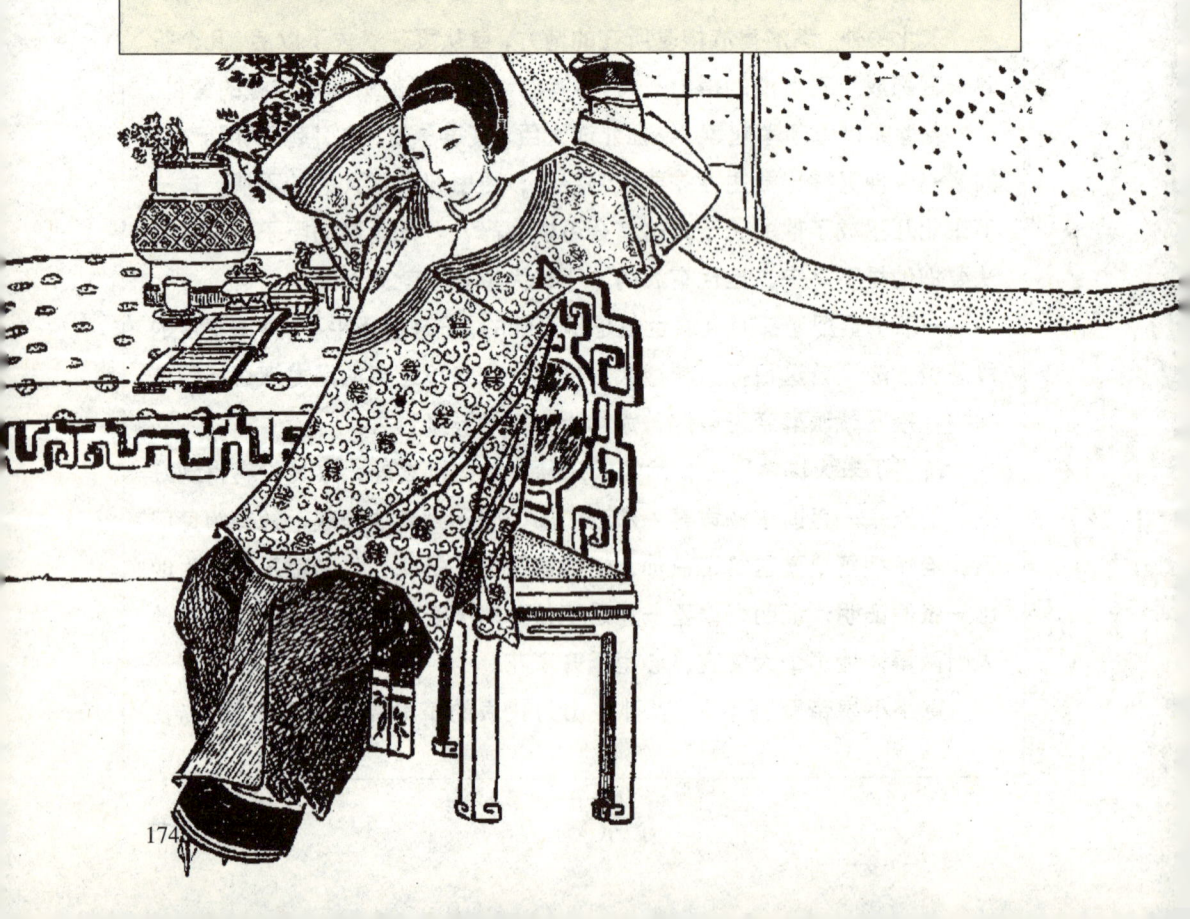

她在上流社会出入，大家都来奉承她，只要她登台唱戏，台下就是一片叫好声。段芝贵虽是风月场中的好手，但对她的体贴服侍也颇为享受，居然对她百依百顺。

　　段芝贵为了博得杨翠喜的欢心，甚至可以放下自己手边的工作，陪她出去兜风。对杨翠喜来说，她在北京城最大的成功，还在于她成了袁世凯最宠爱的小妾的好姐妹，她可以自由出入新华宫——袁世凯的寝宫。她常到那个小妾的房中，淋漓尽致地描述宴会上每个人的表现，将那些太太小姐们挖苦得一钱不值，引得那小妾捧腹大笑。

　　在袁世凯复辟帝制的过程中，杨翠喜还为袁世凯复辟帝制举行义演，为他歌功颂德。

　　不久，袁世凯复辟帝制失败，在绝望中死去。段芝贵在袁世凯复辟帝制失败时背叛了袁世凯，也抛弃了杨翠喜。

　　杨翠喜一下就被政界人士所嫌恶，有人还把"丁未大惨案"和袁世凯复辟帝制都归罪于杨翠喜，以致无论是认识她还是不认识她的人都不愿与她交往。

　　杨翠喜热衷于荣华富贵，但几经努力换来的却是这样一种结局，估计她自己也不曾想到吧！

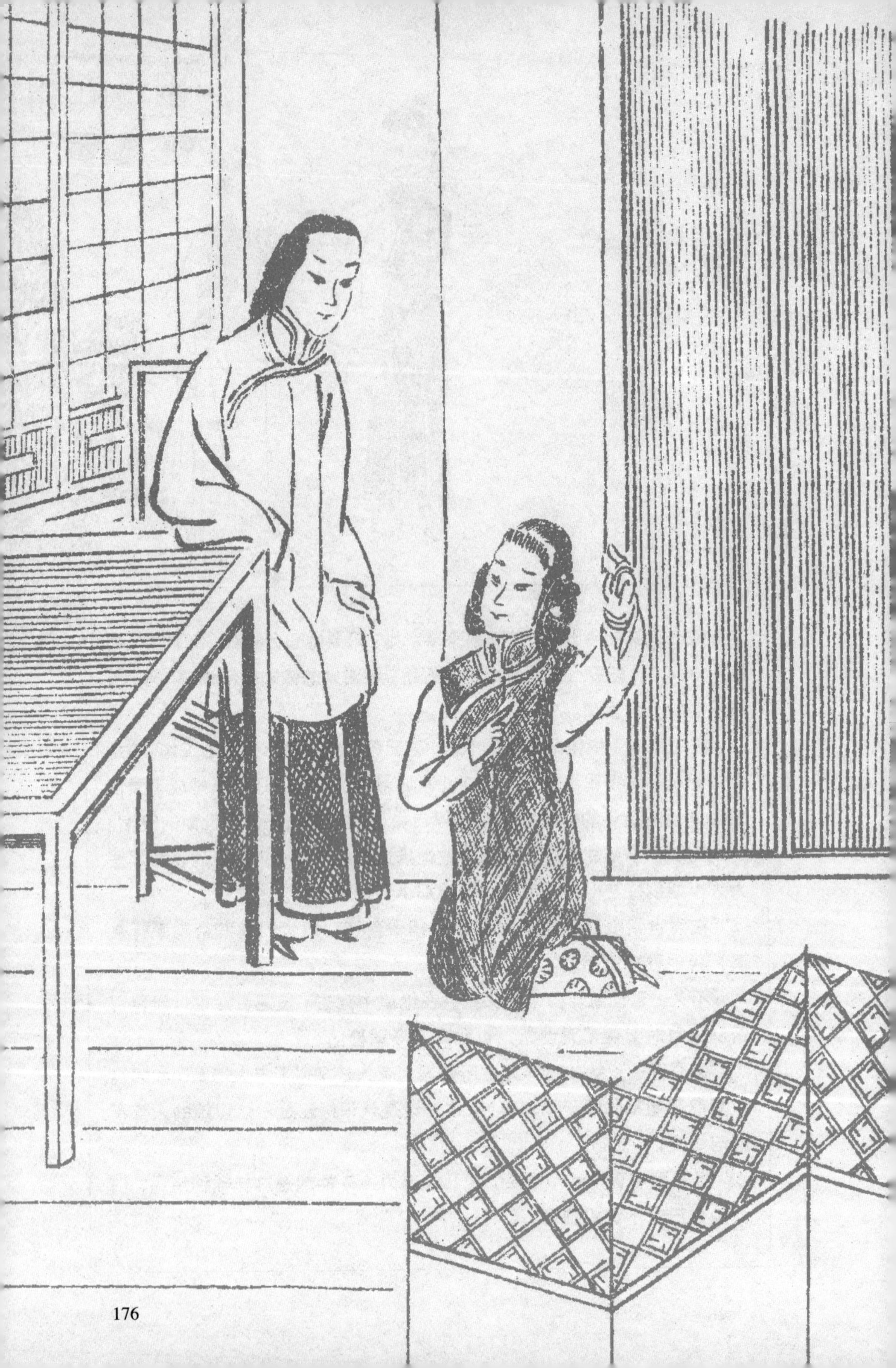

## 第六节 ◎ 三寸金莲：秋红

当年赛金花从上海来到天津，不久就结识了户部尚书立山，可立山把赛金花带到北京后就在她的生活圈子中销声匿迹了。那是由于立山又有了新欢，这个人就是王波胡同万隆书寓的名妓秋红。秋红有一种不随流俗的高傲性格，她接待客人时，大多只是谈论诗文，品茗弈棋，或漫游风景名胜，饮酒作乐的时候比较少。那种一心只想在她的身体上打主意的人，就算是肯花大钱，也常被她拒之于千里之外。秋红十分美貌，她那一对形似春笋、柔若无骨的三寸金莲更是诱人。

秋红与立山的相识是在赛金花的『金花班』中。起因是义和团运动兴起，大批义和团进入京城，义和团坎字团的首领贵山和尚瞄上了秋红。贵山和尚第一次来找秋红，就把目光集中在秋红的三寸金莲上。他先是在绣鞋上抚摸，接着脱去绣鞋，扯开裹脚的白布，用粗糙的手握住那一双粉嫩的小脚，握之、压之、调之、弄之、嗅之、啮之，把个秋红弄得哇哇大叫，眼泪汪汪。贵山和尚不顾一切，仍我行我素，直到把自己弄出一身臭汗，才气喘如牛地收手。秋红就似死里逃生一般。

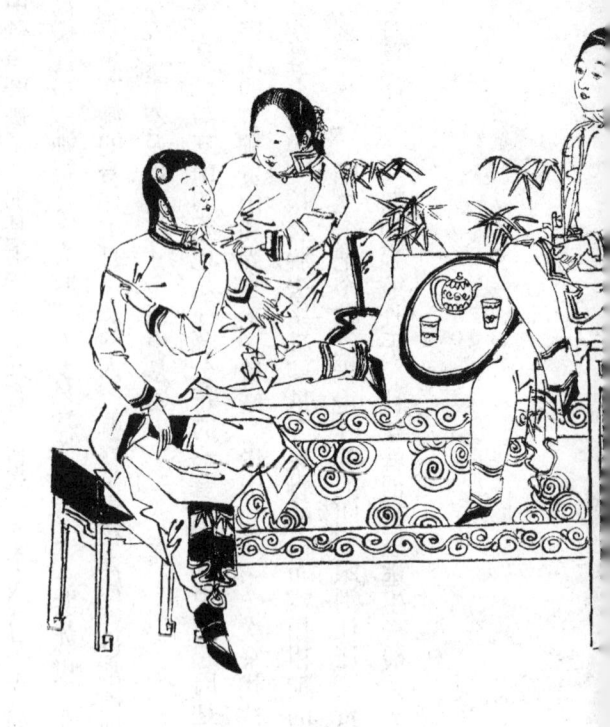

## 逃难遇情郎

　　老鸨见过各种各样心理变态的嫖客。贵山和尚应算是"恋足狂",但跟有些人比起来还算小巫见大巫。因此尽管秋红痛得死去活来,但那老鸨是绝不愿得罪客人的,更何况义和团由于有老佛爷慈禧撑腰,区区一个妓院又怎敢去扫了坎字团首领的兴呢?尽管由于贵山三天两头地"光临"万隆书寓,使得一般的嫖客都退避三舍,影响了妓院的收入,但也只能忍着。妓院可以忍着,秋红却不能忍着。为了躲避贵山和尚的摧残,她悄悄地逃出了万隆书寓,逃到赛金花的"金花班"里藏了起来。赛金花和秋红同病相怜,惺惺相惜,她让秋红隐姓埋名在这里躲藏。一个偶然的机会,在赛金花的香闺,户部尚书立山撞见了秋红,并对她一见钟情。

# 三寸金莲

　　刚开始使立山陶醉的是秋红的云鬟花颜,他常常捧着她的脸庞,痴痴地端详半晌,仿佛要从她的面部挖掘出她心灵深处所蕴藏的东西。后来立山特别迷恋秋红的玲珑曲线,眼睛常盯着她高耸的乳房,手不停地拍着她丰满的臀部,这常常使秋红羞怯不已。后来也许是立山在朝堂上受到了太多的委屈,他对秋红一反常态,对她有些粗暴,有些变态。这时的他特别迷恋秋红的一双小脚,而且比贵山和尚有过之而无不及,这不由得使秋红大为紧张。但秋红一心为立山着想,只要是立山喜欢的,那怕是细微的暗示,她都乐意配合。那次,立山悄悄对秋红说:"你的乳房极美,令人抚而忘忧;你的金莲更美,使人握而生乐。"立山又说:"这是因为脚会动,而乳房是不会动的。"从此秋红便领略了三寸金莲挑、钩、缩、蠕的诸般妙用,把个立山乐得欲仙欲死。

# 棒打鸳鸯两分离

不久，秋红躲在赛金花的"金花班"中的消息被人打听到，就有地痞流氓送来了这样一首诗来挑逗、侮辱秋红：

碧玉持衣砧，七宝金莲杵。

高举徐徐下，轻捣只为汝。

诗中把女人的某个部位比做"衣砧"，把男性的某个部位比做"玉杵"。秋红惹不起这些人，立山便把秋红带到自己的家中。

当秋红与立山双宿双飞，卿卿我我，难解难分，只羡鸳鸯不羡仙的时候，庄亲王将一道懿旨带到立山家中："闻户部尚书立山，藏匿洋人，行踪诡秘，着该王大臣将该尚书提拿审讯，革职交刑部监禁，倘有疏虞，定

唯该王大臣是问。"立山当即被带走，经过草草审讯，就被冤杀。

立山的死，使秋红顿失凭依。她既痛恨朝廷的无能，又鄙视北京城里达官贵人的醉生梦死。她觉得北京是一个伤心地，是一个是非地，更是一个罪恶的地方。于是她逃出了北京城，身边只有小厮胡容相随，黎明的时候她们已经出城十几里了。秋红来到一处高坡上歇息，遥望城中，想到立山惨死，珠泪涟涟。

秋红轻轻拨动着自己的小脚，心情复杂，原本是一对多么令人怜爱、令人欣羡的三寸金莲，现在却只是一对废物。她觉得清政府就像她的小脚一样，装装样子还可以，可真正到了紧要关头，却中看不中用。夕阳西斜，紫禁城赭色的身影给人一种苍凉而污秽的感觉，那一向令人崇仰的紫禁城终究会有一天，像她今天一样，迈着艰难的脚步，还得有人扶着，不知何去何从！

# 旧世存影

①

②

① 水果摊
② 鞋匠
③ 杂货铺
④ 流动摊子——卖糖粥

# 流动的劳力——挑夫

③　　　　　　　　　　　　　　　　　　　　　　　④

　　挑脚（挑担），是农民传统兼业的主要方式。一根扁担、两条绳索或两个箩筐便构成了他们的谋生工具。清末民初，几乎人人都挑过担，其中，大部分人是自己从事小额米盐贸易或油盐贸易，小部分人是专业的挑夫（帮人家挑）。

　　在兼业的过程中，还有些农民把挑脚变成了谋生的主业。据寻乌县马蹄岗博物馆职工古伟富回忆说，他家兄弟四个，姐妹六个，共租种地主的两亩田，收获的粮食不够吃，全靠父亲挑担养活一家人。父亲常常挑米去龙川，再挑盐回来，三天一个来回，正好赶上公平圩日，卖盐买谷砻米，然后又开始下一轮行程。

红粉骷髅，腰间悬剑，斩尽天下少年英才。
秦楼一梦，楚馆三更，换来半世风流薄幸。莫，莫，莫！

# 第六章
## 几度梦断
◉ 嫖客众生像

俗话说，一个巴掌拍不响，妓院要营业，妓女要接客，如果没人光顾，妓院怎么能经营下去呢？欲望是人的天性，许多男人家中已有三妻四妾，却仍然不满足，有事没事就逛窑子，品尝一下野花的滋味。所以双方一拍即合。前面我们了解了妓女的日常生活，现在我们再把目光投向嫖客，去看看他们是什么样子，究竟分几等，究竟如何争风吃醋。风月场中，繁华如梦，那些痴迷于此而不知回头的客人，究竟何时梦醒呢？

## 第一节 ◎ 三教九流

自古富贵不分,钱权一体。逛妓院离不开银子,到妓院一掷千金,不过还有一个群体不但有钱,还有权,这就是那些达官贵人。他们倚仗优越的社会地位,始终在嫖客群体中占有重要的一席之地。除了嫖妓之外,他们还把妓院作为应酬的场所,把官场的斗争和谈判也延伸到了风月场中。北京的八大胡同就是极好的例子。民国二年,参政两院成立以后,有许多阴谋和斗争都在八大胡同里展开。袁世凯复辟帝制,筹安会的秘密活动,贿选国会议员等政治事件,无一不与八大胡同的妓院和妓女有关。有人说政治是肮脏的,此话不假。政客们在台上说得天花乱坠,在台下却又花天酒地,做着卑鄙无耻的勾当。他们知法犯法:禁娼嫖娼者有之,公然在衙门内召妓者有之,娶妓女做三妻四妾者有之,妻子和妓女结拜者有之,和尼姑勾搭不清者有之,公然和妓女深夜游街者有之……可谓千奇百怪,不一而足。

## 张绍曾知法犯法

　　民国某年，政界名人张绍曾奉命南下，去南方慰劳军队。出门在外，一个人觉得十分落寞，所以他从南京出发的时候，就带了下关某妓院的两个妓女同行。这天到了镇江，他和两个妓女下了车，一边调笑，一边来到当地最有名的华月楼酒店，准备住宿。不过最近这个地方禁娼措施很严，旅馆内严禁妓女进入。虽然对方是政界名人，但旅店老板也没有办法，张宣抚使拿出架子吵闹了一番，见没有效果，也只好作罢。他找到一个相熟的朋友，在他家里住下，心中忿忿不平。等到了扬州，驻守在那儿的许军长见他好色成性，就投其所好，花三千金买了一个俊美的妓女送给他，顺带请他在某某事情上多照顾一下。扬州妓女自古有名，花大价钱买来的妓女更是花容月貌，把个张宣抚使乐得合不拢嘴，什么请求都答应了。他得了美人就把政务放在了一边，陪伴新欢成了他最重要的任务。张绍曾对妓女那个疼爱呀，那真是放在手里怕摔了，含在口里怕化了，有求必应，赴宴、看戏、游玩都片刻不离。宣抚使从扬州转到苏州、上海、浙江，时时刻刻都离不开那个妓女，有好事者把那个妓女戏称为压寨夫人。这个张绍曾就是原先禁娼态度最积极的一个，想不到如今竟然知法犯法，一边宣传禁娼，一边嫖娼，耳刮子打到自己脸上，成为时人的笑柄。

# 风流师爷

　　清末某年,广西柳城县的县令就要离职了,按照惯例,当地的乡绅在他离开前的某一天,送他万民伞,立了德政碑,然后敲锣打鼓,欢送青天大老爷。作为答谢,县令这天晚上在县衙内演戏摆酒,款待各位乡绅,并叮嘱衙役们今天尽情玩乐,不要阻止外人出入。县令手下的师爷姓甘,是个酒色之徒,见状以为有机可乘,就浑水摸鱼,把自己平时相熟的一个妓女张三美唤到衙门来看戏厮混。这件事正好被他在衙门里的死对头王某知道了,就想趁机整治他一番,把事情闹大,告他一个在衙门内公然嫖妓的罪名。王某于是命令自己的两个亲兵守住衙门口,不许妇女擅自进入,违抗者就地鞭打,以期引起县令的注意。等到张三美来到门口,兵丁死活不让她进去。张三美仗着有甘某撑腰,出言不逊,几个人就在门口吵闹了起来。甘某久等不至,来到门口正好碰个正着,见状不由得大怒,当场就要惩治两个守门的兵丁。眼看甘某和王某的冲突不可避免,当地的乡绅素知两人不合,所以都来极力调停。县令也发下话去,一面把亲兵训斥了一顿,一面又晓谕外人,不论男女老少,都允许进来看戏。甘某狎妓不成的一肚子闷气这才渐渐消了下去,脸上有了笑容。既然有了长官的命令,他和相好的就有恃无恐,在衙门内卿卿我我,种种丑态大家都看在眼里,不过畏惧他的势力,都敢怒不敢言。

# 喜结金兰

　　秦淮河一带的妓院多如牛毛。近代以来，除了那些富商大贾，一些军界、警界的长官也开始涉足其间，并且有后来者居上的架势。每当傍晚时分，太阳刚刚下山，东边一轮圆月渐渐升了上来，当地的妓院就开始热闹起来。走在街上，两边的妓院里到处都是打牌的声音，喝酒猜拳的声音，唱歌跳舞的声音，十分嘈杂。在这样的风月场里，各种新鲜事情层出不穷。清末民初时，南京城有个警官叫谢芳祥，不知他用了什么样的手段，竟然让他的太太言听计从，心甘情愿地和一个叫小金子的妓女做了干姐妹，双方还十分正式地举行了结拜仪式。这个嫖客不但是政界的一把好手，在风月场里也是游刃有余，可以说是手段高超。

# 尼姑庵内唱花酒

　　山东栖霞有一个名叫三宝的妓女，颇有姿色，名震青楼。可是后来不知为什么，她突然宣布不再以卖笑为生，而是要皈依佛门，并且剃度做了尼姑。所谓苦海无边，回头是岸，从污秽的风月场中激流勇退，做到心如止水，每日数珠念佛，与青灯黄卷相伴，这需要过人的勇气。许多人听说这事以后，以为三宝后悔过去的所作所为，一心向善了呢，因此都钦佩不已。可是事实并不是这样的。有谁见过尼姑庵里面人来人往的？三宝住的这个尼姑庵就是这样。这是为什么？里面自然别有隐情了。三宝的尼姑庵可不简单，它不接待进香拜佛许愿的香客，只接待当地的官员。据进去过的人讲，里面花天酒地，别有一番景象。某次官府换届，候补县令王起拿着任命状来到这儿，听到了人们的传言以后，心中好奇，所以暂不上任，先和大家一起进去游玩一番。里面的种种事情，外人不得而知，不过倒是可以想象一下。自从王起来过以后，三宝的尼姑庵更是热闹。为了满足嫖客的需要，妓女三宝可以说是费尽心机。

## 携妓夜游失官体

有一个叫作祝翰卿的人，自称是江苏某县的候补知县，这天他带着本地妓院迎春坊的两个妓女朱老三和何小妹，在一番花天酒地之后，晚上乘坐马车出来兜风。当经过闸北大新桥的时候，因为马车车速过快，被巡警叫住了，一查，马车竟然没有牌照。值班的巡警当即就把马车和马车夫扣押了。祝翰卿和两个妓女眼睁睁地看着马车被押走，却没有一点办法。三个人商量了一下，只好硬着头皮步行向前，这个时候已经很晚了，到了闸桥北的时候，被该处站岗的巡警看到了，深夜里一男两女走在一起，怎会不让人起疑？因此巡警二话不说就把他们押到了局子里。后来经过询问，才知道是官员和妓女一同夜游。自古官官相护，厅里的长官只训斥了祝翰卿和两个妓女一顿，就不追究责任了。马车夫就没有这么幸运了，他被拘押在案，听候发落。

# 妓女被抢

　　那些父辈有钱有势的纨绔子弟无德无能，花天酒地，声色犬马，甚至欺男霸女，他们仰仗的不过是老子的权势罢了。这一类人经常逛窑子，丑态百出：有的见到自己喜欢的妓女，二话不说，就派人去抢了来；有的利用老子的权势包妓女；还有的无视社会规章，深夜在妓院大闹。

　　阴历十五这天，京城润喜小班的当红妓女玉凤接到嫖客的局票，到观音寺饭庄去应局陪酒。可是她老早就出去了，到了很晚还没有回来。领班急了，就派人在城里到处寻找，后来终于找到了。原来是前清某个总管的儿子借着叫条子的名义，强行把玉凤带到了家里。这个公子可不好惹，人称六亲不认的狠二郎，他的老子十分圆滑，共和以后响应革命，官职不降反升了。狠二郎依仗老子的权势，在这一带欺男霸女，无恶不作，是当地一霸。他既然认定了玉凤，要救出来就很困难。领班没有办法，只有硬着头皮去讨。她找狠二郎理论，结果挨了一顿臭骂被赶了回来。但老鸨在社会上混了这么多年，也不是省油的灯，她拜托官场中的某个相熟人士，依照相关条例，采用强制手段，才把人给要了回来。狠二郎无可奈何，只好悻悻作罢。

# 包养妓女

　　苏州宁垣南区有一所房子里住着姐妹两个,她们的容貌非常秀美,一直深居简出。后来经人打探得知,原来她们是某个公子的姘妇。这个公子的父亲是正在任上的某个道员,权势熏天。他的公子也就借机金屋藏娇,包养着这两个人,过着快乐的小日子。公子似乎还很深情,对这两人是百依百顺。最近他忽然听别人说有人试图勾搭自己的相好,而相好也没有坚决拒绝的意思,就起了疑心,心中有了醋意。于是他跟她俩商量,要把她俩纳为自己的小妾。本来他们已经说好了,谁知被公子的父亲知道了,公子的父亲害怕儿子娶妓女有辱门庭,落得个家教不严的名声,进而影响自己在官场上的声誉,于是就坚决反对,并且把公子锁在家里,不让他外出。两个女子听到这个消息,就悄悄地逃走了。有人进入先前她们居住的房子里一看,装修得非常豪华,决不是一般人家的住宅。这个公子哥在妓女身上可以说是花费了不少心思。

## 教员嫖妓

　　百年大计,教育为本。按说在一个社会里面,教师和学生应该是最少受到社会不良风气影响的,因为他们读书修身养性,深明大义。但是在社会的没落时期,世风日下,连学校这清静之地也难免受影响。清末民初,淫风日盛,连教员和学生都开始嫖妓,这种事情时有耳闻,让人悲叹不已。

　　南京城是繁华之地,冶游的好去处。受不良风气影响,当地有很多人风流成性,连学校里面的教员也不例外。不过教员要为人师表,至少表面上还是要一本正经的,而且因为城内的张制区禁止嫖娼,尤其是禁止官员和教师嫖娼,所以很多人转而寻求它处。下关就是他们的一个理想选择。这儿不但妓院众多,而且管理不严,只要你有些银两,就可以在这儿花天酒地,纵情玩乐。各种各样的嫖客都喜欢来这儿。日前,这儿来了一个某师范学堂的教员,据说是个体操教师,所以身体倍儿棒,五大三粗,很有些力气。听他说话的口音,带着湖南腔。他直接来到大观楼的二十八号,点名要了一个妓女,然后便在房子里面摸着妓女的手,调笑起来。他一时兴起,便放开嗓子,大声唱起湖南的小曲儿,虽然曲词低俗不堪,甚至有些下流,他却唱得有滋有味,边上有人听了,还一个劲儿叫好,让教员十分得意。附近的警察得知了这件事,就过来劝告,说这样会影响别人,不许他大声唱。教员根本就不理警察那一套,后来他急了,就怒骂起来,一副气势汹汹的样子。想不到教员到妓院嫖妓还这么理直气壮!

## 学生召妓

　　上梁不正下梁歪，老师是这样，学生也好不到哪儿去。和老师不一样，学生没有自己的收入，所以因嫖妓欠账被逼债的就特别多。苏州的妓女原先人数比较少，约有七百人，可是后来增加了数倍。最近从河南那边来了一批新式妓女，她们把凤台旅馆作为自己的大本营，然后到处去拉客。因为嫖资比较低廉，所以吸引了很多囊中羞涩者。那些穷学生也是她们的主顾之一。苏州某个学校的几个学生互相串通好了，以有事回家的名义向学校请了假，然后偷偷溜到这儿。又给家里发信说学校最近要收取一部分教育费用，请速汇款过来。时间有了，钱也有了，几个人在旅馆里一呆就是数天，天天饮酒召妓，乐不思蜀。到后来自然是囊中空空，连回家的路费都没有了。

# 女学生吃花酒

更让人惊奇的是苏州宁垣这个地方,不但男学生,而且连女学生都有吃花酒的。某个女学堂里,受到新思潮的影响,有十个女生打着解放自我的旗号,平时不以学业为重,也不听从家里的教导去嫁人,而是整天凑在一起,在一个叫红娟的女生的组织下,天天在一起闲逛。更让人吃惊的是,她们正好十人,所以干脆就效仿男人的做法,结拜为姐妹,号称"十姐妹",日日在秦淮河上游玩。她们的做派和男生没有什么两样,同样坐在花舫里面打麻将、喝花酒,甚至还召妓,然后兴高采烈地和妓女一起玩乐,让人目瞪口呆。这种行为在当时可以说是惊世骇俗。而学堂则置若罔闻,并没有进行管束的意思。

# 僧人狎妓

大千世界,无奇不有。风月场里会聚了三教九流,里面的奇人奇事就更多了。不说别的,就说这嫖客的身份,除了做官的,经商的,学校里面的教员和学生,还有一些人让你意想不到,比如和尚、道士、年过半百的老头、留过洋的青年等等。

广州城内某个寺庙里面的僧人色空,不知为何,忽然动了凡念,偷偷溜下山去寻快活。为了避人耳目,他脱去了僧衣僧帽,买了一副假发辫戴在头上,俨然一个风流少年。到了河南,他在一个土娼家里留宿,乐而忘返。后来不知道怎么露了马脚,被人看出来,告知了警察,随即他被捕入狱,被交给河南警署审讯,交待了姓名来历。他原是顺德桂州人,在平步观音庙出家。日前他来到省城,在广客来客店居住。他和一个朋友一起到河南某个土娼家里饮酒作乐,先前他过惯了清苦的日子,哪里享受过这种乐趣?他沉浸在妓女的温柔乡里,打死他都不想走了。流连了两天,不料被别人发现了。审判官因为他留宿娼家,有伤风化,决定对他从重处罚。

## 住持私通土妓

　　无独有偶，湖北宜昌某个寺庙的住持不戒和尚也跟城墙边的某个土妓相好，他白天清修，晚上娱乐。这天他又到相好的土妓家里寻欢作乐，有一个陈某这晚正好也来到土妓家里，一进门就看到和尚坐在椅子上面吸烟，乍一看那架势，陈某还以为他是出过洋的学生。这陈某是个欺软怕硬的人，虽然争风吃醋是常事，不过脑筋倒转得挺快，心想留洋的学生自然是有来头的，如果和他争起来，自己肯定没有好果子吃，得罪不起对方，还是三十六计走为上策。后来经过打听，才知道对方原来是个和尚，他的鼻子差点被气歪了。他发誓要报复，于是纠集了一帮人，拿着家伙来到土妓家里，要捉拿和尚送到官府，可是对方早就完事走掉了。这件事被当地的人传为笑谈。

# 道士招妓惹官司

和尚嫖妓，道士也不甘落后。桐乡县关帝庙有个道士叫周钟灵，是个翩翩少年，貌似虔诚，每每当着人们的面读《南华经》。不过这个道士却不是个一心修行的人。在打坐读经之余，他经常到西门一个姓苏的娼妓家里去。他一坐下就高谈阔论，很能唬人。娼妓也把他看做高人，对他格外照顾。日前妓院的老鸨招待了一个县衙的牢头李某，让妓女陪客，因此和这个道士发生了冲突。老鸨大怒，就报告了官府，道士被捉拿法办。最后道士乖乖地写了认罪状，才被放了出来。

## 人老心不老

妓院是个魔窟，因为它用种种迷惑人的手段使人陷于其中不能自拔。不但那些浪荡少年容易失足其中，浪费大好青春，就是一些上了年纪的人，也可能受到诱惑，到妓院去寻欢作乐。曾经有一首诗就是描述老人嫖妓现象的："人生在世真可怜，滔滔岁月箭离弦。寻欢作乐须及早，转眼之间年已老。回想少壮用情深，傍玉偎香一片心。我爱卿卿卿爱我，放诞风流何不可。"许多老年人仗着自己有几个臭钱，色心不死，不顾年老体弱，也要去风流一把，结果往往闹出诸多笑话。这儿就有一个例子。南京钓鱼巷的韩家妓院这天来了一个客人，头发花白，老态龙钟，可是嫖妓的劲头十足。他先是点了筵席，要了妓女陪着喝花酒，然后酒足饭饱，就在妓院里面留宿了。可是事有不测，当他和相好的云雨之后，双双入梦的时候，桌子上面的台灯骤然炸裂，引起大火。老头醒来后十分惊慌，逃命要紧，就匆匆忙忙找了几件衣服披在身上，衣冠不整地跑了出去，到外面才发现自己穿了妓女的衣服。大火火势迅猛，幸亏妓院离秦淮河很近，老头赤着脚跑到河边，找了一艘渡船逃到了对岸，才松了一口气。边上的人看到他的那身装束，想到他偌大年纪了还做这种事，都纷纷大笑不止，说老头你为了风流连命都押上了。

## 留洋归来玩世不恭

　　除了上面这些寻欢作乐、胸无大志的嫖客，妓院中也不乏曾经希望有所作为但始终郁郁不得志的嫖客。某个嫖客曾经到东洋去留过学，思想不同于流俗，但他为国事奔走了许多年，却没有什么结果，最终心灰意冷。他回国以后，就纵情花酒之间，以排解自己的郁闷心情。他在妓院里和各个妓女周旋，天天如此，沉迷其中，乐而忘返。某个下午，一个妓女见到他的头发，就调笑说："你都一把年纪了，头发还这么短，要装小孩子吗？"他听了大笑不止。于是妓女就拿出自己的梳子为他梳洗打扮了一番，做了五个总角小辫，就像泰山上面的五大夫松，赫然立在他的头顶上。妓院里面的妓女们见到无不哈哈大笑。这个妓女又在他的脸上涂上脂粉，把他推出门去，让大家观看。他并不以为然，和几个妓女一起逛了百顺胡同，来到韩家潭边上。见到的人无不为之绝倒。他却旁若无人，不以为意。他的朋友批评了他一番，他却说："这有什么好害羞的？"

## 滑头大少

　　妓院是个势利之地，没有钱是进不去的。不过从来都是嫖客付钱摆阔，妓女从他们手里捞钱骗财。可是大千世界，无奇不有，嫖客成分复杂，三教九流都有，妓女们精明一世，有时也会糊涂一时，看走了眼，被嫖客欺骗，失财失色。骗子嫖客在清末民初时也是一种社会现象。

上海北边的妓院中,有一些嫖客公然行骗,他们就是大家常常提及的滑头大少。人们并不知道这类人有多少钱,但是他们都表现出非常阔绰的样子。他们熟悉妓院的规矩,到了妓院之后,常常大摆筵席,划拳行令,吃喝玩乐,非常痛快。并且每次摆宴席都要双台,表示自己出手很阔绰,十分要面子。老鸨以为来了大主顾,也刻意逢迎,有求必应,满脸堆笑,好像敬奉财神爷一般。但可惜她有眼无珠,上当受骗了还被蒙在鼓里。到了逢年过节要结账的时候,平时的阔绰公子却怎么也找不到了。老鸨这个时候只有大呼上当的份儿。那些大少究竟是什么身份,从事什么职业,家中有多少财产,没有人知道。他们在妓女面前吹牛皮,好像无所不能的样子,蒙蔽了不少人。这种人是妓院最深恶痛绝的,对妓院的影响很大。不过风月场中本来就是骗子聚集的地方,互相欺骗也没有什么大不了的,只是社会的风气之坏,从这种骗来骗去的事情中可见一斑。

## 嫖客偷窃

还有的嫖客就更为恶劣了,直接在妓院里面顺手牵羊,与小偷没有什么差别。某甲一副谦谦君子的模样,张口是义务,闭口是国债会,坐下就谈海军捐如何如何,一副大公无私、为国为民的样子。其实他是一肚子的男盗女娼,是典型的害群之马。听说他通过熟人拜了某个有钱人为干爹,才得以充任某个官署的书记。可是他实际上斗大的字不识一筐,只能够勉强认出自己的名字罢了。他能够获得这个职位,全是钻营的结果。不过某甲家中并不十分富裕,所以只能出入二流妓院。别人嘲笑他,他也不以为意。这天晚上,他独自来到石头胡同。他最近刚刚结识了一个妓女,狠狠心从口袋里掏出十八吊钱,晚上在妓女的屋子里住下了。妓女见他窄袖高领,口中抽着雪茄,也就没有拒绝。早上好早某甲就起床了,欺骗妓女说,他要早早去拜访朋友,商量筹办国债的事情。妓女睡眼朦胧,听了也就答应了,一转身又睡过去了。某甲淫心刚刚得到满足,贼心又起。他把妓女新做的大皮袄穿在身上,外面套上自己的长衫,大摇大摆地就出去了。妓女睡醒了以后,再找自己的皮袄,却怎么也找不到了。妓女不由大叫晦气,沮丧不已。

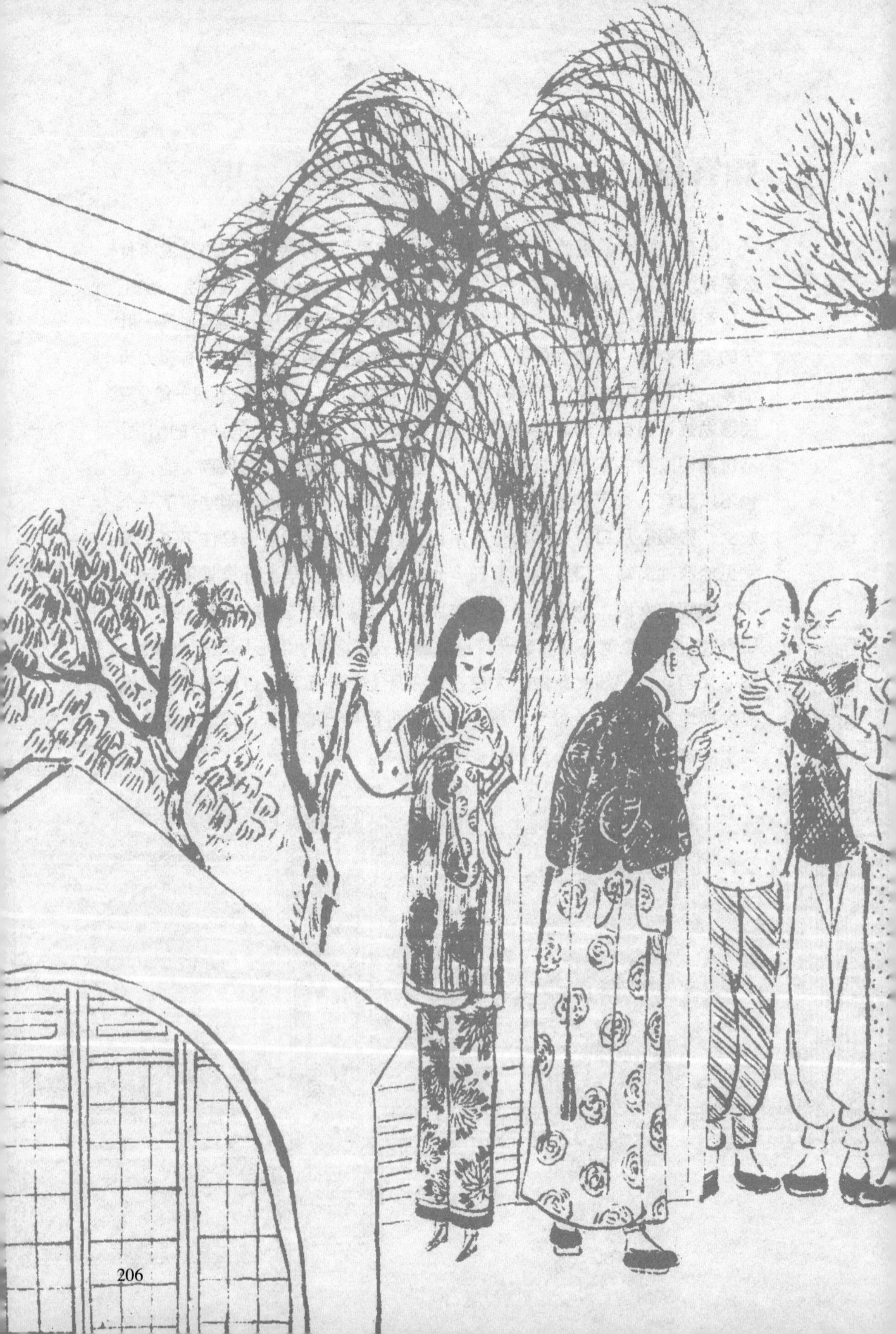

## 第二节 ◎ 争风吃醋

嫖客们各有各的来头，各有各的排场，而妓院本来是个人员流动性很强的地方，妓女并不为某人所独占，所以嫖客们有时为了争得自己喜欢的妓女，彼此之间就会有各种矛盾，他们争风吃醋，甚至大动干戈，这些都是常事。为此，上海的妓院都有规矩，就是嫖客和嫖客互不相见，以免引起纠葛。所以如果某个妓女房中有嫖客到来了，就要垂下门帘，不允许其他的嫖客再进来。所以后来的人只能在门外等候。上海的长三、书寓、么二都是这样的规矩。所以虽然是一幅软软的门帘，但是作用却不亚于古代官府的回避牌。

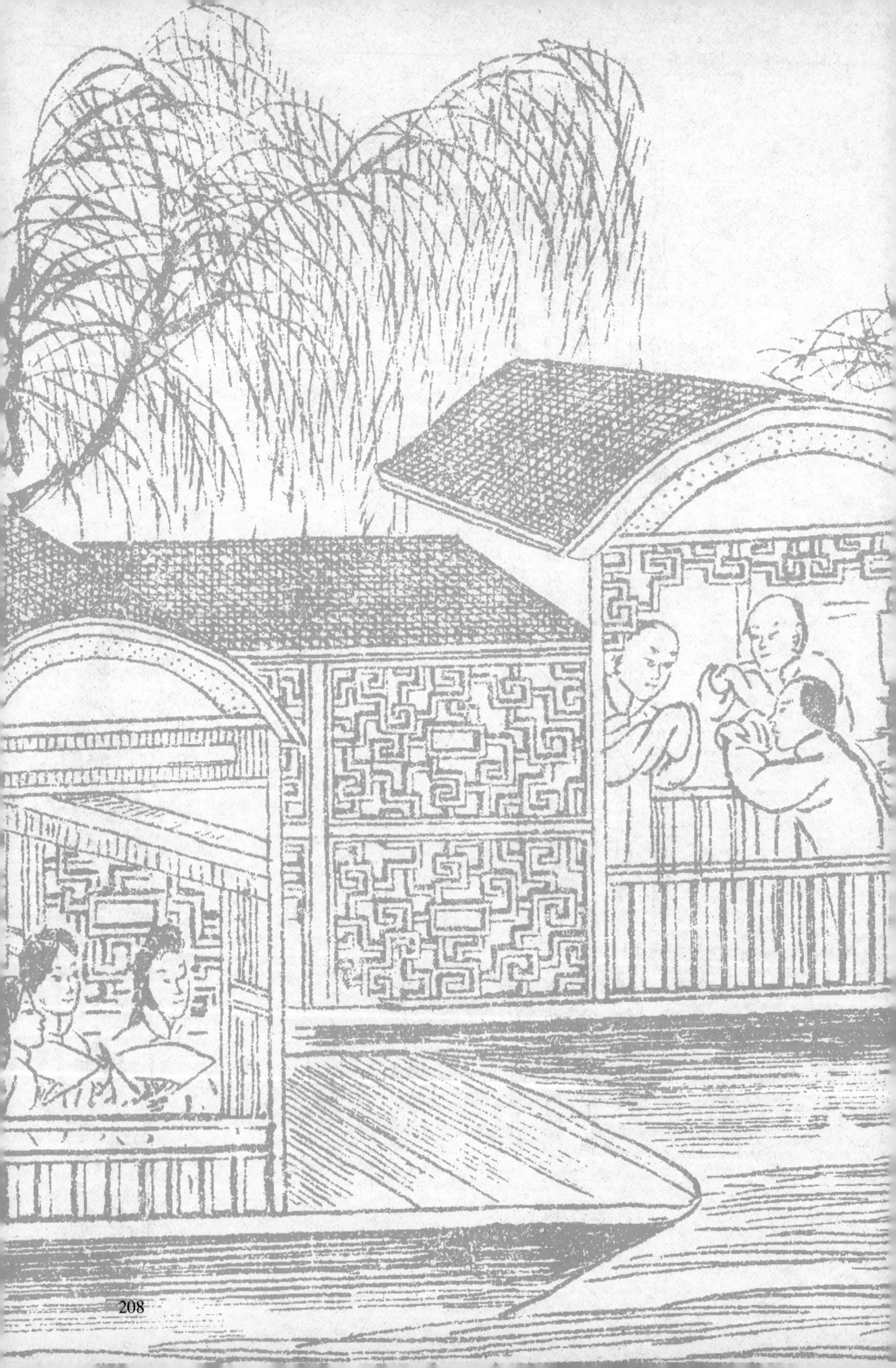

## 嫖客争风吃醋

　　杭州晋义钱庄的陆籍和道生庄的陈览都喜欢游花舫,他们与船上的秀凤和小英两个妓女非常熟悉,双双订立了白头之盟。所以别的嫖客对这两个妓女只有眼馋干看的份儿。最近花舫上来了一个安徽富商,出手阔绰,一掷千金,陆籍和陈览不由得相形见绌。他们的相好见到了钱财,也不由得心动,对待他们的态度已经不如从前,对富商却格外亲热。两个人不由得醋意大发,就想法子报复。某日他们找来了三十多个地痞流氓,分头埋伏,准备把富商置于死地。事情被钱庄的金某知道了,他害怕真的闹出人命酿成大祸,就从中竭力调停,事情才得以平息。

# 乡绅持械争妓

苏州城外的乐荣坊妓院有两个妓女因为经受不起老鸨王阿松的虐待和凌辱，拦轿喊冤，马路工程局的长官经过询问后，把这两个妓女送到无怨堂择人婚配。当地一个叫吴子和的乡绅花了二百大洋，把两个妓女领回了家。老鸨王阿松因为失去了这两个妓女，无以谋生，就想法报复，于是托熟客杨莘伯——常熟县的一个大乡绅出面干预，帮她把两个妓女要回来。这个杨乡绅对两个妓女垂涎已久，不料被吴乡绅抢先买了去，心中早就忿忿不平，听了这话，正中下怀，哪有不管的道理？

第二天晚上，杨乡绅乘坐着轿子，带着自己的得力随从几十个人，穿着官府才有的号褂，手中拿着军械，来到吴家。依仗人多势众，杨乡绅大大咧咧地就要求吴乡绅交出两个妓女。吴乡绅也不是省油的灯，自然不理他那一套。杨乡绅顿时大怒。吴乡绅一看对方怒了，人又多，好汉不吃眼前亏，无奈就叫两个妓女出来，让她们跟杨乡绅说她们两人是自己赎出来的，所以自愿跟定了自己。可是杨乡绅哪管这些？他来了个霸王硬上弓，指令手下的人连拖带抢，把两个妓女拉到轿子上，送回了自己家。吴乡绅一看也不干了，喝令手下的人去抢回来。于是双方不免恶战一场，双方都有受伤的。作为战场，吴乡绅家里损失惨重，客厅里面的很多家具都被打坏了。当时吴家的家丁向前追赶，看到己方寡不敌众，就敲锣呼救。杨乡绅也知道强龙压不过地头蛇，看到事情有些不妙，正要坐着轿子逃跑，被吴家两个家丁围上来，夺走了手枪，并且把轿子也抢了。

当天杨乡绅逃走以后，左思右想，觉得自己被夺了手枪，有把柄在对方手上，害怕有什么麻烦。第二天，他又领着自己的手下二十多人，来到吴乡绅家里，索要手枪和轿子。吴乡绅这次学乖了，根本就不露面，等到杨乡绅他们一进门，就有十来个人上来，二话不说就把他们按倒在地给捆上了。然后吴乡绅打电话给县里的长官，说自己家里白天遭到匪徒抢劫。县令听到以后，随即带领着捕头和巡警一干人，迅速来到吴乡绅家里缉拿匪徒。县令见到杨乡绅已经被绑了起来，考虑到他的身份，就从中竭力周旋。不料杨乡绅竟然恼羞成怒,不但不认错,还耍赖。县令就把事情的起因、经过详细分析了一遍,杨乡绅无话可说,只好认错,悻悻而回。

　　乡绅都是有头有脸的人,竟为了几个妓女翻脸,实在令人惊讶。其实为了妓女而不要脸面的大有人在,包括一些官员在内。

　　南京城下关的大观楼是妓女经常聚集的地方,嫖客也闻风而至。某天,当地劝业会的某个委员和某个官署的巡捕,在楼上小金宝的房间,因为争风吃醋,各不相让,最终发生口角,继而老拳相向,扭打在一起。只听见屋子里嘭嘭直响,所有值钱的物件纷纷落地,没有几件保全下来的。两个人为了一个妓女,不但不顾当时关于嫖娼的禁令,而且连官员的体统也不要了。无独有偶,后来听说天津镇的张怀之和通永镇的雷震春两个官员也是因为争风吃醋,在京城的松凤班,一言不和,各不相让,耍开了脾气,最后拳脚相加,打得鼻青脸肿,并且把他们所争夺的妓女也打伤了,最后被人报告给了上司。

## 师生争妓惹人笑

育才学堂的学生孙斗山,日前到一个相熟的张姓妓女家里去吸烟。正在他吞云吐雾之际,班上的英文教习陈传也来了。因为孙斗山在学校里是典型的混混,几乎不去上课,所以不认得这个老师。而陈传也不是什么称职的教员,天天靠着几句蹩脚英文混日子,装假洋鬼子吓唬人。两个人一起坐在炕上,一边一个,靠着一个烟灯,各自在吞云吐雾,却不知道对面的人和自己是师生关系。

妓女原先和陈传有过亲密关系,两个人是老相好。可是后来这个妓女又和孙斗山好上了,这事被陈传知道了,陈传顿时醋意大发,孙斗山也毫不相让,两人互不服气。这天孙斗山带着妓女到丹桂茶园看戏,陈传听说了就赶了过来。在戏园子中,师生两人碰个正着,那真是情敌相见,分外眼红,还管什么师生不师生,当着众多人的面,两人就吵了起来。一个说你小子胆大包天,敢抢我的女人;一个说老东西,看你那样能有几块大洋,恐怕是有心无力吧。师生两人为嫖妓彼此谩骂,熟悉内情的人都哭笑不得,都把这件事当做笑话来讲。

## 老鸨嫖客起冲突

不但嫖客之间互相敌视,醋海风波不断,就是嫖客和老鸨之间也会因为种种原因发生不快甚至冲突,于是在妓院里面就上演了一出出让人哭笑不得的闹剧。这样的闹剧多如牛毛,几乎天天上演。究其原因,妓院本来就是无情无义的地方,财色交易的背后,可能已经隐藏着种种的不满甚至愤怒,借着某个由头就会发作出来,形成矛盾和冲突。

南京某个学校的学生徐凯,因为最近大考已经过去了,课业压力大大减轻,所以就不免到妓院去风流一番。徐凯和二等妓院萃芳居的妓女素芹交情不浅,两人打得火热。后来徐凯因为和另一个嫖客争风吃醋,以至于产生了仇恨心理,就找了一个理由把妓院的老鸨告上了法庭,要求官府进行惩办。这下妓院的门槛就被官府的衙役给踏平了,他们以各种名义天天上门要钱。老鸨赚了两个钱,还不够填饱他们的胃口的,暗暗叫苦不止。也是事有凑巧,这天徐凯偶然经过萃芳居的门口,正好被站在门口的老鸨看见了。老鸨见了他,新仇旧恨一起涌上心头,不由得十分愤怒,走过去就要和徐凯拼命,两个人就厮打在一起。老鸨用手死死抓住徐凯的小辫,拖着徐凯来到官府,口中念念有词,说横竖难以私了,不如拼了这条老命,和你作个了断。一时观者众多,大家都议论纷纷。

## 官员大闹妓院

　　福建省的官场上狎妓的风气很盛行,很多人都不在乎所谓做官的体统,应酬时往往要召妓陪酒,大家都习以为常,并不见怪。某日妓院发生了蹊跷事,财政局的好多员工突然来到妓院大闹。一行人气势汹汹,手中拿着棍棒和长条板凳,不由分说,见到东西就砸,吓得妓女们花容失色,纷纷躲避。后来地保受了老鸨的委托,到衙门去报告,说是有匪徒在妓院里面打砸东西,恣意闹事。官府听说以后,就派人前去缉拿。到了以后,一询问,才知道是财政局的人。因为老鸨怠慢了他们的长官,让长官很没面子,所以他们觉得愤愤不平,才来砸场子。于是警察局的长官发布了一个告示,说以后严禁这样做,这次就不予追究了。

# 龟奴怠慢客人

通州东南营是妓女集中的地方。某天有一个某署长官李司长在这儿摆酒宴请宾客，本来大家兴高采烈，谈天说地，气氛很好，可不知道老鸨和龟奴哪个地方没有做好，惹得座上的客人张委员非常不高兴，可是龟奴不但不道歉，还风言风语，说话不太好听，这下可把客人给惹急了，张委员怒不可遏，他拿起一个大酒杯，用力地砸到了龟奴的脸上，砰的一声，龟奴的脸上就血肉模糊，他大声惨叫不止。李司长一看情形不对就溜了。妓院投诉到了警察局，但自古官官相护，局长找到李司长，只让他道个歉、赔点医药费了事。

## 稽查大闹永德小班

　　妓院里的人来来往往，鱼龙混杂，稍不小心就得罪了人。所以，妓院里发生争执、打闹等，也不是什么新鲜事。

　　这天，有六七个衣着光鲜的人来到了京城王广福斜街的永德小班。他们一进门，便呼喝着要点班子里的当红妓女红玉。老鸨见他们人多，又面目凶恶，定不是好惹的主儿，赶紧让红玉出来迎接他们。

　　几人便在红玉的屋里布下了酒菜，在红玉的陪伴下，边吃边胡侃起来。这些人当中，有一个人姓张，是京防某处的稽查，好歹也是个官，所以架子很大。忽然，他想到一件事情，想要打电话。红玉屋里太吵，他就跟老鸨说要借对面妓女陈菊仙屋子里的电话一用。

　　老鸨不知道他的来历，稍稍迟疑了一下，答应得没么干脆。这就惹恼了张稽查。张稽查沉着脸，二话不说，拿过旁边桌上的茶碗就朝老鸨脸上扔。老鸨没反应过来，躲闪不及，被砸了个正着，脸生生被打开了花，顿时血流满面。在妓院里的一群姑娘面前，老鸨可是老大，她何时受过这等侮辱，一下子又气又急，竟晕过去了。

　　可这帮人并不罢休，他们先把红玉的屋子给砸了，还不解气，又跑到陈菊仙屋子里，把里面所有值钱的摆设、家具等都砸了个稀巴烂，这才意犹未尽地收了手。陈菊仙趁他们之前吵闹那会儿，跑去把警察叫来了。

　　可是，警察对妓院里面这档子事儿一向都是爱理不理的，有时候还趁机讹诈妓院一笔钱。所以，这警察来后，只是装装样子，训斥了那些人几句就走了。这自然也是那些爱闹事儿的嫖客无所畏惧的原因之一。

## 太监嫖妓遭冷遇

官员嫖娼比较常见，但离奇的是竟然有太监也来凑热闹。这不，这天晚上八点多钟，有人在北京前门外的火神庙夹道边上，见到对面萃福楼妓院的门口停着两顶轿子，围着许多人。上前一打听，差点笑破了肚皮。原来是宫中的两个太监不知道突然发了什么神经，要到妓院里来风流一下。老鸨实在是无法理解，就不愿意招待，结果把两个太监给惹急了。两个太监出言不逊，双方最后动起手来，互相推搡打骂。后来还是找来了巡警，费了好大的劲儿才把双方劝开。两个太监犹自骂不绝口，却又无可奈何，只能悻悻而去。

# 张四爷醉闹青楼

有脸面的官员都能不顾身份地在青楼里胡作非为，那些普通嫖客就更不用提了，撒泼的简直多得很。这些人当中，有酒鬼，有孟浪子弟，还有大兵。我们这里就有个例子。

京城里有个人称张四爷的，是个典型的酒色之徒，他酒醉后的泼皮无赖状让妓院头疼不已。不过，没办法，谁让这张四爷有钱呢？在妓院里，谁有钱谁是大爷。

这天晚上，张四爷又出来喝花酒。他熟门熟路地拐到一个胡同里，进了聚美园妓院。一进去，不用说，老鸨就知道他来找花文珍了。前不久，张四爷逛了这家妓院，一来就被花文珍迷住了，以前的老相好统统被他抛到了脑后。

到了花文珍屋里，桌上早已摆好酒菜。张四爷一边搂着花文珍，一边喝酒，好不快活。他因为心情好，就多喝了几杯酒。这喝醉了不打紧，你老老实实的也行啊。可这张四爷，一喝醉了是六亲不认，对刚刚还亲亲热热地搂着的花文珍，喝着喝着就不认识了。花文珍哭笑不得。

这张四爷突然就恼怒了，一下子掀了桌子，还把花文珍屋子里的陈设砸了个七零八落，口中还兀自嘟囔不休。花文珍吓得赶紧找来老鸨，老鸨跑上前劝阻，可张四爷此刻是醉得找不着北啊，"啪"，抬手就给了老鸨一巴掌。"砸吧，砸吧！反正你都要给老娘赔回来！"老鸨骂完，就站在一边冷眼看着。这时，再也没有人敢上前劝阻了。

这张四爷还兀自迷瞪着呢，他骂骂咧咧地踉跄着从花文珍屋里出来，逮着谁骂谁，整个妓院的妓女几乎被他骂了个遍，他还不罢休。

唉，遇到这样的嫖客，老鸨只好自认倒霉了。

## 大兵闹妓院

　　这天下午,一个浪荡子弟叶君同甲乙两个大兵大摇大摆地来到镇江日新街的某个妓院,点名要一个妓女出来相陪,并要在妓院里面点灯吸烟。妓女不知他们是何方神圣,也就没有怎么搭理他们。三个人就开始怒骂,叶君仗着有两个士兵撑腰,更是十分嚣张。双方互不相让,都指着对方怒骂不休。老鸨比较世故,知道兵爷们是惹不起的,所以趁大家吵闹不休的时候,来到了陆军宪兵部,向他们的长官说明了事情的来龙去脉。长官还是比较通情达理的,派两个宪兵把闹事的兵丁抓了起来,押回来以后,准备按照军法惩办他们。叶君也没有好下场,被转押到警察局,等候审理。

# 影存世旧

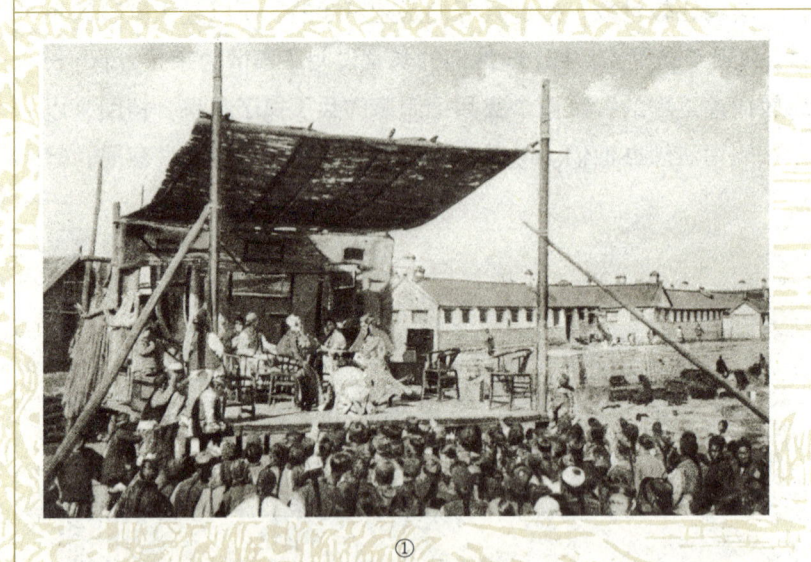

①

②

① 露天演出，又称草台子戏。
② 挂满演出戏牌的凤桂茶园
③ 戏单

# 中国戏剧

③

中国戏剧主要包括戏曲、话剧两种。其中，戏曲是中国的传统戏剧，而话剧则是20世纪引进的西方戏剧形式。

中国古典戏曲以富于艺术魅力的表演形式为历代人民群众所喜闻乐见，是中华民族文化的一个重要组成部分。而且，它在世界剧坛上也占有重要的位置，与印度梵剧、古希腊悲喜剧并称为世界三大古剧。

戏曲的历史最早可以追溯到秦汉时代，但它的形成过程是十分漫长的，得以成形是在宋元之际。戏曲的成熟是从元杂剧开始的，经过明、清的不断发展而进入现代，历经八百多年而繁盛不败。如今，戏曲有三百六十多个剧种。在漫长的发展过程中，中国古典戏曲曾先后出现了这几种基本形式：宋元南戏，元代杂剧，明清传奇，清代地方戏及近、现代戏曲。

红粉骷髅，腰间悬剑，斩尽天下少年英才。
秦楼一梦，楚馆三更，换来半世风流薄幸。莫，莫，莫！

## 第七章
# 孤馆梦回

◉ 青楼女子的痛苦

旧社会妓院里面曾经流传过许多曲子。妓女们所唱的曲子大多是倾诉自己的苦闷，表达自己的痛苦和无奈。曾经有两句歌词是这么唱的："到下世让奴托生骡马犬，千万别托生烟花巷的女裙钗。"这是妓女们的心声。她们身处毫无人情的火坑，遭受着老鸨和嫖客的双重折磨，苦不堪言。一时的风光并不能掩盖结局的落寞，妓女的下场没有几个是不悲惨的。

## 第一节 ◎ 凄风苦雨

妓女身处青楼，多数情况下并非她们自愿，而是因为种种客观原因才流落到了那里。她们骗财害人，同时自己也是整个社会的一个受害群体，自己也有一部辛酸血泪史。

在不同等级的妓院里面，一般情况下，主要有三种类型的妓女。

第一种是『自由身』，也叫『自己身子』、『自家身体』或者『自由人』等。她们往往是等级较高的妓女。她们一般都不归妓院管理，只是借用妓院的屋子来栖身，或者是由妓院专门聘请来的。

第二种是『质押身』，也称为『押身』、『押账』或者『包账』、『包来的』。这些妓女大多是穷苦人家的女儿，由于家里太穷，向妓院借债，无力偿还，就把她们像抵押品一样从小就卖给妓院抵债。

第三种是『讨人』，又称『捆绑身子』、『讨人身体』，在广州的妓寨里被称为『事头婆身』。

妓院中的妓女，无论是『自由身』、『质押身』还是『讨人』，她们绝大多数都是穷苦人家的女儿。

# 父亲青楼索女

　　常州女子王爱亭，从小就出落得非常漂亮，被不怀好意的邻人盯上了，四年前，邻人把她拐卖到了上海，卖到了妓院里，然后数着钱跑了。

　　王爱亭的父亲王老三和老伴就这么一个女儿，那是命根子呀。自从女儿不见了之后，老伴整天落泪，他也找遍了周围所有的地方。后来他就找到上海来了。

　　皇天不负苦心人，最终女儿竟然被王老三在妓院里找到了。王老三要把女儿领走，老鸨当然不干，要她放人，人财两空，那是说什么也不行的。

　　王老三一看没有办法，就报告给了当地官府，请求他们帮忙。长官问明了情况，就让人把老鸨传来，详加盘问，究竟是如何买来的，有没有契约等，老鸨因为理亏，所以支支吾吾，说不出所以然来。长官问明情况之后，对老鸨罚款大洋十元，王爱亭交由其父领回家婚配。

## 良家妇女被拐卖

　　这个王爱亭还算是幸运的，最终被父亲找到，回家过属于自己的日子去了，其他被拐卖的女孩可就没有这么幸运了。

　　京城打磨厂，一个姓郭的拐卖了一个幼女，卖到了张大炎的妓院，作价二百大洋。姓郭的拿着钱乐呵呵地跑了，只剩下幼女在那儿哭鼻子。她苦苦哀求张大炎放她走，可是张大炎既然花钱买了她，怎么会放她走？所以冷冷地说不行。幼女没有办法，只有顺从了。

　　自从来到张大炎的妓院后，这个幼女就没过过好日子。因为年纪较小，不能马上开始卖笑，妓院又不养吃白饭的，于是她就被张大炎安排到下人处打杂，每日给些残羹冷炙吃。在那个人吃人的社会里，人们当然都是拣软柿子捏，其他那些被人使唤惯了、在老鸨面前低眉顺目的丫头，见她是新人，竟也对她呼来喝去，要过过当主子的瘾。还有那些妓女，受了嫖客的气后，就把火往丫头们身上撒。所以，来这里不久，幼女身上就青一块紫一块，精神上也受了折磨。

　　过了几年，幼女稍稍长大了一些，老鸨急于赚钱，就逼着她去接客。在这种地方待久了，她很清楚反抗也没用，就听从老鸨的安排，这样至少可以少挨点打。可是，她的姿色算不得出众，又不大会说场面话，整天木木的，所以并不怎么讨嫖客欢心，接的客人也是一些乱七八糟的人。年复一年，她就这样在青楼中过着暗无天日的生活。

　　民国时期，战争连连，社会十分动乱，人贩子尤其多。那些妓女，其实大多都是被人贩子诱拐出来卖到妓院的。她们大多是农村的女孩子，家里贫困，人口又多，一出来便与家人断了音讯，可家里谁又能顾及她们呢？妓女中，能混得风风光光的人毕竟占少数，大多数人的命运都像上面说的那个女孩子，在妓院中受老鸨盘剥，过着悲惨的日子。

## 夫妻合伙拐卖幼女

在乱世中,所谓"撑死胆大的,饿死胆小的",总有些恶人靠着心狠手辣发横财,反正国家忙着哩,没什么闲暇来管老百姓的事,所以才有那么多人恶向胆边生,干些拐卖妇女儿童的勾当。在当时,也有类似于我们今天的中介那样的人,他们处于直接诱拐妇女儿童的人贩子与最后的主顾之间,从人贩子手里低价买进幼女,再按照幼女的等次卖给妓院,在一买一卖之间赚取差额。

京城某处住着一个姓刘的土匪,他就是这样的中介。他总干些刨绝户坟、踹寡妇门之类见不得人的事,在当地臭名昭著。他的老婆在一家妓院给人当帮手,反正也不是什么好东西。这夫妇俩就是一丘之貉,一同干昧良心的事,赚取黑心钱。

一天,人贩子李某不知又从哪儿拐来一个十三四岁的小丫头,带到刘氏夫妇面前。刘某见小丫头模样清秀,谈拢了价钱就买了回来。小丫头瘦瘦弱弱,一副楚楚可怜的样子,她哭着哀求刘氏夫妇放她回家,可刘氏夫妇这种蛇蝎心肠的人怎会放了她呢?

第二天,刘某的老婆就领着小丫头到自己当帮手的那家妓院,让老鸨过目后,跟老鸨讨价还价了一阵,把小丫头给卖了。

# 逼妻为娼

上面这个还不算是最狠的,更有那无情无义的人为了还赌债或者是赚取几块钱外快,竟然逼着自己的妻子去卖淫。北京宣武门外南半截胡同有一个住户周某,平时好吃懒做,不去干正经营生,渐渐就坐吃山空了。并且这个周某喜欢嫖娼,喜欢赌博,毛病非常多,家里本来就不是十分富裕,哪里禁得住他这样折腾?所以不久就生活困难了。这个周某不但不悔过,反而想到了一招,自己的妻子还算年轻漂亮,逼着她去妓院接客,可以借机赚俩钱。他的妻子是正经人家的女儿,对他早就看不惯了,哪里会同意做这种事?两个人就大吵大闹起来。周某恼羞成怒,连骂带踢,把妻子打得不轻。他的妻子也真气急了,就跑到警察局把她丈夫的所作所为如实说了。听说周某已经被传讯了,十之八九要受到惩罚。

## 被逼为娼状告丈夫

京城春升茶室有个妓女小红,她突然来到初级审判庭,一把鼻涕一把泪地控告自己的丈夫史家祥,说他为了赚几个钱,逼着她出来卖淫。她没有办法,只好勉强同意了。可是在妓院过了些日子,她实在是受不了了。不过如果不干,回去以后就会受到丈夫的辱骂甚至殴打。她没有办法,只好来找法庭,请求为她做主。审判庭的长官听了,就下令传她的丈夫史家祥同他的妻子同堂对质,看看情况是不是属实。她的丈夫听到传讯,觉得自己理亏,去了以后肯定没有好结果,害怕之下,竟然拔出刀子,在自己的肚子上捅了一刀,顿时鲜血直流,昏倒在地。大家发现了以后,立即把他送到医院进行医治,只是不知道结果怎么样了。如果他不逼妻为娼,也不至于弄到这步田地。

# 逼女入青楼

崇文门外某个住户叫吴右,他的妻子生了一个女儿。女儿长到十七八岁时,出落得貌美如花。吴某看在眼里,喜在心里。他平时十分羡慕那些卖笑的人家,觉得钱财来得容易,自己的这个宝贝女儿奇货可居,于是他便天天跟女儿商量,要她出去卖笑。他的女儿品性贞洁,怎么会做这种事情?吴某劝说无效,不由得恼羞成怒,开始打骂。他的女儿又气又急,可她对自己的父亲又不能怎么样,左思右想,没有办法,就想一死了之。她晚上偷偷在自己房间的梁上挂了一根绳,投缳自尽,幸亏邻居前来串门发现了,马上救了下来。好在上吊时间不长,她渐渐就苏醒过来了。吴右竟然这样对待自己的女儿,真让人寒心。

## 老鸨虐待妓女

有人说,世界上最残酷的是狱卒虐待罪犯,恶婆婆虐待童养媳,还有就是老鸨虐待妓女。而这三种行为当中,又以老鸨虐待妓女最为残忍。只要妓女稍不听话,就会遭到惩罚,求生不得,求死不能。惩罚方式多种多样。比如罚跪到天明,比如剥去衣服用树枝或鞭子狂打,比如用针或锥子刺入肌肤等等,不一而足。

具体来说,对于那些不听管教、企图逃跑、不愿接客或者犯有过失的妓女,妓院里的龟鸨常常采用以下残酷的办法来惩罚她们。

第一种方式是强奸。对于那些刚刚买来不愿意接客的女子,或者是企

图嫁人从良、脱离妓院的妓女，妓院老板或者亲自动手，或者唆使妓院里的龟奴对她们进行强暴，夺去她们的贞操，摧毁她们的意志，借此逼迫她们接客。不少女子看自己的贞洁已经失去，迫于无奈，只好破罐子破摔，不再拒绝接客。而有的因为受不了这种侮辱，愤然自尽，以示反抗。在旧中国的妓院，许多妓女被逼跳楼、自缢、服毒。

第二种方式是鞭笞毒打。对一个新买来的或者经过抚养即将长大成人的妓女，必须"祭鞭"。妓院里的这种鞭用皮条编织而成，比马鞭稍粗，内插钢针百余枚，针芒露出来大约两公分左右，放在五大仙牌位之前，夜深人静的时候，令妓女焚香，跪在桌子旁边，由老板说明妓院的情况，晓以"大义"，再加上恐吓，如果妓女敢违抗或者逃跑，必定要"试鞭"，即把妓女的衣服脱去，悬挂在梁上，用鞭子抽打，有时竟然抽打一百鞭以上，直打得人遍体鳞伤，气息奄奄。第二天妓女还得含笑接客，不得露出来半点痕迹。如果妓女和嫖客说了情况，漏了口风，就要再受鞭打。有时候一个妓女受鞭打，其他的妓女都要在窗外旁听，意在杀一儆百。

芜湖的迎春坊有个老鸨性情凶恶，心肠歹毒，对自己手下的妓女横挑鼻子竖挑眼，不是打就是骂，院子里的妓女见了她都跟老鼠见了猫一样，躲都来不及。如果她们犯了过失，比如接客不积极，老鸨就用又粗又长的鞭子狠狠地抽打她们，下手极狠，毫不留情。有一个叫莲喜的幼女，才十三岁就出落成一个美人，老鸨把她看做摇钱树，早早就要她接客。因为开始不熟悉规矩，莲喜应酬得不够好，这下可把老鸨给惹急了，当即

就把莲喜吊起来打，任谁劝都不行。一个小女孩怎么能够经得起这等折磨，连痛带怕，最后竟然只有出的气没有进的气了。老鸨竟然把她活活打死了。事情被巡警厅的总办得知后，把老鸨传来，要依照《刑法》惩办她。等待老鸨的将是严厉的惩罚。

　　妓女如果接待客人不周到或者哪天买卖不好，就难免要受责打。打的时候用棍用铁条都说不定。令人发指的酷刑还有：用烧红的通条来打，用烧红的铁条烙妓女的下身，"笋敲肉"。所谓"笋敲肉"，就是用既宽又长的板子抽打被剥掉衣裤绑在床上的妓女，毒打数十下身体就发红，一百下身体就发肿，二百下身体就发紫发黑，三百下就流血，四百下就皮开肉绽，五百下就血肉横飞了。直到打得惨不忍睹才住手给妓女松绑。

　　青岛升平里妓院设有暗室，时常关押妓女，有的妓女被关押达八天之久。该妓院的一个妓女月楼，因为有一天没有出门接客，就被班主江宝玉用剪刀把大腿刺伤。宝兴里妓院一个十四岁的雏妓因为不愿意接客，被班主李氏用开水和熨斗烫伤，伤痕有一百二十多处。

　　苏州仓桥边有一个二等妓院叫春美堂，堂子的老鸨姓王，为人非常势利，她只想多赚钱，根本不管妓女的死活，对妓女的惩罚手段出奇的毒辣，她手下的妓女大都处境悲惨，人们称她为"葬花神"。这个王老鸨钱财虽多，却并不满足。先前她从人贩子那儿买来一个幼女，唤作囡囡。过了几年，这个囡囡出落得娟秀大方，成了一个标致的南方美人儿。王氏看在眼里，喜在心上，琢磨着把她好好培养一番，就是一棵摇钱树了。谁知这个囡囡虽然人长得漂亮，不过性格非常内向，不善于应酬，这就为她的悲惨遭遇埋下了伏笔。这天来了一个姓孙的阔气嫖客，王氏就让囡囡出来相陪。姓孙的一看她秀色可餐，非常高兴，不过一搭话，囡囡对他爱理不理的，就不乐意了。他心想老子钱又不会少花，你还跟我摆谱，就把王氏叫过来，当场把囡囡退掉，然后拍屁股走人了。气走了一个大主顾，王氏就跟掉了一块心头肉一样，顿时大怒，二话不说，到隔壁房间里拿来烧红的烟签子，命令囡囡脱了上衣，残忍地刺她的乳房。只见囡囡的皮肤顿时黑了一片，伴随着一股青烟，房间里弥漫着一股肉皮烧焦的味道。囡囡高声求饶，哀嚎不已，可是狠心的王氏并不留情，直到囡囡昏死过去才罢手。妓女的悲惨生活由此可见一斑。

　　第三种方式是转押。就是把不愿意接客的妓女送到低级的妓院里面去作抵押，这是妓院惩罚不愿意接客的妓女的一种方法。大凡妓院碰到这种不愿意接客但是又不便对她使用毒刑或者转让出去的妓女，就对她托词说借了某个低级妓院的钱，需要把她抵押出去，一旦妓院筹措到了款项就把她赎回来。等这个妓女到了低级妓院以后，才知道这儿的老鸨和

龟奴比原来的更加凶恶，更加不近人情，稍不如她们的意就会遭到毒打。嫖客也很粗暴，动不动就骂人打人。妓女一比较觉得还不如原来的妓院日子好过。这个时候原来的妓院就虚情假意地把她接回去，妓女因此回心转意，表示不再违抗老鸨的意愿，愿意听从安排。

第四种方式是"打猫不打人"。民国初年，各地妓院对那些不怕威逼利诱的妓女往往采用这种毒刑把她们制服。具体方法是：把不愿意接客的妓女捆绑在床上，然后将一只活蹦乱跳的猫放到她的裤裆里，迅速地把裤腰和裤脚扎紧，猫就跑不出来了。龟奴或者打手随即鞭打那只关在裤裆里面的猫，猫在裤裆里面挣扎，乱窜、乱蹦、乱跳，妓女的阴部往往被抓得血肉模糊，鲜血淋漓。越是打猫，猫越乱抓，妓女就越痛。他们反复抽打猫，直到妓女表示屈服，愿意接客为止。使用这种毒刑，妓女虽然受到重创，但是不会损伤妓女身上容易被嫖客发现的地方，也不影响这个妓女接客，可以说是残酷而又阴毒。

除了这些方式，龟鸨还想出了其他手段来折磨妓女，残忍之极。采桂堂的歌妓彩仙和她的母亲张桂氏养了一个雏妓彩凤。母女两人对这个幼女横挑鼻子竖挑眼的，稍有不满，彩凤就要被凌虐一番。一天不知道彩凤又犯了什么错，并且和张桂氏拌了两句嘴，惹得张桂氏大怒，找来了针线就活生生地把她的上下唇给缝了起来。当时一个当兵的嫖客也在，看到彩凤拼命挣扎不老实，就动手帮忙按住，不让她动弹。这些人的残忍竟然到了这种地步。

## 妓女受虐自杀

老鸨如此狠毒，妓女可就受苦了。北京朝阳门外东森里华美下处有个妓女叫翠红，性格比较和顺，平时对嫖客迎来送往很周到，老鸨也挑不出她什么大的不是。上个月她接客时不小心有了身孕。人的思想是会变的，自从有了身孕之后，翠红动了从良之心，一心想要把孩子生下来，跳出火坑，后半生就和孩子一起过活。肚子里有孩子以后就不能接客了，这样妓院的生意自然受到了影响。老鸨一看这种情况，就一改平时的笑脸相迎，先是咒骂，后是逼迫，非要翠红把孩子做掉，继续接客。她甚至不管翠红的死活，把她关在小房子里不给吃喝，对她百般虐待。翠红本来就不是性格很要强的人，这时便觉得孩子不能生，火坑跳不出来，老鸨又苦苦相逼，生活没有什么希望，不由得万念俱灰，一狠心，就把窗台上油灯里面的洋油喝了，不久就人事不省，昏了过去。幸好同院的姐妹撞见了，急忙把她送到医院，经过紧急抢救，才算捡回来一条命。

## 武夫鞭杀妓女

除了要忍受老鸨和龟奴的虐待，妓女们还要面对嫖客的摧残和蹂躏。各种各样的嫖客来妓院的目的大致相同，都是为了玩弄妓女，把妓女当做调节情绪、获得刺激的玩物。

嫖客对妓女生理、心理上的摧残，主要包括两方面。

第一是把妓女当做发泄性欲的工具。嫖客往往只顾满足自己的欲望，完全不顾妓女的死活，放肆地在妓女身上发泄性欲，而妓女几乎没有选择侍奉对象的自由，只能听命于他人，任由他们玩弄、侮辱、取乐。妓女的身体受到蹂躏，非常可怜，但是其中有些残酷之处不是常人可以想象的。许多妓女，特别是三四等的妓女，每天必定要留一个客人住宿。有的妓女甚至在经期当中也要留客住宿，弄得得了血崩病。有时妓女已经怀孕五六个月了还要接客，结果孩子就流产了；还有的生了孩子不到三十天就要接客。有时不满十三岁的小女孩也被迫接客。诸如此类的残酷事情是非常多的。

第二是性虐待。嫖客的心理往往很怪，他们有的人喜欢在肉体上或者精神上折磨妓女，在妓女的惨叫声中获得满足。嫖客利用妓女取乐的花样层出不穷，常见的有：攻击女性器官；捆绑妓女并且抽打她们，既

有象征性的轻轻拍打，也有留下伤痕血迹的痛打；逼迫妓女做各种淫荡的动作；强迫几个妓女同时性交等。这种种行为都给妓女造成了巨大的生理和心理伤害。

除了这些，妓女还往往成为迁怒的对象，遭受种种虐待，甚至成了无辜的牺牲品。民国初年，国家有常备兵，政府里面还有团练队，两者各自独立，所以时常有矛盾和冲突。某日，山东曹县的几个团练队兵丁在妓院里和一个常备兵争风吃醋，他们仗着人多势众，把常备兵给揍了一顿。后来常备兵告到县里，县令不敢得罪，就把领头的兵丁重打了三百棍，然后关押了数日。谁知这个常备兵是有来头的，他感到不解气，就去找他的姑丈——协统洪子城。洪协统一听也火冒三丈，不过对方已经被责罚过了，也不好再怎么样，就把怒气撒到了当时双方争的那个妓女身上。他不问青红皂白，就命令兵丁把那个妓女扭送到了军营里面，找来几个兵丁，自己和那个常备兵在边上看着，下令脱去妓女的上衣，露出脊背，用皮鞭狠狠地打。一直打了两千下，妓女的皮肤溃烂，哀嚎不已。鞭打的士兵都不忍心再看，捂着眼睛抽打。又打了足足一千下，那个妓女只有出的气没有进的气，显然已经不行了。为了一点小事，竟然把一个妓女活生生给打死了，真是可恶。

## 妓女怒骂轻薄者

　　哪里有压迫哪里就有反抗。老鸨和嫖客的虐待也激起了妓女们的反抗。她们或者骂一骂那些无赖，或者反抗逃跑，或者以自杀的方式抗议。后来有善良人士创办了济良所，这里就成了妓女们的避风港。

　　对于那些无聊的轻薄者，妓女们并非不敢作声，她们有时也奋起反抗，臭骂对方一顿。某日下午两点多钟，在京城的花市西头，有个妓女在水果摊上买水果，当时有个大户人家的仆人刚好也在那儿，他仗着自己的主子有几分势力，就对妓女调笑起来。后来把妓女给惹急了，当着众人的面，对那个仆人扯开嗓子骂，一直骂得那个仆人哑口无言。那个仆人自觉理亏，也不敢怎么样，灰溜溜地走了。

## 妓女逃跑

　　在老鸨的残酷压迫下，很多妓女最后只好屈从了，乖乖地卖身，在火坑里受煎熬。不过也有一些贞烈之人坚决不从命，想方设法逃出去。天津的勇营管带柯瑞熊，一天正在石围塘车站前面站岗值班，突然看到旁边有一个少妇的打扮与其他人不一样，并且浑身污泥，他根据自己的经验判断，知道里面必有隐情，就派了一个士兵把少妇送到医院里面进行检查。后来那个少妇向他说了实情。原来她是广东惠州人，丈夫姓黄。后来她因为轻信别人，被拐卖到这里。她在妓院里天天遭受毒打，妓院逼迫她为娼，她誓死不从，趁着别人不注意，半夜偷偷跑了出来。因为人生地不熟，她跑到了水田里面，弄了一身的污泥。柯瑞熊听了当即给她的丈夫写信，通知他把她领回家去。这个少妇半夜逃跑，身上虽然沾上了污泥，但是她的勇气却令人佩服。

## 妓女从良

京城四喜楼的花小芳早就有了一个相好的,这天她找了一个机会和老鸨说,她要从良嫁人。老鸨听了以后,横竖不同意。两个人争吵了起来。花小芳越想越生气,就动了自杀的念头,拿起一把刀就要抹脖子。旁人看到了连忙阻止她。老鸨听说了,吓了一大跳,连忙赶过来劝阻。不见面也就罢了,仇人一见,分外眼红,花小芳拿着要自杀用的刀,照着老鸨的手指就是一下子,老鸨躲避不及,惨叫一声,手指鲜血直流。过后老鸨想想后怕不已,实在是没办法,只好同意了花小芳的要求。

# 济良所：妓女的避难所

　　济良所是有爱心的西方人士在上海创立的，意在帮助妓女从良。济良所的总部设在美租界北浙江路华兴坊口，分所设在英租界四马路。凡是妓女不愿意为娼的，都允许她们进入所里。所里提供伙食，并对她们进行教育，让她们学习一门手艺，以备日后从良之用。济良所设施完善，章程完备。自从上海有了济良所以来，妓女有了避难所，若是受到伤害就跑到所里面，老鸨就会人财两空，所以那些平时虐待妓女、心肠狠毒的老鸨都有所收敛，妓女的境遇也因此比以前要好一些。

　　济良所设立以后，被龟鸨虐待或者被阻止从良的妓女都可以到所里来提出申诉，由所里的董事带着相关人员到公堂上去对质，当局除了对龟鸨进行责罚以外，还把妓女送到济良所，按照有关规定让她们寻找人家出嫁。这无疑给妓女撑了腰，她们可以因此跳出火坑，从良嫁人，过上正常人的生活。因此济良所在妓女界的影响是非常大的。

　　早期的时候并没有什么法规来约束上海的妓院，所以年仅八九岁的幼女就被老鸨逼着弹唱卖艺，稍大一点就被逼着出来接客。十三四岁留头接客是司空见惯的现象。西方慈善人士设立济良所以后，订立了严格的章程，凡是年纪不满十六岁的女子，一概不许应局卖淫，也不允许在妓院里面住宿。如果有上述情况，一律拘送到捕房，然后转到公堂，最后送到济良所保护起来。这个章程保护了一大批幼女免遭荼毒。

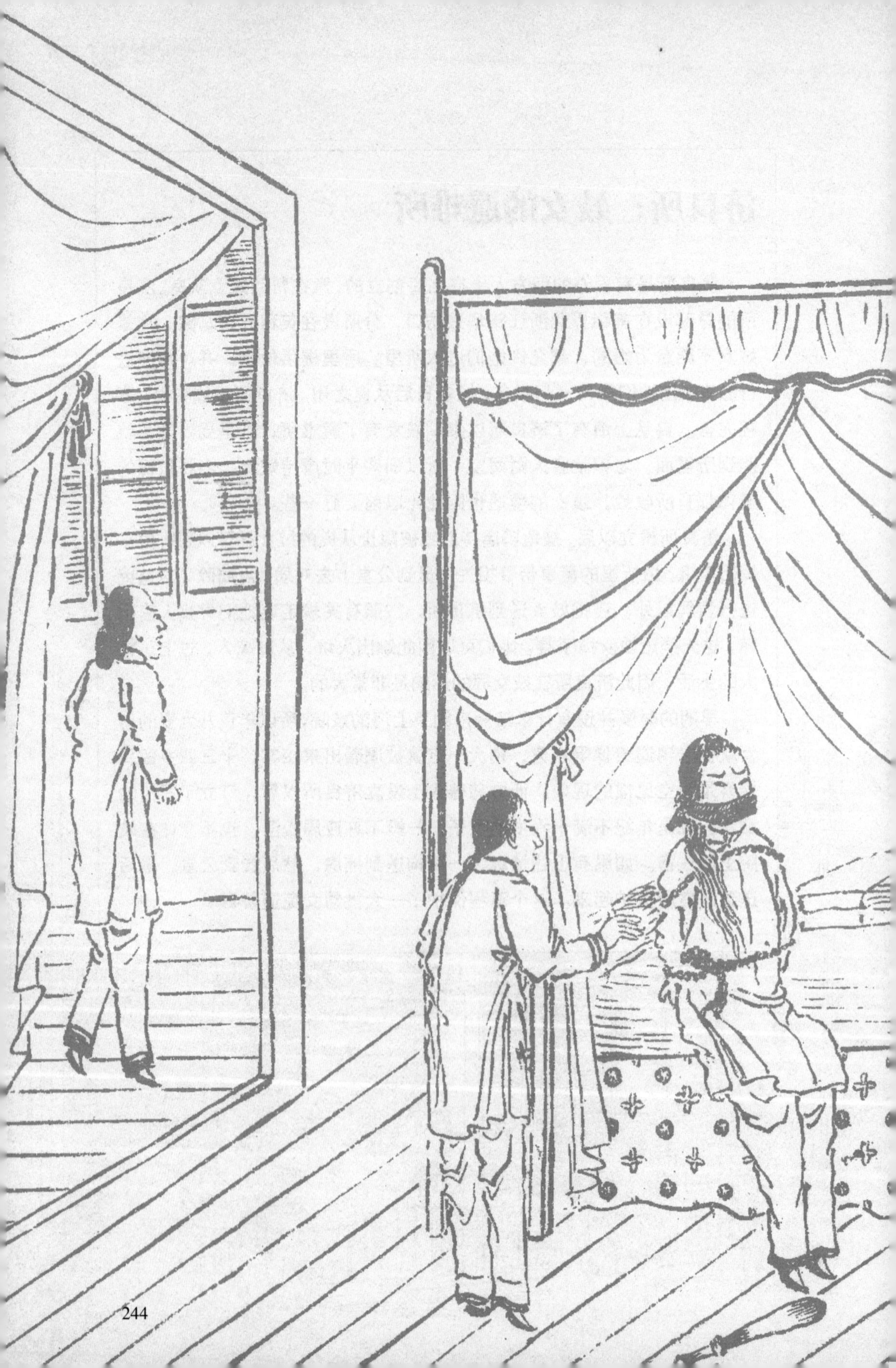

## 第二节 ◎ 梦醒何处

『为失三从泣泪频,此身何用处人伦。虽然日逐笙歌乐,常羡荆钗与布裙。』

这首诗道出了大部分妓女的心理。她们身处风月场,却有着自己的悲伤和无奈。人前欢笑逢迎,转身却啼哭不已,因为大部分妓女倚门卖笑都不是自愿的,都有从良之心。尽管上海是个大都市,龟鸨害怕警察局的干涉,不敢轻易凌虐妓女,嫖客也害怕触犯法律,也不敢轻易闹事,所以妓女的日子比其他地方的妓女要好过一些,但是十里洋场,繁华如梦,谁知道明天等待她们的是什么?所以很多人常常愁眉不展,暗自垂泪,一心想要从良。

## 妓女从良受讹诈

　　从良自然是好事，不过谈何容易？首先碰到的就是老鸨的阻拦。老鸨开妓院是为了赚钱，靠什么赚钱呢？不就是靠手下的妓女们卖笑吗？在她们眼里，妓女们不是一个个的人，而是一棵棵摇钱树。如果妓女都从良了，她们的买卖还怎么做？她们靠什么去捞银子？所以自古老鸨对一心从良的妓女都百般阻挠，一千个不同意，一万个反对。

　　京城宝间茶室有一个妓女叫李菊侪，已经卖笑几年了，后来觉得不能长久这样下去，万一人老珠黄了，就没有什么依靠了，趁着年轻，找个人嫁出去，后半生好有个依靠，所以她就动了从良之心。于是她和她的母亲商量，她的母亲自然是十分同意，就替她物色可以托付后半生的

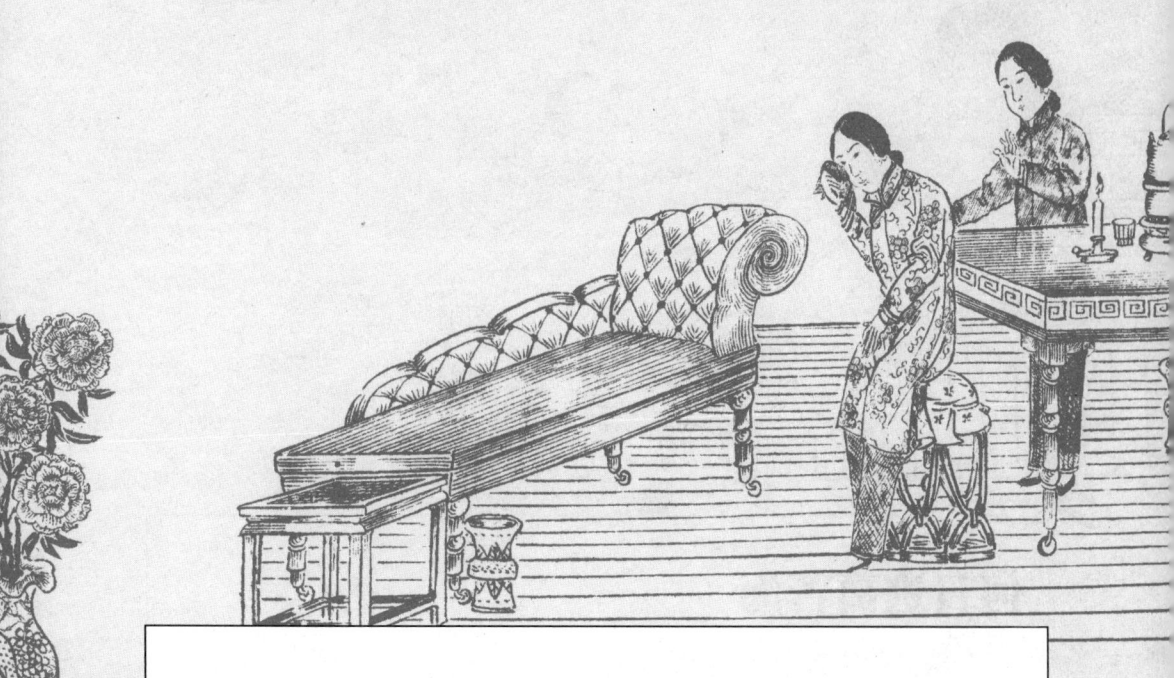

人。李菊侔然后又找老鸨说了,一边说一边哭,非常感人,老鸨当时也满口答应了。起初一切都很顺利,她的母亲还真找到了一个愿意娶她的老实人,双方都很满意,就等着她跳出火坑,然后两家成亲。李菊侔也非常高兴,又去找老鸨说。谁知老鸨突然没有了上次的热情,还不断劝她:"你还真心要从良呀?我以为你随便说说呢。从良有什么好处呀?天天自己做活糊口,累死人。还是为娼好呀,又轻松又自由。你再好好想想,不然到时候后悔可就来不及了。"无奈李菊侔是铁了心要嫁人,所以就不听老鸨那一套。老鸨马上就翻脸了,说她原先的领家欠了她不少银子,要她先把账算清楚了才能走人,否则人不许走,东西也不许动。这简直就是讹诈!后来李菊侔没有办法,只好找济良所帮忙到警察局进行申诉。

## 何日逃离苦海

因为老鸨竭力阻拦，不许从良，比李菊侪闹得更厉害、结局却更悲惨的不在少数。京城王广福斜胡同凤玉下处有个妓女叫做小红，她受够了老鸨的虐待和嫖客的折磨，就琢磨着要从良。她有一个相好阿牛在城里当人力车夫，工作虽然辛苦了点，不过也能养家糊口。并且阿牛人很老实，能吃苦，对小红也是一心一意的好。小红看在眼里，喜在心上，就动了心思，这天趁着机会和老鸨搭上话，把自己的心愿给说了出来，满心期望老鸨能够答应，因为这些年她在窑子里也替老鸨赚足了钞票了，多少还是个有些脸面的人。事情大大出乎她的意料，老鸨一听脸就沉了下来，撂下一句话就走了："想走？没门！你走了我怎么活？"小红的心当时就凉了。此后老鸨就对她冷言冷语，到处挑刺。但小红要从良的决心不变。这天她趁着老鸨出去有事，偷偷从妓院里溜了出来，找到阿牛，要和他一起私奔。阿牛犹豫不决。就在这个时候，老鸨发现小红不见了，马上去找，很快就找到阿牛这儿来了。小红又被拉回了妓院里。这下老鸨对她防范有加，处处监视，要她死了从良的心。小红左思右想，越想越觉得希望渺茫，但是又不甘心在火坑里呆一辈子，受人欺负，于是就想到了死。她晚上睡觉前关上了窗子，在梁上挂了根绳子，踩在椅子上，就要寻死。刚好被不放心的老鸨看见了，连忙给救了下来。不知道小红何日才能脱离苦海逃生。

# 妓女羁留官媒所

即使是那些由官府主张择配的妓女，也很少有好结果。南京钓鱼巷的妓女小四子因为涉及一桩案子，由官府判定择配，并要求把具领人的姓名申报上去。当地的县令李某把小四子发配到官媒处，等着大家来出钱领人。小四子平时交游广泛，私房钱也积攒了不少，而且她貌美如花，垂涎者不在少数。但那些想要纳她为妾的官场中人或者公子哥们，因为那桩案子的缘故，并且考虑到自己的名字也要上报，恐怕有什么麻烦，所以不敢问津。而那些商界富贾，则对小四子的那些家底不屑一顾。最后出现了这样一种怪现象，小四子要人有人，要财有财，却嫁不出去了。所以她只能羁留在官媒所，终日长叹不已。更令人叹惜的是，官媒所里的人把她先前所有的积蓄都剥削一空。

## 大老婆大闹洞房

　　妓女就是从了良，做了别人的妾，也很难被新的家庭所认可。大房往往对她们横挑鼻子竖挑眼，处处刁难。德胜门外的公德林习衣所有个哨长叫高德胜，外号高小秃，最近他从济良所领出来一个妓女，准备纳她为妾。因为他的大老婆十分凶悍，所以不敢让她知道。他偷偷地在外面租了一个房子，和这个妓女拜了天地。刚刚入了洞房，突然大老婆闯了进来，原来她不知通过什么渠道获得了消息，醋意大发，立即就找来了，非要闹个天翻地覆不可。可怜这个妓女一心从良，却被他大老婆打了个鼻青脸肿，有苦难言。

## 妓女的命运

从上面的事例中不难看出,妓女要从良要重新做人是多么的难。近现代中国的娼妓社会地位十分低下,她们青春年少时出卖色相,尚且可以博得嫖客的欢心,老鸨也看在钱的分上,不会为难她们,可一旦她们年老色衰,就往往被人冷落、抛弃,摆脱不了悲哀的命运。

当妓女一般有三种结果:好的结果、一般的结果、悲惨的结果。好的结果是嫁给有钱有势的人做妾,嫁给商人、农夫当妻子或者做妾,或者买个孩子教育成人,以后年老了好有个依靠。一般的结果,比如做了老鸨,蓄妓营业赚钱;与苦力结婚,做女工、佣人、娘姨、阿妈等来度过残年;回到家乡为人洗衣、梳头等来谋生。最坏的结果,就是一直做下去,得了花柳病,苦不堪言,还有的最后当了乞丐,最后悲惨地死去。有好结果的妓女只占很小一部分,大部分妓女的下场都是很悲惨的。

## 身份不同，结局不同

不同类型的妓女由于出身不同，离开妓院后的归宿也不一样。自愿为娼的"自由身"妓女，在和老板签订的合同期满后，如果不愿意续约，不必赎身就可以选择从良嫁人，或者另谋高就，和别的妓院签约，继续做皮肉生意。作为高利贷抵押品的"押账"妓女，就要将卖身收入的大部分或者全部都拿来抵债，还清所欠的债务后才可以离开妓院。而一般抵押的期限和条件都是由妓院老鸨说了算，因而要想脱离妓院是很不容易的。被卖给妓院的"讨人"妓女，因为没有丝毫的人身自由，她们进入妓院以后，性命和前途就全部交给妓院老板掌握，所以她们的结局一般都比较悲惨。少数妓女侥幸遇到知心的嫖客，可以由嫖客出钱把她们赎出来。但是对于那些走红的妓女，老鸨往往视其为摇钱树，是不愿意轻易放走的，一般都要价很高，普通人根本就承受不起。那些色艺双绝的妓女，赎身从良以后，多数成为官宦或富商人家的小妾。她们在这样的家庭中地位依旧十分低下，往往也有很多苦楚。对一般妓女而言，能够被一般百姓买去做老婆，就算是很好的结果了。大多数妓女只能在妓院里面苦熬，任人凌辱。妓女渐渐年老色衰，越来越不受嫖客欢迎，加上卖淫时间太长，大多数妓女染上了各种妇科疾病或者性病，痛苦不堪。这些妓女逐渐失去了利用价值，或者被妓院一脚踢出门外，饿死路旁也无人过问，或者因为无钱治病，年纪轻轻就香消玉殒。北京的江南城隍庙和陶然亭一带是丛葬之处，大凡妓女死了，都葬在这个地方。每年到清明节或者鬼节前后，有很多妓女乘车去这些地方，焚纸哭奠已经死去的姐妹。

# 名妓末路

　　清末名妓赛金花，年轻时曾经风光过一阵子，晚年穷困潦倒，病死在北京。临终之前，她写下一首《悠悠曲》，表达了心中的怨恨和悲伤，这也是很多妓女晚年心境的真实写照："天悠悠，地悠悠，风花雪月不知愁，斜睇迎来天下客，艳妆袅娜度春秋。度春秋，空悠悠，长夜尽成西厢梦，扶魄深处唱风流。唱风流，万事忧，一朝春尽红颜老，门庭冷落叹白头。叹白头，泪水稠，家产万贯今何在，食不果腹衣褴褛。衣褴褛，满身垢，一副骸骨谁来收？自古红颜多薄命，时运不济胜二尤。胜二尤，深海仇，纨绔王公皆猪狗，赏花折柳情不留。天悠悠，地悠悠，贞节牌坊万世流。"

# 旧世存影

①

① 当铺外景 清末民初

# 中国当铺的发展

我国的当铺起源很早。在南北朝时期，寺院里就已经有以衣物等作抵押的放款业务。

唐朝时将当铺称为"质库"，唐玄宗时就有贵族和官僚从事商业活动，他们纷纷开设邸店、质库。

宋代的当铺称"长生库"。由于宋朝的社会经济日益发展，长生库（质库）也随之发展起来。官府、军队、寺院、富商、大地主等纷纷经营以物品作抵押的放款业务。除一般的金银珠宝外，抵押的物品有时甚至包括牛马、奴婢等有生命的物品，而普通劳动人民则多以生活用品作抵押。长生库放款时限短、利息高，放款人可以任意压低质物的价格，借款如果到期不还，则没收质物，致使许多人家破产。

元代时期，从事商业的大多数是回回人，开当铺的也是回回人。元代的当铺称"解库"，也称为"解典铺"。当铺的利息很高，很多劳动人民最后无钱赎当，自己的抵押物就被当铺没收了。

当铺这个称谓出现在明朝，从事典当业的多为陕西人、山西人及安徽人，他们在各地开设当铺。有的商人专以典质为业，并走上致富道路。与前代的商人相比，这些商人经营的范围更加广泛。他们不仅剥削一般贫民，有的富有之家也因典当而濒临破产。明朝的乡镇中还有"代当"，即乡镇小当铺用城市大当铺的款项作为资本，把收到的抵押物再转押给城市大当铺。

经营当铺在清朝已变得十分普遍。乾隆时期，北京已有当铺六七百家，多分布在外城。

进入半殖民地半封建社会，当铺开始与银行、钱庄等建立借贷关系，城乡高利贷网于是形成。此外，一些地方政府也开设了公当、公典。1949年，中华人民共和国成立后，当铺停止营业。

国家目前已开放了当铺经营业务。当铺在通过所有审核后，属于合法经营的范围。

红粉骷髅，腰间悬剑，斩尽天下少年英才。

秦楼一梦，楚馆三更，换来半世风流薄幸。莫，莫，莫！

# 第八章 粉黛画廊

文学作品中的青楼

从古至今，妓女与文人的关系十分密切，所谓的风流才子和红粉佳人相恋，很多就是指文人爱上妓女。妓女成为文人心中始终解不开的一个结，笔下永远写不完的一个主题，因此就有了以描写妓女、妓院、风月生活为内容的青楼文学。

青楼文学从宋元时期就已初露端倪，到了明代中叶以后，由于社会经济结构发生变化，它的发展步伐加快了。到了清代的乾隆、嘉庆时期，吏治腐败，世风日下，所以清末到民国时的青楼文学的格调就显得非常低。

狭邪小说是指近代以妓女生活为题材的小说。它们有的津津乐道于名士狎妓的情趣，有的宣扬"色即是空"的观念，有的大量描写嫖妓场面，还有的揭露了风月场里妓女的无情无义。比较有名的小说有《风月梦》、《花月痕》、《青楼梦》等，形成所谓"狭邪派"。除了狭邪小说，谴责小说里面的《孽海花》、人情小说中的《海上花列传》等，也有对妓女的深刻描写。

# 第一节 ◎ 孽海浮沉

在晚清众多的名妓之中,赛金花应该是最具传奇色彩的一个,清末四大谴责小说之一的《孽海花》中的女主角傅彩云就是以她为原型。小说《孽海花》叙述了戊戌、庚子年间的人和事,并用一个女子穿针引线,把众多的人和事串联在一起,这个女子便是傅彩云。

现实中的赛金花最初名为傅钰莲,又名彩云,约生于1872年,幼年即被卖到苏州的『花船』上为妓。1887年,适逢前科状元洪钧回乡守孝,他对彩云一见倾心,遂纳她为妾。后来,洪钧病死,傅彩云在送洪氏棺柩返回苏州途中,潜逃至上海为妓,改名曹梦兰。后又至天津,改名为赛金花。1900年八国联军攻陷北京时,赛金花在北京石头胡同为妓,曾与部分德国军官有过接触,也曾换上男装到皇家园林西苑游玩。1903年因虐待幼妓致死而入狱,出狱后再至上海。晚年生活穷困潦倒,1936年病死。

当年《申报》一位读过《孽海花》然后采访了赛金花的记者认为曾朴把她写得过于美丽、聪明和伟大,有些言过其实。那赛金花到底是什么样子的呢?

## 处处留情

傅彩云是苏州轿夫的女儿,从十多岁时起就开始了卖笑生涯。因为她长得美丽,很快就成了红倌人,被称为"花榜状元"。十五岁时,她被状元出身的金雯青看中,偷娶为妾。二十岁左右,她作为公使夫人被带到德、俄等国,并很快学会了外国上流社会的交际手腕。她爱慕虚荣,追求享受,在生活上渐渐开始放荡起来。她先是在德国与年轻俊美的仆人阿福发生了关系,后来到俄国又结识了德国青年瓦德西,回国途中与船主也有过不正当交往。金雯青回国以后,发觉她和阿福的事,气得生病。赶走阿福后不久,她又认识了名伶孙三,事情传到金雯青耳中,金雯青的病情加重,不治而死。守孝到终七以后,她又与孙三来往密切。后来,她逃离金家,与孙三结了婚。但是不久以后,她就结识了上海的"四庭柱",于是又离开孙三,挂牌重新做妓女。

# 青楼奇女子

　　以卖笑为生的妓女，除了要容貌美丽以外，还要擅长各种技艺，具有多方面的才能，这样才能赢得声誉。曾朴笔下的傅彩云就是如此。她虽然没有什么文化，却聪明伶俐，很有才干。在赴欧途中，金雯青为了与漂亮的俄国姑娘夏雅丽接近，让她向夏雅丽学习外语，她在很短时间内学会了德语的交际用语。到德国后，一次金雯青赞扬当年曾小侯夫人居然能和西洋人打成一片，他问彩云有没有曾夫人的本事，彩云听了很不服气：老爷你不要瞧不起人，她曾夫人也是人，她有三头六臂吗？"她心中暗想：老爷这明明是估量我见识短浅，不能替他挣面子，怕我闹笑话，我倒偏要显摆显摆，胜过曾夫人。后来她凭着自己的智慧很快就进入了柏林的上流社会。

　　彩云不但聪明，而且很有见识，颇具眼力。金雯青误信俄国画师毕叶的话，花重金购买了一幅把中国的帕米尔高原划入俄国界内的《中俄交界图》，彩云看到毕叶鬼鬼祟祟的神情和那张破烂图纸就提醒金雯青："老爷你别上了当。"金雯青却仍然执迷不悟。后来的事实说明，金雯青果然上了当，他购买了伪图，不但花了冤枉钱，而且还给沙俄侵略我国帕米尔地区提供了借口。从这件事情上可以看出，彩云虽然不懂什么地理、历史，但是观察力却很强，很多地方为金雯青所不及。

## 秉性难移

彩云嫁了金雯青,虽然她出国后在生活上有些放荡不羁,而且也会使手段挟制金雯青,但是她并不是毫无感情的人,作品有意识地描写了她的思想活动。刚刚嫁给金雯青时,她觉得金雯青还不错,她对金雯青也很好。出国后,她开始放荡起来。后来她和阿福的事情把金雯青气出病来,她嘴上虽然说了一堆泼辣话,但是"听见雯青几句情急话……不免心肠一软,觉得自己行为太对不住他,一阵辛酸……呜呜咽咽哭个不停了"。后来因为孙三的事,使金雯青病重致死,她更觉得内疚,内心非常悲伤。作品描写道:"目睹病中几番含糊的嘱咐,回想多年宠爱的恩情,明明雯青为自己而死,自己实在对不起雯青,人非草木,岂能漠然!所以倒也哀痛异常,因哀生悔……"虽然在金雯青终七以后,她又开始放荡不羁,但她并不完全是无情无义的。

## 不畏权势

　　彩云虽然不是一个革命者,但是她对自己在社会中和家庭中所处的地位是不满的,所以她的性格中又有反抗现实的一面。金雯青发现她和阿福的事情以后,对她严加责备,她则表达了处在姨娘地位上的强烈不满:"你们看着姨娘本不过是个玩意儿,好的时候抱在怀里、放在膝上,宝呀贝呀的捧;一不好,赶出的,发配的,送人的,道儿多着呢!"她这种内心深处的不满曾经不止一次地爆发出来。有一次,张夫人责备她在丈夫丧期中去看戏,不成体统,她回答说:"什么叫做体统?动不动就抬出体统来吓唬人!你们做大老婆的有体统……我们既做了小老婆,早就失去了体统,哪儿轮得上我们讲体统呢!"不仅对金雯青、张夫人这些老爷、太太,彩云敢于和他们争论,毫不惧怕;而且对钱唐卿、陆奉如等大人,她也敢于顶撞,言辞锋利,态度不卑不亢。

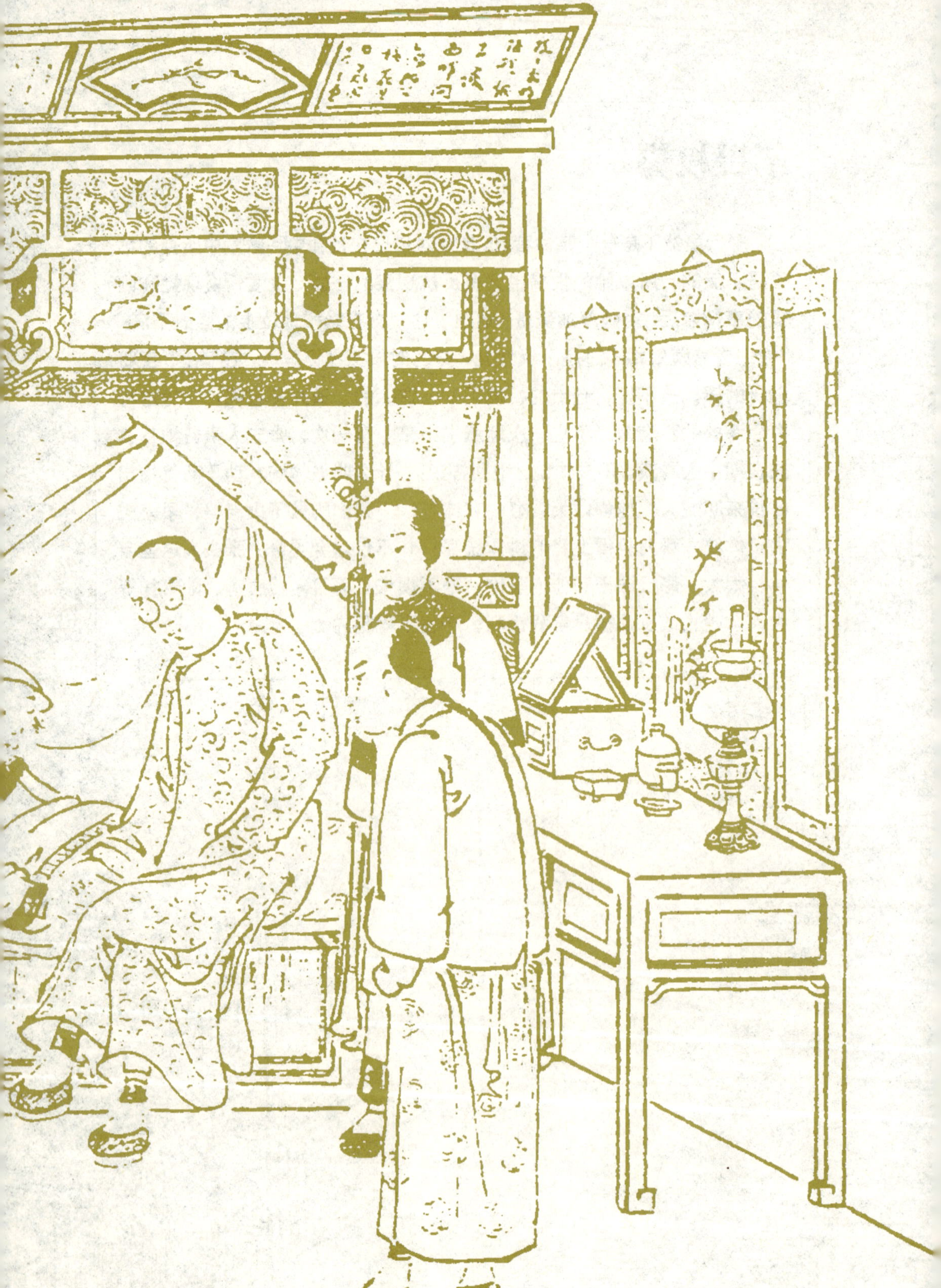

## 堕落的背后

彩云是如何走向堕落的呢？彩云自幼卖笑，后来老鸨将她卖给金雯青做妾，当时她还是比较满意的，这是男人给予她的"爱情"。但是后来她随金雯青出国，依靠自己的美貌征服了数不清的人，她的欲望也开始慢慢膨胀。年轻伶俐的仆人阿福进入了她的生活，成了她满足情欲的工具。后来她又见到了存心勾引她的瓦德西，为对方的英武所迷惑，又投入了他的怀抱。回国后，她无意中见到了名伶孙三，与他打得火热，这导致金雯青病死。她虽然有所悔悟，但是金雯青死后，她很难独自生存，于是通过孙三逃离金家，后来又和孙三分手——她就是这样一步步走向堕落的。

彩云美丽、聪明，她应该有正常人的生活，应该有幸福的爱情和婚姻，但是她过早地沦为妓女，她的美貌和智慧，不是奉献给对她有爱情、把她作为妻子对待的丈夫，而是作为老鸨赚钱的工具，满足狎客的需要。还在十四五岁时，她就被别人夺去了贞操，所以，对于她，什么名誉之类的东西早就已经不存在了。彩云在面对金雯青的责备时直言不讳地说："我的性情，你该知道了；我的出身，你该明白了。当初讨我的时候，就没有指望我什么三从四德、七贞九烈……"正是妓女的生活使她最终走向堕落。

彩云以放荡的态度作为对姨娘地位的反抗，以逢场作戏代替真正的爱情，以挂牌重做妓女的方式获得人身自由，这些行为都是难以被社会认可的。她的堕落跟她自己的性格也有很大的关系。彩云曾经对金雯青说，她"从小只爱玩儿"，"若说要我改邪归正，啊呀，江山易改，本性难移"。后来她又对钱唐卿说，"天生就我这一副爱热闹、寻快活的坏脾气，事到临头，自个儿也做不了主"，"从小没学过做人的道理"，"阔绰的手一时缩不回"，等等。这些话说明她的性格也是促使她走上卖笑道路的因素，所以彩云的堕落一定程度上也是性格的悲剧。

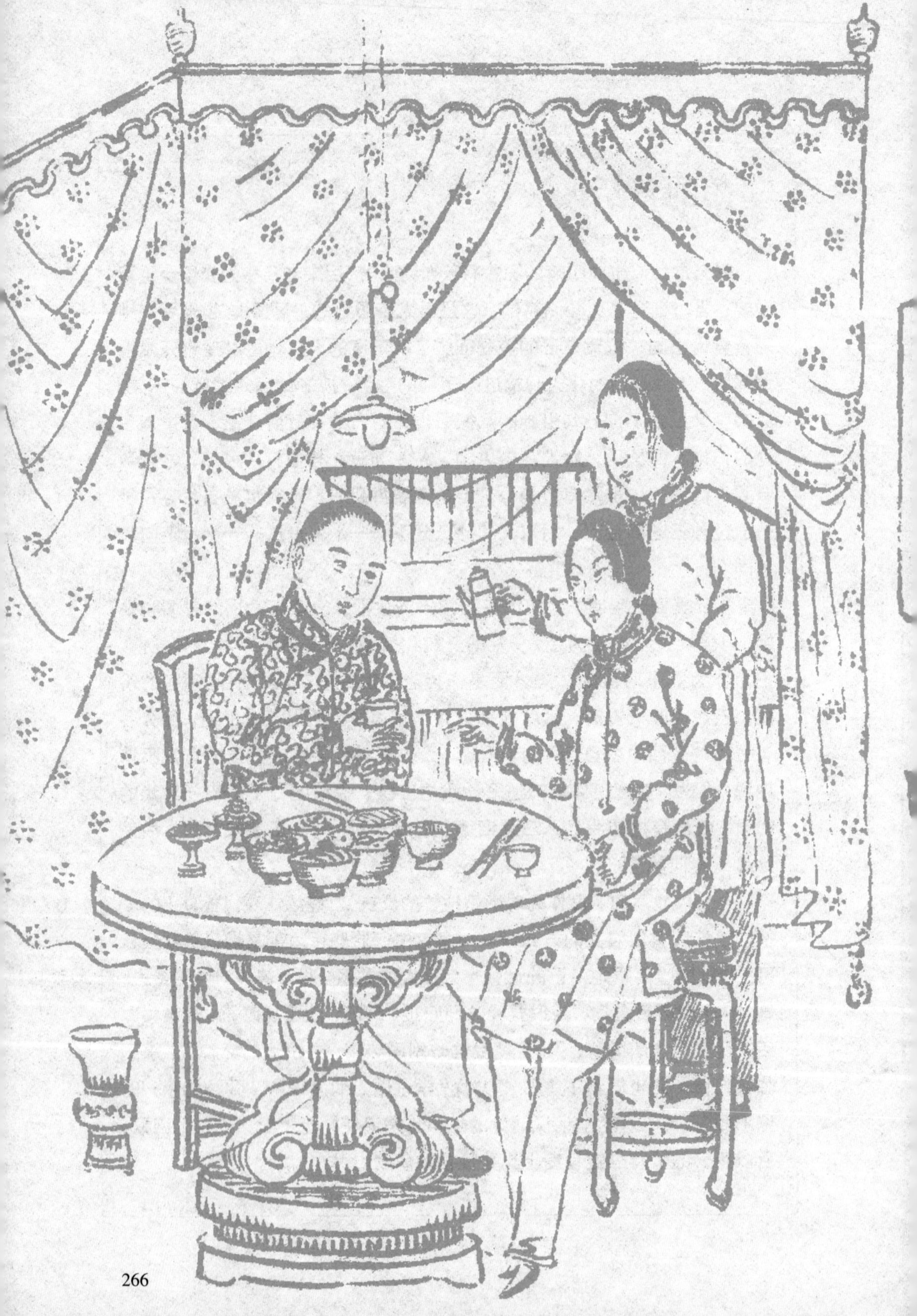

## 第二节 ◎ 妓院群相

《海上花列传》是近代最好的一部以妓女为题材的小说。它以赵朴斋兄妹的堕落为轴线,通过几个女子的不幸遭遇和悲惨结局,反映了清末民初上海妓女的悲惨命运以及当时嫖客的凶残。

小说第一回写作者花也怜做了一个梦,梦境中有「一大片浩淼苍茫、无边无际的花海」,作者把「花海」描绘成一个无底深渊,漂浮在这上面的花「虽然枝叶扶疏,却都是没有根蒂的」,海水一冲击,它们就只得「随波逐流,听其所止」,或「早已沉沦泪没于其间」。这个「花海」,就是指上海这个畸形城市。

正像「风流大教主」齐韵叟说的:「上海是个大花场,好像陷阱……」上海的风月场,一方面是那些官僚、买办、商贾、赌棍们的乐园,另一方面又是妓女、娘姨、杂佣们的地狱。十里洋场的嫖客,大都不是以往狭邪小说里面所说的多情种子,而是精神空虚、品格低下的人,嫖妓纯粹是为了寻欢作乐。

## 官员嫖妓

　　罗子富是江苏候补知县,久居上海,无所事事,终日在妓院里面厮混。他跟妓女打情骂俏,出尽了洋相。王莲生是某局的官员,上海的阔佬,终日只干两件事:嫖妓和吃大烟。他出手阔绰,又没有主见。他负担了名妓沈小红的全部开支,又嫖上了次等的妓女张慧贞,终日在两个妓女争风吃醋的风波中度日。

# 斯文败类何城如

　　教师是一个崇高的职业，为人师表，受人尊敬。可是在清末民初淫风盛行、重利轻义的大环境下，有一些所谓的教师见钱眼开，走向堕落，成了教师队伍里的败类。沅江县的教谕何城如近日被县城的士绅窦安敦等人告到了官府。乡绅们义愤填膺，慷慨陈辞，揭露何城如的种种劣迹。这个平时貌似文雅、满口之乎者也、仁义道德不离口的所谓君子，一个县城教育业的负责人，竟然瞒天过海，将学校的一部分闲置房屋偷偷租给苦于无处营业的流娼，并且暗中为她们打掩护。他的算盘打得不错，为妓女提供营业场所，妓女们自然不会亏待他，何城如在家中就可以坐收厚利。不过世上没有不透风的墙，很多学生都知道了这件事，造成的影响十分恶劣。更为荒唐的是，何城如公然将明伦堂等处用作养猪场，使书香之地变得污浊不堪，臭气逼人。除此之外，何城如还不断对学生进行勒索，比如要求节敬啦，生日寿礼啦，不一而足。他劣迹斑斑，令人愤怒。等待他的将是法律的惩罚。

## "护花使者"齐韵叟

号称"风流大教主"的齐韵叟是以护花使者的面目出现的。他的势力可以和"癞头鼋"相抗衡,所以妓女姚文君、孙素兰遇到"癞头鼋"的纠缠时,都设法逃到他的"一笠园"中。苏冠香原是宁波大户人家的妾,因为大房不容,沦落为妓,夫家又因为她败坏门风而把她送进了衙门,还是齐韵叟把她救了出来。然而,他这样做却不是为了怜香惜玉,而是为了满足自己的色欲。苏冠香被救出来以后就长期供他玩弄,姚文君、孙素兰也成为他的"一笠园"中的玩物。他还召集了一群妓女和清客,在"一笠园"中搞《群芳谱》,撰写《秽史》,肆意淫乐。

其他如背信弃义的史天然、朱淑人,喜新厌旧的施瑞生,胆小自私的华铁眉等,都是疯狂地折磨和蹂躏妓女的人物。这些社会渣滓是娼妓制度存在的基础。在这样的环境中,妓女们即使动了情,也无人真心对待她们。

# 人间地狱

　　秦楼楚馆，并不像才子们所描绘的那样富有诗意，而是人间地狱。妓女们无论是好是坏，都有一部血泪史。她们之所以进入妓院，并不是自身有什么过错，而是社会把她们推入火坑的。黄翠凤八岁死了爹娘，无依无靠，落入老鸨黄二姐之手。沈小红家里有父母兄弟好几个人，生活没有着落，全靠她出卖色相维持生计。孙素兰父母死后，阿伯要把她以一百两银子的价格卖给别人做丫头，她知道后向舅舅求救。舅舅虽把她救了出来，却以五百两银子的身价把她卖到了妓院。齐韵叟府上的两个艺妓琪官和瑶官，都是从小没了爹娘，分别被兄嫂、后娘卖到了齐府。赵二宝是个例外，她涉世不深，爱慕虚荣，留恋繁华的都市，这是她沦落风尘的重要原因。但是我们也不能否认，她沦为妓女的另一个原因是贫穷，家中所有的积蓄都被哥哥挥霍殆尽，到了上海以后，连回家的路费都没有着落。总之，女子沦落风尘大都是为生活所迫。

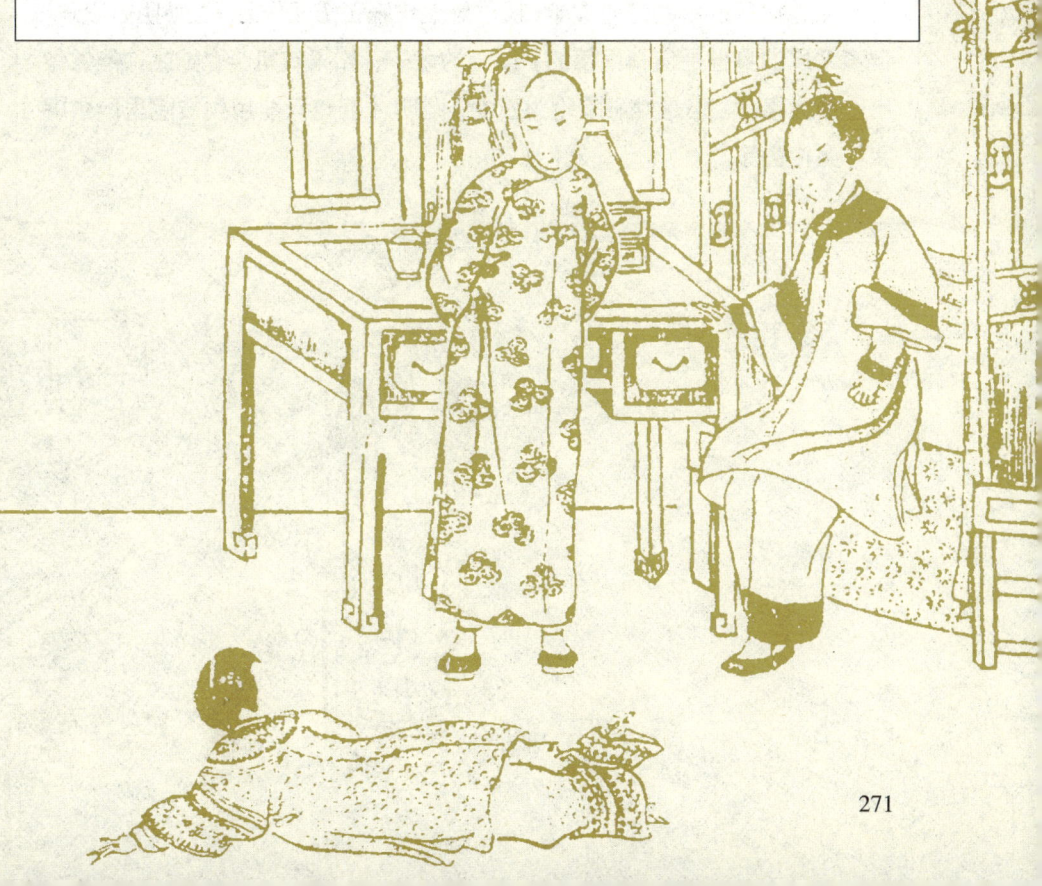

## 刚烈女子黄翠凤

　　妓女黄翠凤是作者着力最多的一个青楼人物。她精明、干练、心狠手辣。她这种性格的形成，和她所处的环境息息相关。黄翠凤八岁死了爹娘，落入了以狠毒闻名的老鸨黄二姐的手中，所受的打骂折辱是可想而知的。但是她生性刚烈，有一次老鸨打骂她，她先是咬紧牙关，一声不响，等到老鸨被劝开以后，她却趁机吞服了鸦片。老鸨吓得请医抓药，连哄带劝，她就是不肯吃药。直到老鸨对她下跪磕头，百般央告，她才吃药。从此以后，老鸨不敢再打骂她。黄翠凤富有心机，她不像沈小红那样哭闹撒泼，也不像张慧贞那样曲意逢迎，更不像陆秀宝那样轻浮淫荡。她以深沉的心机和狡诈的手段来对付嫖客。比如罗子富，既有钱，又是个草包，黄翠凤在他身上使足了手段，开始时对他又打又拉，让罗子富对她另眼相看，迷上了她。可是当罗子富要替她赎身的时候，她却串通姨娘狮子大张口，然后偷偷地把罗子富的拜匣拿走，从他身上诈骗了五千洋钱，显得阴险狠毒。但黄翠凤的身世是值得同情的，以她的才干，如果有机会，她或许能够做出一番大事业。但是她不幸沦为妓女，聪明才智也只能用到妓院里的尔虞我诈当中去了。

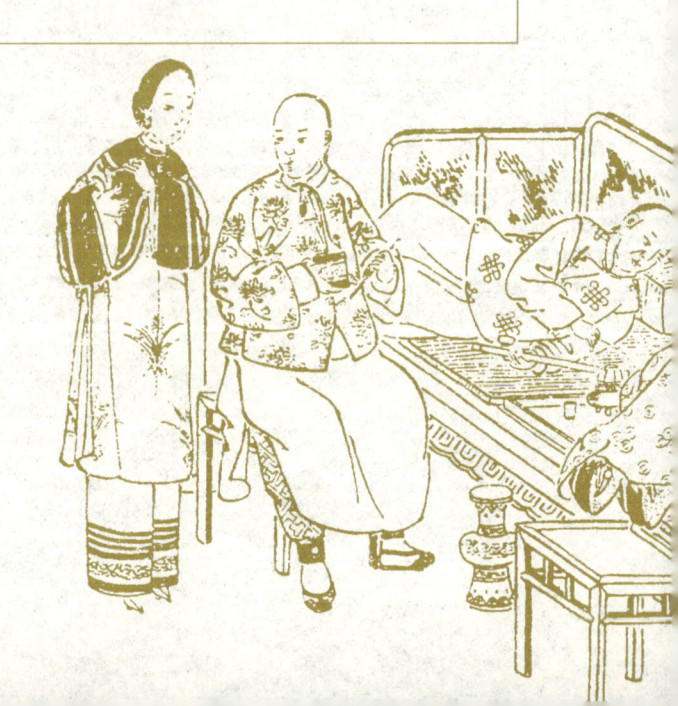

# 人财两空

赵二宝是个淳朴的农村孩子,为了生活来到上海,在施瑞生的引诱下被拉下水,沦为妓女,公开挂牌做起生意来。开始生意很兴隆,后来她爱上了史三公子,一心想要嫁给他做大太太。为此,她拼命地讨好史三公子,不仅连局账都不让他开销,而且自己还四处借债,准备嫁妆。结果史三公子一去之后就没有了音信,后来才知道他已经娶了一个名门闺秀,赵二宝落得个人财两空,几次昏厥过去。最后为生活所迫,她只好又重新挂牌接客,但一开始就受到"癞头鼋"的欺负,房子里的东西被砸得精光,却也奈何他不得。从赵二宝的遭遇中,我们可以看出妓女所受的凌辱和苦难。

## 妓女的悲惨命运

　　小说描写了各种不同的妓女三十余人，她们的命运都是悲惨的。当她们被卖入妓院失去人身自由的时候，为了替老鸨赚钱，必须拼命巴结嫖客，受尽各种凌辱，稍有怠慢客人之处，就被打骂。妓女诸金花因为不善于应酬，被老鸨打得"两只腿膀，一条青，一条紫，尽是皮鞭痕迹，并有一点一点鲜红血印，参差错落，似满天星斗一般。此系用烟签烧红戳伤的"。妓院里面的大姐、佣人也被下流嫖客调戏、凌辱，还要干很重的杂活。十四五岁的小大姐阿巧早晨揩一只烟灯，失手跌碎了玻璃罩，老鸨要她赔。买只新的灯罩要两角钱，但是做大姐的一个月的工钱只有一块钱，堂子里正月结账，阿巧的工钱不到三块，且早已经寄到乡下去了，两角钱她也没有啊。她只好向自己的舅母借，并且哭诉了自己一天的繁重劳动："早晨一起来，三只烟灯，八只水烟筒，才要我来收捉。再有三间房间，扫地，揩台子，倒痰盂罐头，陆里一样勿做。下半日汰衣服，几几花花衣裳，就交拨我一干仔，一日到夜总归无拨空。有辰光客人碰和，一夜天勿困，到天亮碰好仔，俚哚末去困哉，我末收捉房间。"她们成天提心吊胆地迎送客人、端茶递烟，还要干繁重的杂活，稍微不称老鸨的心，就会遭到毒打。黄翠凤就说："耐看上海把势里陆里个老鸨是好人！俚要是好人，陆里会吃把势饭。"这些描述比较真实地反映了妓院的丑恶和对下层妇女的摧残。

　　小说还清楚地揭示出，妓院是一个特殊的天地。对于外界来说，妓女们的身份都是低贱的。但是在这个天地里面，同样也是等级分明。书寓和长三是上等妓女，幺二的地位次之，再往下依次是野鸡、花烟间。书中的黄翠凤、沈小红等长三住的是豪华的公寓，有大姐、娘姨侍奉，所接的客人都是有头有脸的人物。沈小红一年下来要耗费王莲生二三千洋钱，王莲生有一次一高兴，就给她买了一副齐全的翡翠首饰，花了一千元。花烟间的王阿二，只能接待小村、赵朴斋这样的小人物，自然进项不多。而女佣阿巧，白天黑夜都干活，每天挨打受气不说，一个月只有一块洋钱的工钱，可见差距是非常大的。妓女身份的不同，不仅体现在吃穿用度上，还表现

在她们在妓院里的地位上。上等妓女不仅不受老鸨的气,还可以随意打骂下等妓女,而下等妓女只能逆来顺受。这样一来,就迫使妓女不择手段地巴结有钱有势的嫖客,以改变自己的地位。张慧贞原来是幺二住家,住的是黑乎乎的弄堂,家中空落落的没有什么东西,笼络住了阔佬王莲生之后,马上由幺二升为长三,住上了豪华的公寓,雇佣了外场、大姐、娘姨。相反,沈小红与戏子私通的事情败露以后,门庭冷落,只得搬进小房子,大姐、娘姨也另谋出路。总之,妓女要想生活得好一点,就要有笼络和引诱嫖客的手段,就要当长三。黄翠凤就说过:"做个倌人,总归自家有点算计,故末好挣口气。"把倚门卖笑、损人利己称为"争气",在平常人看来颇为荒谬,但对妓女来说,却又合乎情理。

## 假情假意的嫖客

　　妓女的命运是悲惨的，赵二宝的命运是这样，李淑芳的命运也不例外。李淑芳自从认识陶玉甫之后，就没有和第二个男子发生过关系。她一心爱着陶玉甫，陶玉甫也想娶她。但是因为李淑芳是妓女，所以遭到了陶家的反对，说只能做妾，不能为妻，她因此郁郁而终。可以说，妓女与嫖客之间根本谈不上什么感情，有些多情公子迷恋女色，也可能答应替她们赎身并且娶她们，但是由于妓女卑贱的社会地位，常常会遭到嫖客家庭的拒绝，有的不过一时高兴就山盟海誓，其实连他们自己也看不起妓女。李淑芳和陶玉甫当初多么要好，临死时她把自己的妹妹李浣芳托付给他，淑芳死后李母想把浣芳许给陶玉甫做偏房，结果遭到了他的拒绝。

## 第三节 ◎ 嫖界指南

光绪末年的《九尾龟》专门写娼妓和嫖客，是一部地地道道的嫖经。作者为清末常州人张炎。关于这部小说的创作主旨，作者在第七十九回说：「上海滩上的倌人，覆雨翻云，朝张暮李，心术既坏，伎俩更多。讲究些的人儿……没有一个不是倾家荡产，身败名裂。在下这部书的本旨，原是要唤醒诸公，同登觉岸，并不是闲着工夫，形容嫖界。」但是小说既没有反映封建礼教对感情的压制，又没有对饱受凌辱的妓女表示同情，甚至也没有对那些宿花眠柳的浪子提出什么告诫，而只是从市民的低级趣味出发，描写狎游嫖妓的事情。

书名为《九尾龟》，是从书中一个嫖客康中丞的做派上引申出来的。康中丞的五房姨太太，两个姑太太，两个少奶奶一共九人，都行为不端。康中丞「虽然有些知道，却也无可奈何，只得缩着个头，凭着她们去怎生闹法」，所以人们称他为「九尾龟」。其实，康中丞不是故事的主角，书中写康中丞的故事只用了十二回的篇幅，「嫖界英雄」章秋谷才是全书的主角。

# 花柳英雄章秋谷

　　书中的主人公章莹,别号秋谷,颇有才华。因为家里的夫人张氏性情固执,风趣全无,就动了寻花问柳的念头。他从苏州嫖到上海,结识了形形色色的妓女,其中有清末上海滩艳名远播的"四大金刚"陆兰芬、林黛玉等。章秋谷具有花柳英雄的种种优势:生得一副清秀面孔,如玉树临风,又有文采,能吟几首诗,刀枪拳脚也能来几下,并且花钱阔绰。他有一种"架功",能使所有的妓女倾倒,无论怎么剽悍狠毒的妓女见到他总是服服帖帖,唯命是从。因此,嫖客被妓女纠缠时,他总能想方设法替嫖客从妓女那儿讨回公道。他熟悉嫖界的规矩和秘密,什么仙人跳、流氓聚众拆梢之类的伎俩,都能被他识破。他又有一副热心肠:"我生平为人最爱管人闲事,时常骂那班坐观成败的鄙夫,都是凉血动物。自家岂肯遇事退避,畏缩不前?"然而他的才华没有用到治国安邦上面,而是在妓院里主持公道,打抱不平。初出茅庐的嫩角儿吃了妓女的亏,他就给人家指点迷津,或者干脆挺身相助,俨然是妓院里面的道德法官,锄强扶弱,仗义执言。

## 流氓才子骗真情

然而,章秋谷并不是什么正人君子,他宿花眠柳,姘了一大群妓女。他完全把妓女当做玩物,把和她们的交往视作金钱和肉体的关系,对她们决不动情。正如他在书中对贡春树所说:"倌人看待客人,纯用一个'假'字,客人看待倌人,也纯用一个'假'字去应她,切不可当做真心,自寻烦恼……大抵上海的倌人,只好把她当做名鸟娇花一般,博个片时的欢乐。"因此妓女在他那里占不到丝毫的便宜,他倒是占尽了她们的便宜。不仅如此,章秋谷还费尽心机地勾引良家少女。他看上了伍小姐以后,先是勾引比较容易上手的卖花女,然后通过卖花女勾引伍小姐的监护人——舅太太,最后串通舅太太把伍小姐弄到手。可以说,章秋谷是个才子加流氓式的人物。

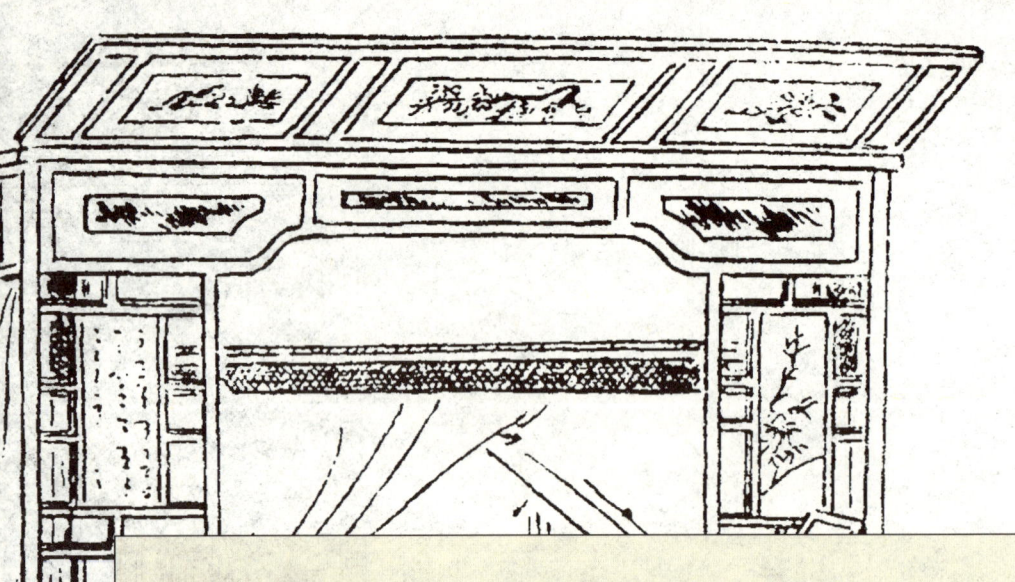

## 丑恶的妓女

　　这本书的笔墨主要集中在对娼妓的刻画上。她们大都外貌如花似玉，心肠毒似蛇蝎，为骗取嫖客的钱财，"吊膀子"、"敲竹杠"、"砍斧头"等什么鬼点子都想得出来，什么缺德事情都干得出来。总而言之，妓女是罪魁祸首，而嫖客深受其害。书中第九回就慨叹嫖界人心不古："古来教坊之盛，起于唐时。多有走马王孙、坠鞭公子，貂裘夜走，桃叶朝迎，亦有一见倾心，终身互订，却又是红颜薄命，到后来，免不了月缺花残。如那霍小玉、杜十娘之类，都是女子痴情，男儿薄幸。文人才子，千古伤心。至现在上海的倌人，情性却又不然，从没有一个妓女从良，得个好好的收梢结果。不是不安于室，就是席卷私逃。只听见妓女负心，不听见客人薄幸。那杜十娘、霍小玉一般的事，非但眼中不曾看见，并连耳中也不曾听见。"因此这部小说极力描写妓女是多么的丑恶。许宝琴、花云香、金黛玉、林黛玉、周凤林、张书玉、陆兰芬、陈云仙等，都把嫖客当作瘟生宰。林黛玉得到丘八的八万两银子以后嫁给他做小妾，尽管丘八对她宠爱有加，但是她耐不住寂寞，对着丘八打滚撒泼、寻死觅活，无奈，丘八只好任由她回到上海重入青楼。陆兰芬抢走嫖客方幼恽两千两银子的汇票和一只从美国带回来的价值一千洋钱的戒指后，便不再理睬他。嫖客刘厚卿嫌名妓张书玉冷淡了他，赌气去嫖别的妓女，想让张书玉知道后后悔，不料张书玉敲诈他五千两银子以后又一脚踢开他。范彩霞悄悄把安眠药放到嫖客饮的杏仁露里面，使他误以为自己生了病，然后衣不解带地侍奉他，骗取他的感情，继而骗取他的钱财。书中的阔少沈仲思被妓女洪月娥骗去六千洋钱的期票，落得个人财两空，终于悟出："青楼妓女，本来十个倒有十一个是没有良心的。我们经过了这样一番阅历，以后须要看破些儿，只好逢场作戏，随便应酬，断不可再上她们的当，那就明知故犯，一误再误了。"沈公子花了六千块换来的这些嫖经，揭示出风月场的残酷无情。

　　让我们来听听《九尾龟》里面章秋谷对当时的妓女和嫖客的两段议论："古人欲于青楼中觅情种，已是大谬不然。你更要在上海倌人之内寻起情种来，岂非更是谬中之谬？""最可恨的是这班耳聋眼花的客人，他也不晓得色艺两个字是什么东西，只看见这个倌人声价高抬，他便道她一定是才貌双全的名妓，花了大把的银子去巴结她。那真正有些才貌、没有名气的倌人，他正眼也不去看她一眼，你想还有什么公论？"章秋谷的这些议论，描绘出近代青楼的末日景象。哪里还有色艺双绝的佳人？哪里还有一往情深的情种？古典文化蕴育出来的李娃、霍小玉那样有情有义的青楼名姬，柳永、王元鼎、王百谷那样怜香惜玉的名士，还有美妙的诗与音乐、绘画与戏剧……全成了遥远的不可再现的温馨旧梦。近代的青楼，也快走到了它的终点。

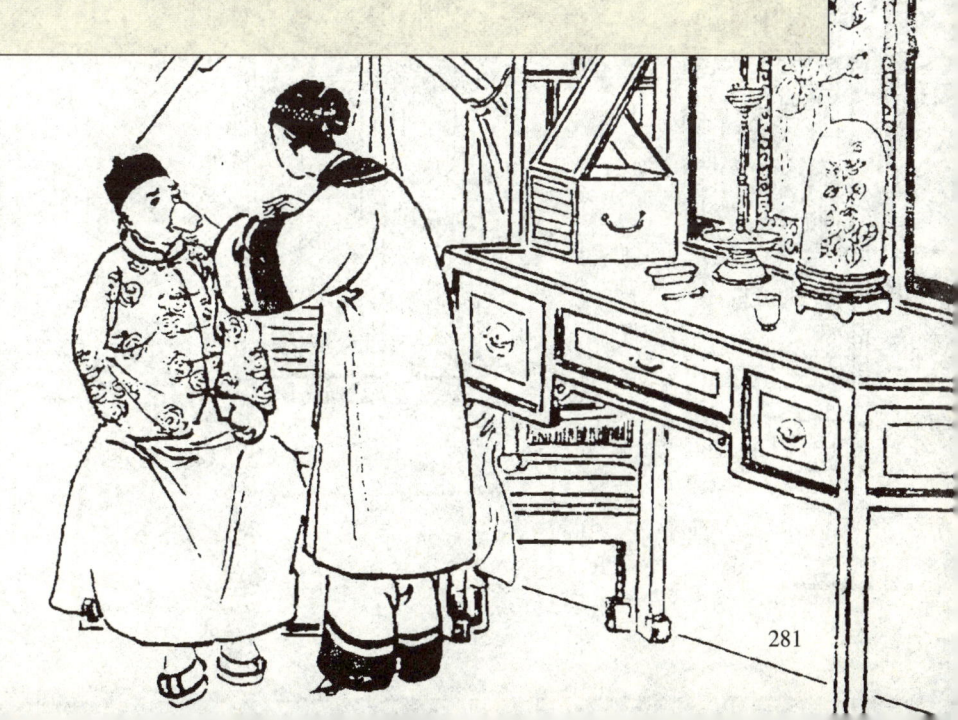

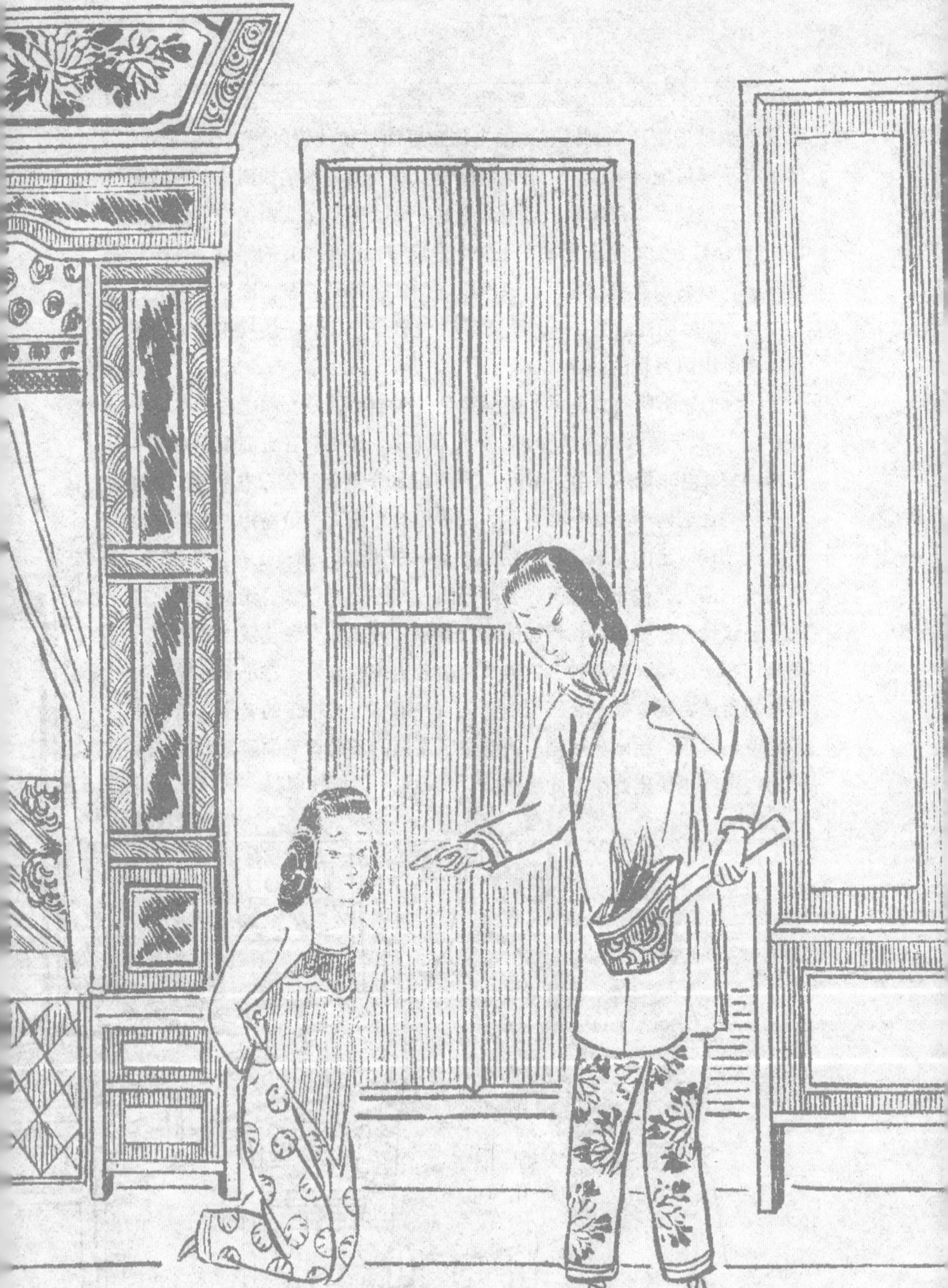

## 第四节 ◎ 风月梦醒

邗上蒙人的《风月梦》是一部劝世之作，也是一部比较真实地反映妓院生活的长篇小说。《风月梦》以悲剧的结局来感叹风月如梦。

《风月梦》以过来人现身说法的方式，描写嫖妓的害处。在这部小说里，妓院不是情场，而是引诱青少年堕落的罪恶之地。作者邗上蒙人在小说第一回这样讲嫖妓的危害：「青年子弟若能结交良朋佳友，可以彼此琢磨，勤读诗书，谋干功名，显亲扬名……倘若遇见不务正业的朋友，勾嫖骗赌……必致成为下流。」

小说第一回有一首《西江月》，揭示了全书的主旨：「惯喜眠花宿柳，朝朝倚翠偎红，年来迷恋绮罗丛，受尽粉头欺哄。昨夜山盟海誓，今朝各奔西东。百般恩爱总成空，风月原来是梦。」

书的末尾又让疯疯癫癫的「过来仁」（「过来人」谐音）唱「烟花好」歌，劝诫人们要跳出陷阱，不受粉头欺哄。

# 薄情妓女月香

　　小说描写了一帮不务正业的纨绔子弟袁猷、贾铭、陆书、魏壁、吴珍等在扬州与妓女的感情纠葛。陆书是带了大笔钱财来扬州买妾的，被朋友引到了妓院，迷上了妓女月香。陆书有钱的时候，月香和他百般恩爱，当他把钱全部花完的时候，月香把他逐出门外。陆书回到家中，既受父母斥责，又染上了恶疾，不知死活。

# 痴情男女

　　巧云与魏壁恩爱缠绵，骗了他的钱以后逃走了。只有双林对袁猷是真心相待，做了袁猷的妾，袁猷死后她也殉情而死。但是由于双林的介入，使得袁猷对发妻十分绝情。总之，书中的嫖客已经不是风流才子，而只是贪恋烟花的纨绔子弟。既然没有英雄，当然妓女也就没有了慧眼。她们不再是嫖客的知己，而是一旦没钱脸就变的粉头。因为作者是过来人，对青楼的肮脏内幕非常熟悉，所以这本书基本上写出了清末妓院的真实情况。

## 无情妓女凤林

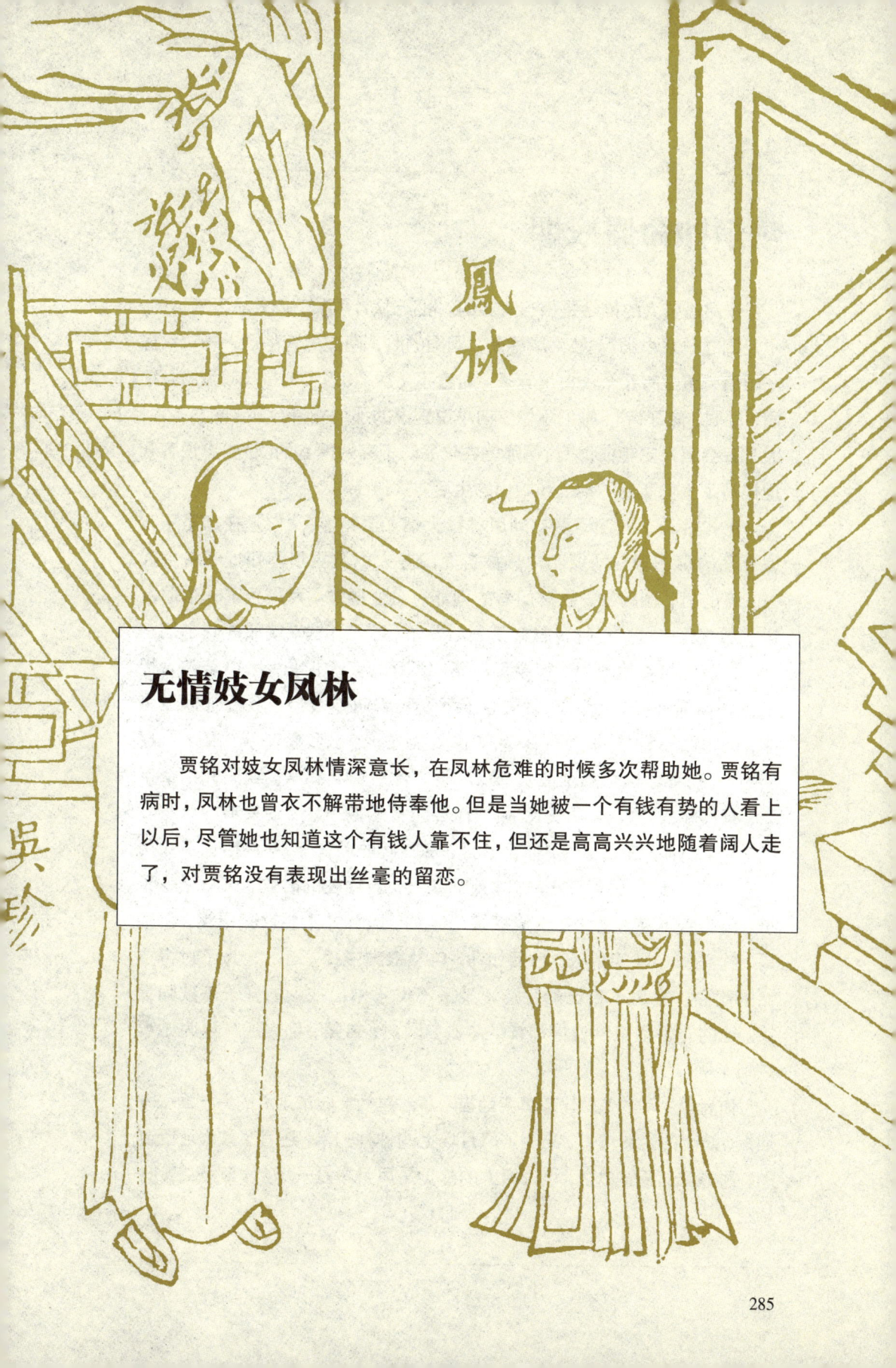

贾铭对妓女凤林情深意长,在凤林危难的时候多次帮助她。贾铭有病时,凤林也曾衣不解带地侍奉他。但是当她被一个有钱有势的人看上以后,尽管她也知道这个有钱人靠不住,但还是高高兴兴地随着阔人走了,对贾铭没有表现出丝毫的留恋。

## 嗜烟如命假戒烟

作品对妓女的描绘是相当写实的。"捆账伙计"秀红,"人品不疤不麻,不足四寸一双小脚"。妓女凤林是"圆圆的脸,两道弯弯的眉,一对双箍子眼睛,脸上有几个浅白细麻子,讨喜不生厌"。巧云则是"鹅蛋脸,细眉,圆眼,焦牙齿"。她们不像以前小说里说的那样能诗会画,博学多才,大都只会唱几支艳曲,以讨得那些文化品味不高的嫖客的欢心。小说客观地描写了她们所处的地位和她们的生活方式。

比如第二十五回写贾铭劝凤林戒大烟。贾铭道:"你坐在家里不晓得外面的事,现在扬城鸦片烟被各衙门差人以及委员不知捉了多少人去,打的打,枷的枷,收禁问罪的问罪,四处搜拿。我是亏了一个朋友送了我戒烟方子,我赶着就合了一料膏子,吃了下去,就如同吃了烟一样,并不觉得哪里难过,如今可以不吃烟了。我代你焦愁,设若被人捉了去,如何是好?我为此事放心不下。我若叫你戒烟,我看你以烟为命,烟是断不肯戒的。"凤林道:"你既能戒,怎么我就不能戒的?"贾铭道:"我看你这个瘾难戒。"凤林道:"凡事只要狠气。我同你拍个手掌,看我能戒不能戒。"贾铭道:"你若能将烟戒了,我杀只鸡把你吃。"凤林道:"你不必说玩话,你合了膏子来,我吃就是了。"贾铭也不知用了多少炭,费了多少工夫,方才煎熬成膏。贾铭在的时候,凤林就吃膏子,贾铭若不在,凤林就偷偷摸摸仍吃烟。凤林并不想欺骗贾铭,但她是一个沾染了恶习的人,嗜烟如命,自然很难戒掉。但是她为了讨得贾铭的欢心,也为了自己的生存,她又不得不做出戒烟的样子来欺骗贾铭。她的一番话竟然说得那样的认真、圆熟、自然,别人还真以为她要戒烟了呢。

作者以生动的笔触比较真实地描写了封建社会城市生活的另一面——烟馆、妓院的生活情景,描写了风月场上的种种骗术,还写了妓女所受到的种种残酷折磨。总之,小说给人的感觉是风月本是一场梦,到头终究一场空。

淡妆绿雨杏花气

依幻吟榻芳艸

凤林

贾铭

# 旧世存影

作为中国的传统娱乐活动——搓麻将，其具体起源于何时已经很难考证了。有人认为是韩信发明的，也有人认为是郑和船队在航海途中发明的。虽然众说纷纭，但不容置疑的是，麻将很早就是中国的娱乐活动之一。

搓麻将在民国时期非常流行，包括蒋介石在内的高官都难以免俗。蒋介石发迹于上海滩时，对搓麻将之技可谓是烂熟于心。相传，中原大战期间，蒋介石为了拉拢孙殿英，就用了搓麻将这一招呢。由此可见，搓麻将在民国时期是多么流行了。

当时，蒋介石与冯玉祥、阎锡山大战，而此时的孙殿英手握重兵，坐山观虎斗，两不相帮，想渔翁得利。蒋介石为了让孙殿英出兵，可谓绞尽脑汁，费尽心机。他把孙殿英请到南京，给他高官厚禄，但是孙殿英就是不表态，真是狡猾至极。后来，有人向蒋介石报告说，孙殿英喜欢打麻将，于是，蒋介石决定亲自和孙殿英一起搓麻将，探探他的口风。

①

① 冯玉祥
② 打麻将

# 搓麻将趣闻

②

　　孙殿英几圈下来，一把也不和，蒋介石就问："魁元（孙殿英字）兄的胃口不小啊，难道非要一把满贯？"
　　"不容易啊，"孙殿英叹了口气，"有点贪心这我承认，这清一色，全求人，如果加上自摸，一辈子也难成一和啊。"
　　蒋介石听了，立刻明白了他的意思：清一色是说他的部队不容安插外人，全求人指的是要蒋介石提供所有的武器和军饷，自摸是说他的部队必须由他全权指挥。
　　就在这时，坐在上家的顾祝同打出一张"红中"，已经碰了"白板"和"发财"的蒋介石一翻底牌，一副"大三元"宣告成功。
　　"这副牌就送给孙军长吧，算是见面礼。"说完，蒋介石头也不回地走出了牌室。孙殿英也很满意，蒋介石用"麻将语言"告诉孙殿英，所有条件都同意。因此，孙殿英就让顾祝同打出"红中"，以此转告蒋介石，他的部队将立即开往前线，对冯玉祥、阎锡山作战。

红粉骷髅，腰间悬剑，斩尽天下少年英才。

秦楼一梦，楚馆三更，换来半世风流薄幸。莫，莫，莫！

# 第九章
## 芳华渐逝

◉ 青楼末日

从春秋时候齐国贤相管仲创立第一所妓院——女闾，到清末民初娼妓泛滥，青楼走过了它两千多年的历史。在清末民初那个风雨飘摇的年代，它也迎来了最后的辉煌。落日楼头，芳华渐逝。各种各样的禁娼政策都没有让它彻底灭亡。建国后，政府采取强制措施，将旧社会遗留下来的卖淫嫖娼制度连根拔起，从此，妓女、妓院在现实中消失了，成为过去的历史。青楼，终于到了它真正的末日。

## 第一节 ◎ 一张一弛

与清末民初发达的娼妓业相对应的，是政府不断左右摇摆的禁娼和弛禁政策。当局采取弛禁的政策，或者是为了繁荣市场，增加政府的捐税收入，从而允许或者默许妓院公开营业；或者是为了所谓的社会安定，把它作为婚姻制度的补充，使良家妇女免遭强暴和侮辱；或者是为了促进就业等。当局采取禁娼政策，或者是因为娼妓业有悖于封建伦理，冲击传统的道德观念；或者是因为性病的传播危害公众的身体健康；或者是因为反对妇女卖淫的呼声太高，迫于社会压力；或者是因为卖淫嫖娼的行为危及社会治安等。

## 民国的禁娼措施

十七世纪中叶，清王朝建立以后，顺治、康熙都废除官妓，沿袭明朝律法，禁止官吏、士人嫖妓。凡是文武官员嫖妓的，一律责打。经过数次整肃，到了雍正时，娼妓业已经完全被查禁。嘉庆时颁布的法律仍然严令禁娼。在道光以前，京城的妓院非常少。

到了光绪年间，妓院从城外迁到了城内，所以达官贵人开始趋之若鹜。到了二十世纪初，清王朝为了缓解民族危机和社会危机，开始维新变法，设立了巡警部。内外城的巡警除了维护社会秩序之外，还管理城内的妓院，向各个妓院抽取妓捐。从此京城开始变相弛禁，实行公娼制度。妓捐就像是营业税，妓女按月缴纳妓捐，然后就可以公开营业。

京城是这样，南方发达的城市上海又是一种什么样的情况呢？

上海开埠的时候，娼妓业的规模很小，道光、咸丰年间，妓院都是开在城里的。1853年9月上海小刀会起义，城内居民纷纷逃离县城躲进租界，华人与洋人杂居，妓院也就随之迁到租界避难。从此，上海的娼妓业随着租界人口的增长和商业的发展而迅速发展起来。从1853年到1920年的近七十年间，妓院在租界没有人禁止，并且依靠洋人作为护身符，官吏不敢查问，因此一天比一天兴盛。娼妓业的畸形发展和租界当局长期持弛禁态度有很大关系。

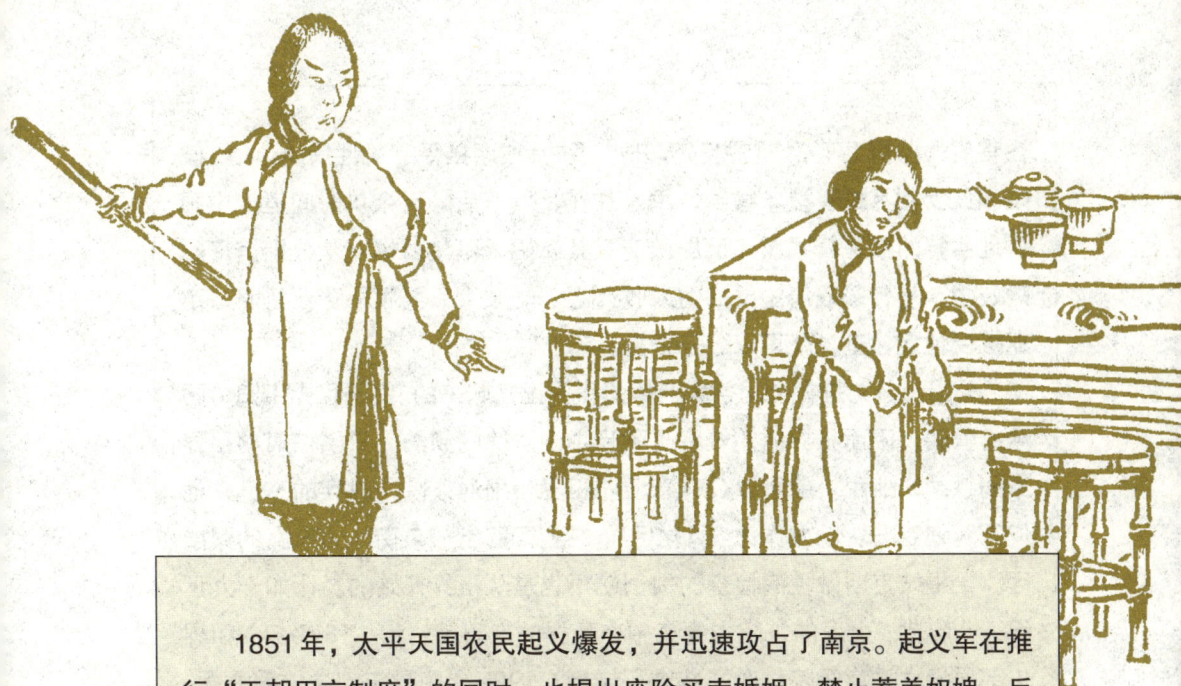

1851年，太平天国农民起义爆发，并迅速攻占了南京。起义军在推行"天朝田亩制度"的同时，也提出废除买卖婚姻、禁止蓄养奴婢、反对缠足等一系列主张，取缔妓院、查禁娼妓也是其中重要的内容。所以苏南一带的娼妓业呈现出萧条的景况。随着太平军定都南京，长江中下游地区的豪绅巨贾都纷纷逃离，躲进了上海租界，秦淮两岸和苏州、扬州等地的妓女也随之来到上海，租界人口骤增，极大地刺激了租界商业的发展，上海娼妓业也因此勃兴。

　　1864年天京被清军攻破，十余年前逃离南京一带的巨商豪绅纷纷离开上海返回故里，上海的租界人口因此骤减，商业也随之萧条，娼妓业开始萎缩。与此同时，清廷任命曾国藩担任两江总督，他一到南京，就以繁荣江南经济为名，发布了弛禁令，恢复了妓艇，在清溪一带设立陆、李、刘、韩等六家妓院。江南又开始呈现歌舞升平的景象。

　　上海娼妓业在租界当局的纵容下虽然在清末获得了长足发展，但是进入民国以后，它却常常引起人们的议论和关注，社会上开始了关于禁娼和弛禁的斗争。

　　1905年清王朝设立了巡警厅并开始收取妓捐。这是官府公开的弛禁态度，为公娼的存在提供了法律支持。民国以后政府仍然抽取妓捐，允许公娼存在的制度也保存了下来。

　　近代全国各地实行的都是"公娼制"，就是一种官督商办的娼妓制度，在官府的监督之下,妓院由私人开办,妓女按期接受有关性病的体检,妓院和妓女按月或者按年缴纳妓捐。在鸦片战争后的百余年时间里,中国各地实行的都是公娼制。历届政府只禁私娼,不禁公娼。从公娼馆征收的妓捐,是各级政府主要的财政收入之一。妓女只要领取营业执照,定期接受性病检查,就可以公开营业。

公娼制首先是在全国各大商埠的租界里兴起来的。由于租界不归中国政府管辖,因而租界内的妓院也不受中国法律的制约,只要按时向租界当局缴纳商业税,就可以公开营业。租界当局对妓院持纵容的态度,他们干脆划定一块地方作为"风化区",或者开辟出一条街作为妓女的聚居区。给娼妓定期做性病检查的惯例最早也是从租界开始的。比如十九世纪六十年代,上海的妓院主要集中在租界的宝善街一带。1877年,租界工部局设立性病医院,对娼妓进行体检。1920年租界工部局依照章程,向妓院颁发执照,租界的公娼制就此进一步得到完善。

民国以后,公娼制在各地渐渐普及,所以国民政府采取了一些措施来加强管理。

首先是公布管理娼妓或者乐户的条例。过去在清王朝,卖淫总是处于偷偷摸摸的隐蔽状态,原因就是大清法律对狎妓做了比较严厉的处罚规定,而民国以后颁布的法律就承认和许可了娼妓的存在。民国

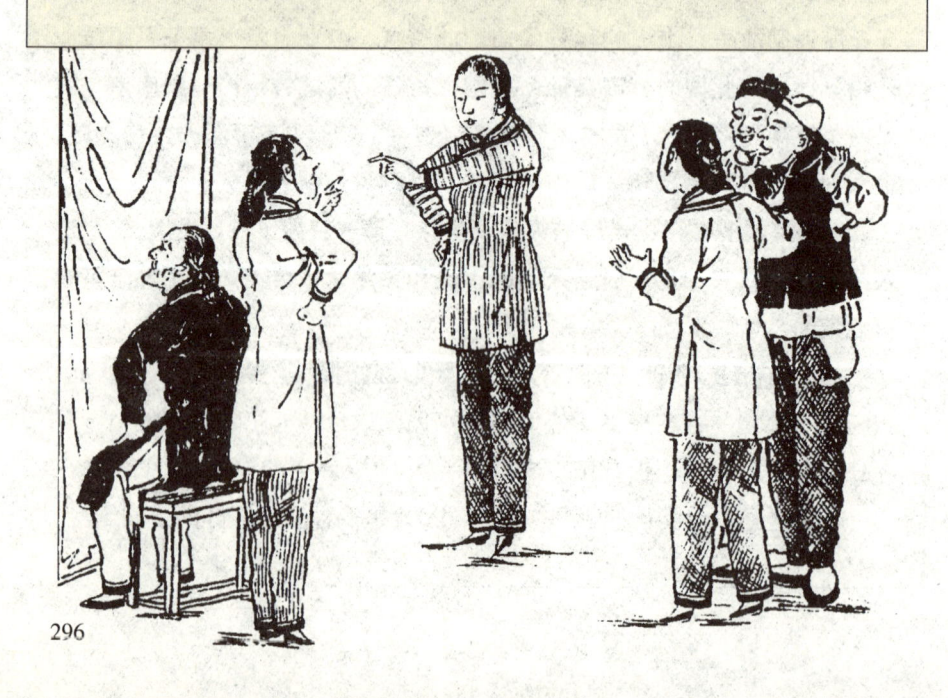

初年，北洋政府也颁布了关于妓院和妓女的监督管理条例，希望在全国实行。但是，由于连年战乱，社会动荡，人们对这些条例一般都不知道。各地政府面对日益泛滥的娼妓也拿不出有效的禁娼措施，不得不实行明里禁止、暗里放行的消极禁娼政策。历届政府只禁私娼，不禁公娼。

第二是向妓院征收花捐。除了上面说的那些管理措施，民国的历届政府沿袭清末的规定，在禁娼的名义下，勒令娼妓登记，缴纳花捐。表面上是为了禁娼，其实是靠这个来扩大财政收入的来源。征收花捐时一般是将妓院和妓女分开：妓院分为若干等级，按年缴纳一次或者两次花捐；妓女也分为若干等级，每月缴纳一次或者两次花捐。据民国四年汉口的一份公表记载，警察局征收乐户捐、旅馆寄居花捐、妓女执照费等合计银洋5.55万元，占该表所列24项捐费的第二名。花捐随着物价的上涨也有上升趋势。民国成立后，有的省份征收花捐还采取了招商投标承包的办法，以获得更多的财政收入。比如广西省在民国成立以后就成立了花捐公司，省财政厅采用投标承包的办法，选择合适的人管理，并向妓女征收各种费用。

第三是让妓女接受性病检查。各省管理娼妓和乐户的条例都规定妓女要接受健康检查，凡是有花柳病或者其他传染病的，不治愈就不准接客。公娼分为三等：一等妓女每三个月检查一次，二等每两个月检查一次，三等每月检查一次。检查时要进行体检并抽血做血清检查。对有性病的妓女除了要求她治疗外，还要扣下营业执照，等待妓女痊愈后再发还。

尽管这样，却并没有收到什么好的管理效果，相反却使娼妓卖淫合法化，暗中卖淫的场所公开化，性病和其他传染病也没有有效地控制住，绝大多数妓女都患有不同程度的性病。老鸨为了赚钱，常常向检查所的警察行贿，蒙混过关，所以性病蔓延得更快，各种管理条例也形同虚设。第二次世界大战以后，欧美各国都开始逐渐取消公娼制，而我国各地仍旧实行公娼制，一直到二十世纪五十年代初，公娼、私娼才为人民政府所取缔。

清末以后，民主运动的浪潮一浪高过一浪，辛亥革命以后更是如此，所以妇女解放运动也风起云涌，迫于社会的压力，当局不得不采取了一些禁娼措施。

第一次世界大战前后，各种新思潮不断涌入古老的中国，俄国十月革命的成功在中国青年中产生了广泛的影响，北洋军阀的反动统治和连年混战使百姓深受其害，所有这些因素都促使民主爱国运动迅速发展，同时也掀起了妇女解放运动的高潮。在提出"男女平等"、"反对包办、买卖婚姻"、"社交公开"、"恋爱自由"、"婚姻自由"、"大学开女禁"等口号的同时，各界有识之士也不断呼吁社会重视娼妓问题，反对对妇女的压迫和蹂躏，并提出废除娼妓的种种主张。

在五四运动的"科学、民主"口号的鼓励下，妇女解放运动也不断高涨，各种妇女组织和团体纷纷成立。它们的一个共同特征就是：都以废娼、禁娼为重要的工作目标。比如1922年8月，女权运动同盟会在北京成立，提出包括"禁止公娼"在内的七条主张。11月，女权运动同盟会直隶支部在天津女师学堂大礼堂召开成立大会，发表宣言书，内列七条纲领作为女权运动的目标，其中第六条就是"禁止公娼，禁止买卖婢女，禁止妇女缠足"。

这种全国性的禁娼运动在之前是从来没有过的。无论是北洋军阀执政

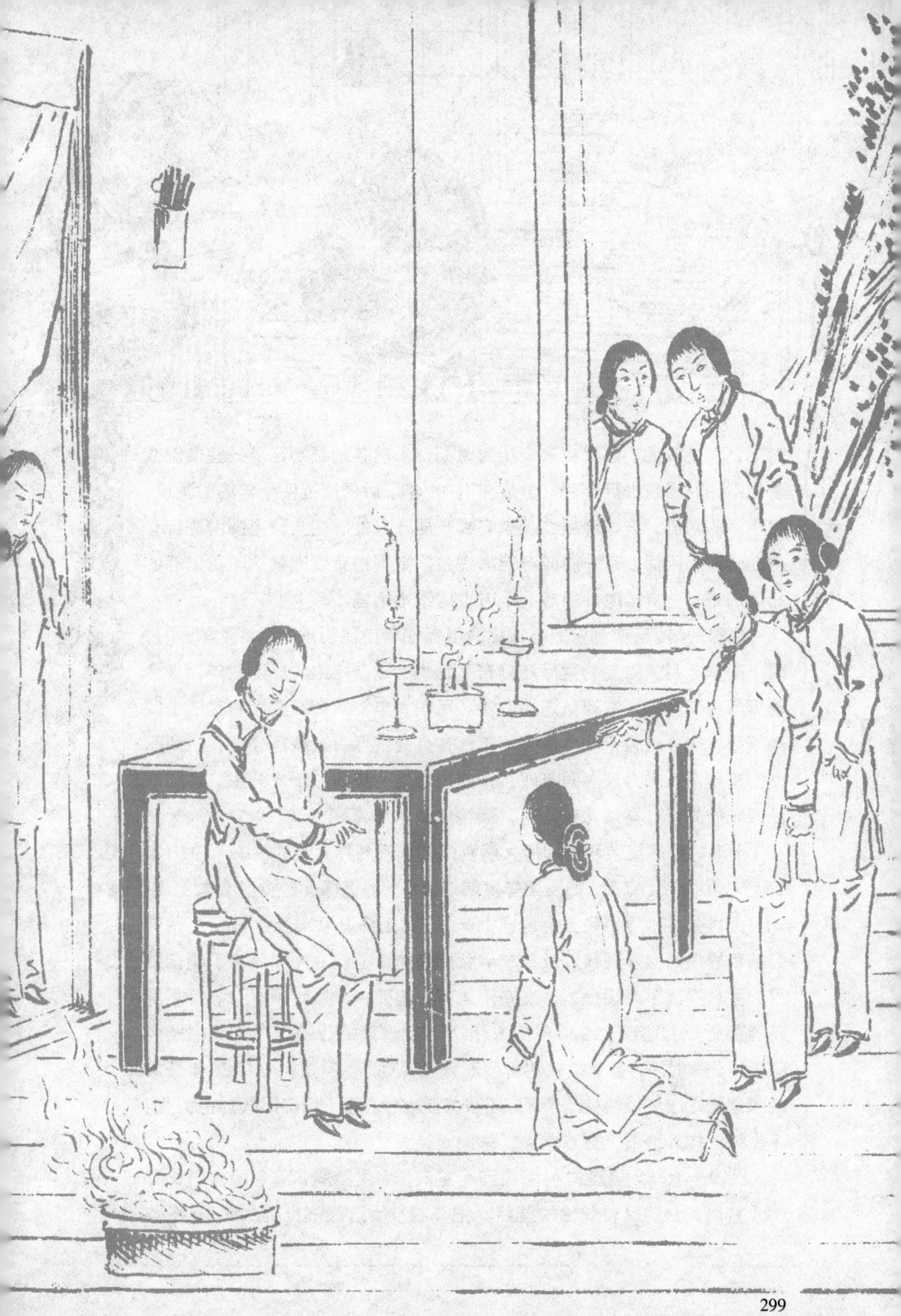

时期，还是其后的国民党政府执政时期，虽然各地都制定了一些条例或者规章，对娼妓进行管理，但是在1911年以后的接近四十年的时间里，由于军阀割据，连年混战，从未有哪一届政府能够在全国范围内进行有效的管理，因而没有一届政府能够在全国范围内有效地禁娼。我们能够知道的是一些持续时间很短的地方性的禁娼措施。

民国三年，云南都督兼巡按史唐继尧在云南昆明下令取缔"集园"公娼。同年七月，省会警察厅还颁布了禁娼的三条措施。民国四年，省会警察厅重新颁布了取缔私娼的办法。民国六年，省会警察厅制定了十四条规则，化非法为合法。民国七年，省会警察厅决定恢复公娼，招商承办，交给商人去办理。同年四月，四川街的"集园"正式开张。禁娼才三四年的光景，竟然几起几落，最终以弛禁告终。

上海的畸形繁荣和性病的大量蔓延引起了各界人士的忧虑。1918年5月，上海慈善、宗教、妇女团体发起成立"上海道德促进委员会"，1919年又经过公共租界纳税人会议选举产生了"上海淫风调查会"，负责调查公共租界内的娼妓现状以及寻求消除娼妓的途径。1920年公布了调查结果，并且提出了废娼提案，发布了章程，迫使各个妓院领取牌照，不得无照营业，并决定从1920年到1924年"摇珠禁娼"，在五年内将娼妓全部禁绝。一时间，各个妓院的营业形势急转直下。但是，从1920年开始的禁娼废娼政策很快就流产了。不少妓院改换门庭，但仍旧经营色情业。不少妓女转入地下，充当歌女，依旧卖笑。

民国十六年，冯玉祥将军在河南主政，力主禁娼，下令警察局长阎树人督同开封南区署长徐秉衡将军把开封妓女送往济良所从良，并将妓院集中的第四巷改为和平巷。但时隔三年以后，民国十九年，刘球峙上台以后，立即取消了禁娼令，又恢复了第四巷。并且变本加厉，把原来的中第四巷的书寓扩展到前第四巷，妓女人数增加了两倍以上。

民国十六年五月，广西省政府通令全国禁娼，但是效果并不好。民国二十年，公娼又逐渐恢复。民国二十一年，广西省政府将公娼特别区改称"特察里"，公娼从此更加猖獗。

民国十七年，南京市市长刘纪文在首善之区宣布禁娼，停止征收妓捐，迫令妓女改行，逾期不从就驱逐出境。不久，因为1929年到1933年的世界资本主义经济危机，中国经济受到影响，南京市的工商团体又建议政府解除禁娼令，呼吁恢复公娼制。1936年，南京、苏州、无锡、宁波、天津等地又开始试行公娼制。

民国十八年，方镇武将军出任安徽省政府主席，下令取消花捐，命令蚌埠的所有妓院在一个月内停业，并且拘捕了一些龟头，宣布一切明娼暗娼都是非法，并设立济良所，专门从事妓女从良的工作。一时间蚌埠的禁娼工作卓有成效。但是好景不长，仅仅过去了几个月，方镇武将军就因为反对蒋介石而被撤职，军队被改编，取缔娼妓的法令也随之被取消。南京政府来的接管大员称，其他地方从来没有出现过什么禁娼的行动，没有娼妓的城市哪里能叫城市，拖欠中央财政部的花捐要迅速补齐。蚌埠娼妓业就此重新恢复。

近代以来，由于外敌入侵，战乱连年，军阀割据，社会动荡，没有哪一届政府对全国进行过统一而有效的管理，并且各地的地方法规、政令不统一，所以在娼妓的禁和弛的问题上，出现了此消彼长的状况。最明显的就是南京和上海两地娼妓业的变化。比如1853年3月太平军攻占南京，取缔妓院，查禁娼妓，实行严厉的废奴禁娼政策。一时间苏南一带的娼妓业呈现萧条的状况，秦淮河两岸的妓院和妓女纷纷转移到上海租界。租界人口骤增，上海娼妓业也因此勃兴，呈现出畸形的繁荣景象。但是，随着1864年6月天京被清军攻破，原本逃往上海的南京富商又回到了故里，上海的租界人口顿时少了很多。曾国藩任两江总督以后取消了禁娼政策，振兴商业，秦淮河两岸的娼妓业又出现了繁荣景象，而这个

时候上海的娼妓业又出现了萎缩的情况。再比如，1928年何民魂任南京市市长，提议立即把南京城内的三千余名妓女驱逐出去。这个政策还没有实行他就离职了。继任的刘纪文同年九月也宣布禁娼，具体内容是：立即停止向妓女征收花捐；命令各妓女从速自行改行；对那些不服从政府命令，拒不改行者，逾期一律驱逐出境；扩大救济院以及平民工厂的规模，安置妓女就业。

南京严厉禁娼的举措在周边各省引起了强烈反响，江苏、浙江、安徽等省的大小城市都纷纷效仿。一时间妓女四散，南京娼妓业受到重创，开始萎缩。不少娼妓远走东北、华北，大多数就近逃往上海租界，或者进各个妓院当娼妓，或者流落街头拉客。加上还有不少因为十月革命跑到上海来的白俄妓女，上海的娼妓人数骤增，街头的"野鸡"人数比以前多很多，上海娼妓业较1920年以前反而更发达。

1920年，上海的公共租界开始禁娼，方法是每年撤销20%的妓院执照，连续五年。而法租界对此置若罔闻，不予理会，原因是法国是奉行娼妓检验制度的国家，法国本土还没有禁止公娼的法律规定，法租界当局力图和国内本土奉行相同的政策。所以，当公共租界在所辖范围内采取禁娼行动时，法租界非但不配合，反而对娼妓业放任自流。因此，当公共租界内的娼妓业出现萎缩情况的时候，法租界内的娼妓业却较以前更兴盛。

## 第二节 ◎ 改天换地

在中国，娼妓有着悠久的历史。说其历史悠久，是因为它曾存在数千年。解放后，人民政府开始关闭卖淫场所，并对卖淫人员进行改造。上海曾经是世界大都市中娼妓人数最多的城市，解放后只用了七年时间，公娼、暗娼全被取缔，卖淫现象被彻底消灭，这个『彻底消灭』，就是解决了娼妓改造后的生活出路问题，使其成为自食其力的新人，真可谓『旧社会把人变成鬼，新社会把鬼变成人』。

# 建国后的禁娼运动

1949年10月，新中国成立了。新中国要荡涤旧中国的一切污泥浊水，丑恶的卖淫业自然也在扫荡之列，那些坠入火坑、任人蹂躏的妇女，自然也是解放的对象。

开始时各级政府并没有马上取缔妓院，而是摸清情况，调查研究，制定政策，颁布法令，对娼妓业加以限制，为妓女做健康检查，防止性病蔓延，为妓女开办习艺所，为妓女提供转业后的出路，为她们适应新生活做好各方面的准备。

广大妓女是受压迫的群体，对她们要挽救、帮助、团结、改造。那些老鸨、龟头、逼良为娼者、压迫和剥削妓女的人，则在坚决打击之列。

当时西安市在限制妓院方面做的工作就很扎实有效。一是大力搜查混迹青楼的反动人员。二是加强治安巡逻，对游荡在花街柳巷的嫖客进行盘查，对妓院进行有效干扰。三是强化户口管理工作，对妓院老板、领家和妓女实行户口登记申报制度。四是不许重新开妓院。宝鸡市则对妓院规定：不准买卖妓女，不准阻挠妓女从良，妓女不得到门外拉客，不准接待学生，不得接待国家干部和军人，妓院不得迁移地址。

有些地区还采取了多种措施：限制老鸨、教育妓女、干扰嫖客。比如各个妓院必须备有留客登记簿，对住客的姓名、年龄、职业、住址等进行详细登记，每天晚上十点以前送往派出所审查。公安机关还经常派人到妓院来查户口，审查嫖客，对违反规定的妓院老板和嫖客则严惩不贷。

在这种情况下，各地的娼妓业大大地萎缩了，嫖娼的人越来越少，妓女的思想觉悟也有所提高，有些妓女拒绝接客，有的提出从良，老鸨也无可奈何。当时的报纸也反复批判卖淫嫖娼现象，反对妓院老鸨为非作歹、鱼肉妓女，赞成妓女在人民政府的帮助下结束卖淫生涯，逃出苦海。由于形势逼人，许多以此为生的人感到这碗饭吃不下去了，妓院自动关闭了不少，尤其是一些高级妓院，也就是所谓的长三堂子，关门停业的更多。这类妓院过去车水马龙，人来人往，嫖客多是大官僚、大军阀、大

商人，这些人随着解放军的隆隆炮声，早就逃之夭夭了，来不及逃跑的大多也销声匿迹，不敢再抛头露面。长三堂子的靠山倒了，财源枯竭，失去了存在的基础。根据统计，许多地区在解放后一年之内，无论是妓院总数还是妓女人数都减少了三分之一以上。

但是有些人还是不甘心就此罢手的，他们表面上遵从政府法令，暗中玩花招，继续做自己的皮肉生意。比如：在旅馆内暗设房间，照样留宿妓女，公安机关去检查时查不到；改变营业时间，妓院老板摸清楚公安人员一般在晚上十一点到凌晨一点之间检查旅馆，他们就在凌晨三点到上午十一点之间接待嫖客。先由妓女到咖啡馆、公园、电影院等地方接客，约定时间后以夫妻名义住进旅馆。少数妓女在旅馆租赁房间，名为租住，实则卖淫。同时，妓院老板还用小恩小惠贿赂公安机关人员，让他们在检查之前通风报信，使嫖客和妓女及早逃走。

当时在无锡市长康里开设"菊圃向导社"的老板王桂林，一方面在旅馆承包房间，隐匿妓女，另一方面，又在妓院虚报妓女人数，扩大娼妓范围。无锡有些作恶多端的妓院老板在1949年8月竟然煽动近百名妓女到苏南行政公署示威，以妓院生意清淡为由，要求取消治安法规中"旅店不许留宿娼妓"的条文，气焰很嚣张。1950年3月，在佳木斯一个收容屡教不改的娼妓的劳动教养所，还发生了暴动。1951年初，在解放近两年的南京，还发现了77岁的王文波和76岁的王周氏这对干了几十年逼良为娼的坏事的老鸨夫妻。

政府对此坚决进行打击，毫不留情。对那些对抗政府的妓院老板和妓女中的极少数顽固分子，在批斗后判刑，最严重者甚至判死刑。南京头号老鸨王文波夫妇就被判处了死刑。

随着各方面条件的成熟，取缔妓院的机会来临了。1949年11月，北

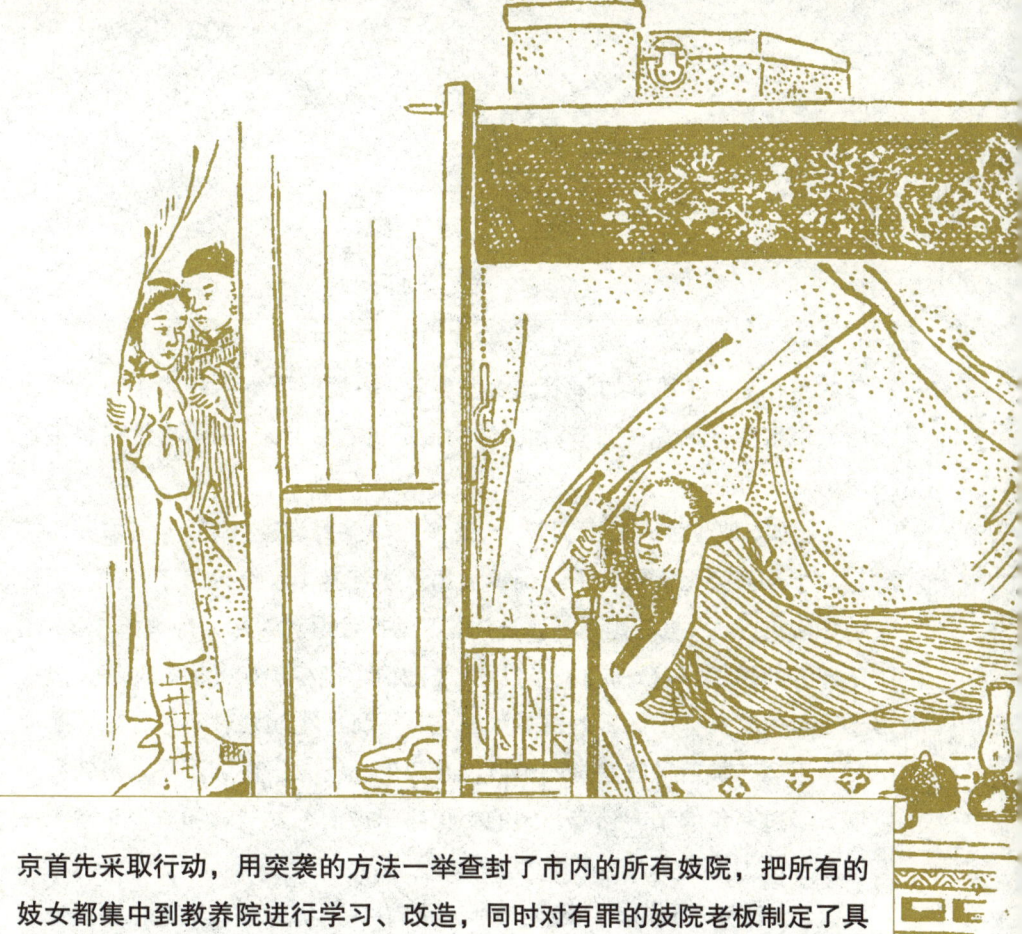

京首先采取行动,用突袭的方法一举查封了市内的所有妓院,把所有的妓女都集中到教养院进行学习、改造,同时对有罪的妓院老板制定了具体的惩罚措施。《人民日报》对此进行了连续报道。北京的做法为全国的禁娼行动带了一个好头。在此后一年左右的时间里,全国各地陆续开始查封妓院、取缔娼妓。1951年11月上旬,上海市公安局召集全市几十家妓院的老板训话,通知他们立即停止营业,在停业以后必须做到三点:替妓女治好性病、照顾妓女的生活、安排好妓女的出路。

  妓女集中到收容所里以后,政府对妓女进行了思想教育,为她们治疗性病,传授谋生技艺。妓女的性病发病率是十分惊人的。比如,北京的一个妓女教养院有1300名妓女,性病患者占95%以上。在长春一个妓女收容所里面,一共有188名妓女,其中患梅毒的有94人,患梅毒兼淋病的有20人,患淋病的有5人,患子宫附件疾病的有41人,患各种慢性病的有93人。其中,梅毒和淋病是治疗的重点。当时,政府抽调了很多医护人员为她们治病,并且克服了很多困难。比如治疗性病需要盘尼西林,由于国内不能生产,进口也十分困难,所以这种药物奇缺,于是政府就调配计划供应解放军的盘尼西林供妓女治病。盘尼西林的治疗效果很好，在长春的那个妓女收容院，用盘尼西林治疗了十一个月以后，梅毒完全治愈的占61%，淋病治愈的占98%，其他慢性病也基本治愈。

比如，被收容人员王佩芳，十三岁时被父母卖进妓院，十五岁开始接客，十八岁染上梅毒，下身出现溃疡，痛苦异常。老鸨为了省钱，不让她住院治疗，只是让她用盐水洗涤伤口，并且用剪刀帮助她剪掉湿疣。当王佩芳的伤口略有好转时，老板就逼她继续接客。如此时好时坏，经过十三年的蹂躏，王佩芳的梅毒病恶化，下身严重溃烂，不能行走。解放后，王佩芳被首批收容进妇教所，在政府、管教干部和医务人员的帮助下，经过两年的精心治疗，她的梅毒终于被治愈，能够和其他正常人一样参加体力劳动了。

妓女刚刚进入教养所或收容所时是有顾虑的。原来妓院老板制造过一些谣言，说政府要把她们贩卖到国外去，或者送到东北去垦荒，每个妓女要服务十个伤兵等等，许多妓女因此有所顾虑。为了防止地痞流氓捣乱，收容所配备了警卫人员来保护她们，但是她们却认为是在看管她们，所以更加反感。她们普遍担心自己的命运和前途。有的说："以后再也不能和家人见面了。"有的说："我不当妓女干什么？嫁人没人要，做工又不会。回农村人家还当我是妖精，要不让我干这个，以后非饿死不可。"还有少数妓女认为以后不能过花天酒地的生活了，因此哭哭啼啼、吵吵闹闹。

针对这种情况，工作人员对她们进行了细致的思想教育。为了使妓女树立自尊心，教养院对妓女一律采用"学员"的称呼，在生活上给予充分的关心和体贴，妥善安排好她们的伙食，按时发给她们生活必需品，使她们逐渐认识到自己已经从下贱的玩物变成了人。特别是看到政府用昂贵的药物为她们治病，妓女们十分感动，有些妓女说："以前我们害病烂死没人管，今天政府花了这么多钱为我们治病，如果再不进步，就太对不起政府了！"

　　有些妓女长期受到精神和肉体的蹂躏，自卑感很重，不愿倾诉自己过去的悲惨遭遇，认为那是命中注定的。她们对妓院老板、老鸨虽然十分痛恨，但是认为以后说不定还要依靠他们，所以不敢控诉他们的罪行。为了提高她们的觉悟，帮助她们找出受苦的根源，揭露妓院老板和老鸨的罪恶，工作人员找妓女们谈心，讲白毛女的故事，启发妓女们，让她们自愿倾诉。这些做法打动了妓女们，对她们的思想触动很大。

　　当时，政府在社会上开展了"镇压反革命运动"，严厉惩罚了那些血债累累、作恶多端的妓院老板和老鸨。例如1950年4月，北京市军管会军法处举行公审，判处残酷虐待妓女、造成多人死亡的妓院老鸨黄数卿、宛华清死刑。原来有妓女因害怕老板的权势而不敢揭发控诉，还有妓女想为自己留条后路，幻想出去以后还依靠老板生存，现在这条路断了，这个心死了，她们于是决心做一个自食其力的新人。

　　在逢年过节的时候，北京生产教养院的学员们还唱起了《千年冰河开

了冻》。"天上的星星数不清,过去的痛苦说不尽。旧社会把妇女当牛马,封建压迫一层又一层。从小就做了伶家女,领家打来老板欺,饥寒病痛无人怜,眼泪流到肚子里。一生一世人轻贱,挨打受骂还得陪笑脸。卖身的人儿不自主,火坑里面受熬煎。千年的冤屈千年的恨,姐妹们受罪翻不了身,铁打的牢笼铁打的锁,重重的铁链捆得紧。重重的铁链捆得紧。春天的霹雳一声响,囚犯们打开地狱的门,共产党救咱出火坑,姐妹们从此得解放。千年的冰河开了冻,万年的枯树发了青。姐妹们今天站起来,挺起了胸膛向前进!挺起了胸膛向前进!"

这些学员治好了病,学习了谋生技能以后,就要安排她们的出路了。教养院的领导对她们的出路问题采取了十分慎重的态度。凡是回家的,一般必须家里来人或者当地政府来信证明,然后才帮助她们回家。要求结婚的,政府帮助她们做好了解工作,首先男方要无妻并且有正当职业,而且双方要心甘情愿才可以结婚。学员出院都要有一定的手续。首先是要有区政府的证明信,证明接学员出院的人确实是有正当职业的居民。第二是要有保人填写保证书,该学员出去以后必须参加生产劳动或者主持家务,该学员以后在任何地方都不得当明妓或者暗娼。根据政府的《婚姻法》,该学员有婚姻自由。不许有变相买卖婚姻的行为。如果具领人是学员的丈夫或者结婚对象,则必须经过卫生局检查确定没有性病。

以北京某个教养院为例,截至1950年7月底,分批出院的1316名学员中,结婚的有596人,占45.3%;回家的有379人,占28.8%;有

62人参加剧团和医务工作，占4.7%；送安老所的有8人，占0.6%；已处理的妓女兼领家有62人，占4.7%。总计出院1107人，占学员总数的84.1%，其余学员大都没有家，自愿留在教养院做工，政府为她们买了82台机器，包括织布机、织袜机等，并且为她们开办了新生棉织厂。

　　解放初期中国政府成功取缔妓院和妓女的行动震惊了世界。从古到今，风风雨雨两千多年，娼妓文化到了当代终于被消灭了，青楼也终于走到了它的尽头。

# 旧世存影

①

②

① 东便门城楼
② 德胜门城楼
③ 崇文门

# 古色古香的北京古城

③

　　北京是元、明、清三朝的古都，其建筑物不仅气势宏伟，而且保存得也较完整。它的城楼和城墙，比西安的雄阔，比南京的完整，令人印象深刻。城楼上那厚重的青砖，城墙上那幽森的箭孔，墙顶凹凸的雉堞、坚实的檐、苍乌的瓦……都是这座老城的历史见证，彰显了老北京独有的王者风范。

　　北京现存的德胜门箭楼是内城九门中仅存的早期箭楼，素有"军门"（京师通往塞北的重要门户）之称。它与正阳门箭楼和东便门箭楼是北京内城保存至今的三座箭楼。德胜门箭楼位于什刹海西海北侧，建于明正统四年（1439年），清康熙年间因地震而坍塌，后又重建。

　　原德胜门由城楼、箭楼和瓮城组成。1450年，于谦（明朝民族英雄）在这里浴血奋战，大败蒙古军，保住了北京。德胜门由于位于大军出发北征的必经之道，因此被命名为德胜门，谐音"得胜"。1969年，地下铁道施工，德胜门附近的城墙被拆除，保留了箭楼和瓮城的部分垣墙。德胜门的箭楼在城楼前沿，为城楼的防御性建筑，建在砖砌的城台上。1980年经过重修以后，如今已是北京内城九门中仅存的一座早期箭楼。